LA RAGAZZA NELLA NEBBIA

Donato Carrisi

多那托・卡瑞西——著 吳宗璘——譯

霧中的女孩

獻給安東尼歐。
吾兒，我的一切。

二月二十三日
失蹤案發生之後的第六十二天

夜裡打來的那通電話，讓一切就此變貌。

禮拜一晚上十點二十分，電話響起。戶外氣溫是攝氏零下八度，如冰的濃霧籠罩整個鄉間。當時佛洛與妻子窩在溫暖的床上，欣賞電視播送的某部幫派黑白老片。其實，蘇菲亞早已進入了夢鄉，電話聲沒吵醒她，就連她老公下床著衣的時候，她似乎也根本渾然不覺。

佛洛穿上寬鬆長褲、休閒套頭毛衣，還有厚重的冬衣外套，準備迎向彷若消隱萬物的這場超級濃霧、前往阿維卓的迷你醫院。六十二歲的他，已在那裡擔任心理醫師四十多年之久。在這段執業時光中，他幾乎不曾因急診而被人在半夜挖起來，而且，這次的來電者還是警察。這座阿爾卑斯小村落，是他出生與定居之地，只要太陽下山之後，可說是一片寧和，這樣的地方，就連惡徒看了也想要安穩過生活、入夜之後就乖乖待在家。所以，佛洛不禁十分納悶，到底是出了什麼狀況？需要他在這種不尋常的時刻立即到場？

警察在電話裡只告訴他，某人在發生車禍後遭到逮捕，其他什麼都沒說。

落雪在下午就停了，但到了晚上卻寒意更濃。佛洛一踏出家門，迎面而來的是一股神秘靜謐，一切靜止不動，宛若時光戛然而止。他突然打哆嗦，這與外頭的低溫無關——而是源於內心。他發動自己的老舊雪鐵龍，必須等待好幾秒、暖熱柴油引擎之後才能上路，對他來說，這種聲響來得正是時候，可以蓋掉那種毫無任何變化的恐怖寂靜。

路面結冰，但讓他之所以維持時速二十公里以下的真正原因，還是因為降雪，他雙手緊抓方向盤，背脊前屈，為了要看清楚兩側的路況、整張臉距離擋風玻璃只有十多公分的距離。所幸他對於這條路十分熟悉，心的反應比眼睛快多了。

到了十字路口，他決定走通往村落中央的那條路，終於在奶色霧罩中看到了隱約露出的景象。他繼續前進，覺得一切都變得好緩滯，宛若在夢境中一樣。凝厚白霧中出現了時斷時續的閃光，彷彿向他節節進逼，不過，前進的人其實是他。有個人影走出大霧，雙臂做出詭奇的大動作，佛洛越靠越近，這才發現對方是警察，提醒來往駕駛必須要小心。他開過警察面前的時候，兩人匆匆揮手打了招呼。原來，間歇閃光來自警察後方，除了巡邏車的警示閃燈之外，還有某台卡在壕溝裡的深色小轎車的車尾燈。

過沒多久之後，佛洛到達了村落中央，一片死寂。

褪淡的黃色街燈宛若霧中的海市蜃樓。他進入了大片建物區，穿越另一頭之後，到達了目的地。

阿維卓的迷你醫院出現異常熱鬧氣氛。佛洛一進入大門，某名當地警員立刻趨前，而他身旁還有蘿貝卡．梅耶，最近搶著出風頭的年輕檢察官，她看來一臉憂心忡忡。佛洛才剛脫去外套，她就講出了今晚意外之客的身分，言簡意賅，「沃格爾。」

佛洛一聽到這個名字，立刻恍然大悟她為何如此焦心。這一夜，一切就此變貌，只是當時的他並不知道。所以，當下他根本不清楚自己在這整起事件中所扮演的角色，他開口問道，「到底要我來這裡做什麼？」

「急診室醫生說他沒問題，但似乎陷入恍惚狀態，也許是因為車禍造成的驚嚇。」

「但妳也不確定吧？」佛洛的提問正中要害，梅耶回話強辯就顯多餘了，「他是不是緊張症？」

「不是，遇到刺激的時候，他會有反應，但他情緒波動得很厲害。」

「而且，對於先前發生的一切，他什麼都不記得了。」佛洛幫她把病人的症狀一口氣講完。

「他記得這場車禍。但我們有興趣的是先前的事，我們需要知道今天晚上發生了什麼狀況。」

「妳覺得他在裝。」

「很有可能，醫生，所以我們才請你過來。」

「你們希望我怎麼配合？」

「我們已經掌握了足夠的起訴證據，他自己也很清楚。所以你必須告訴我，他是否清楚意識自己的所作所為？」

「如果是呢？那他會有什麼下場？」

「我就可以將他起訴，進行正式訊問，也毋須擔心之後在法庭會有哪個律師提出什麼愚蠢的技術性干擾。」

「但就我的了解，這場意外並沒有人傷亡，沒錯吧？妳又能以什麼罪名起訴他？」

梅耶沉默了一會兒，「等一下你看到他的時候就知道了。」

他們把他一個人留在佛洛的診療室裡面。佛洛一開門，果然看到凌亂書桌前那兩張扶手椅的其中一張坐了人，是沃格爾，身著深色喀什米爾外套，頭低低的，看來是沒注意到有人進來。

佛洛將自己的外套掛在衣帽架上面，不斷摩擦因寒氣而依然僵麻的雙手，他開口道晚安，隨後走到暖氣前、確定已經啟動。其實，這個動作只是藉機正面觀察對方的某種託辭，了解一下他的狀況，最重要的是，搞清楚剛才梅耶到底是什麼意思。

沃格爾外套之下的穿搭十分講究。深藍色西裝，粉藍色真絲花紋領帶，西裝前胸配有黃色口袋巾，白色襯衫搭配橢圓袖扣，不過，全身上下都皺巴巴的，彷彿已經穿了好幾個禮拜之久。

沃格爾沒有回應佛洛，只是揚起目光、盯了他好一會兒，然後，又繼續低頭，望著放在膝上的雙手。

佛洛心想，命運真是捉弄人，居然讓他們兩個人湊在一起。他開口問道，「在這裡待很久了嗎？」

「你呢？」

佛洛哈哈大笑，但沃格爾卻依然一臉陰沉。「四十年左右了。」在這段時光當中，診療室的東西與家具越積越多，最後搞得一塌糊塗。他自己心裡有數，在外人的眼中，這裡根本就是雜亂無章。「有沒有看到那個舊沙發？前任醫生留下來的東西，書桌則是我自己選的。」桌面上有許多相框，都是家人的照片。

沃格爾拿起其中一幀照片，佛洛被子孫們簇擁，一大家子在夏日花園裡烤肉。「好和樂的一家人。」但他的語氣聽起來沒什麼興趣。

「三個小孩，十一個孫子。」佛洛甚是喜愛這張照片。

沃格爾把照片放回原處，開始四處張望。牆上除了他的學位證書、各式各樣的感謝狀之外，還有他的孫子們送給他的畫，這是佛洛最自豪的功績。

他熱衷釣魚，牆上掛了許多魚標本。

「只要有時間，我就會放下一切、前往湖區或是山溪，」佛洛說道，「這是我回歸自然的方式。」角落有個櫃子，擺了釣竿，還有個抽屜專放魚鉤、釣餌、魚線，以及其他工具。久而久之，這裡根本就不像是心理醫生的診療室，反而成了他的巢穴，他的專屬之地，再過幾個月，他就要退休了，一想到要完全清空辦公室，就讓他覺得好可怕。

這些牆面訴說了諸多的故事，現在，又多了一樁：某個冬日深夜，突然被找來做心理診察。

「你居然出現在這裡，我還是覺得不可思議，」佛洛直接招認，而且語氣裡還聽得出羞赧，「我太太與我在電視上看過你好多次了，你是大名人。」

沃格爾只是點點頭，顯然他處於困惑狀態——不然，就是他演技高超。

「你還好嗎？確定嗎？」

「我很好。」沃格爾氣若游絲。

佛洛從暖氣前走向書桌，入座，經年累月下來，那張扶手椅已烙下了他的人形凹痕。「你知道嗎？你運氣不錯。我剛才過來的時候，正好經過了車禍現場。你從道路右側墜落而下，對，的確是很深的壕溝，但路面的另外一邊卻是山谷。」

沃格爾回道，「因為濃霧。」

「嗯，冰寒的濃霧，並不常見。平常從我家開車過來根本不需要十分鐘，但我剛才足足開了二十分鐘。」他的雙肘擱在扶手上，整個人往後一靠，「我們還沒有自我介紹：我是奧格斯特・佛洛醫生。請告訴我，該怎麼稱呼比較妥當？沃格爾探員？還是沃格爾先生就好？」

沃格爾想了一會兒，「你自己決定吧。」

「我認為警官就算是不再行使職權，也不該喪失原有的頭銜。所以，對我而言，你依然是沃格爾探員。」

「隨便你。」

佛洛腦中瞬間湧現許多問題，但他知道自己必須挑選合適的提問開場。「老實說，我沒想到還會在這個地方見到你，我以為你在事發之後就進城了。為什麼又回來？」

沃格爾探員的雙手輕拂褲面，彷彿在去除根本不存在的灰塵，他只擠出了一句話，「我不知道。」

十二月二十五日

失蹤案發生之後的第二天

緊貼坡地的冷杉，宛若密列成群、準備進犯山谷的士兵。這座谷地狹長如傷疤，還有河流蜿蜒其中。河域蓊鬱，有時靜和，有時則變化莫測。

此幅風景畫的中央地帶，正是阿維卓的所在地。

這是距離國界僅有數公里的阿爾卑斯小村。突出式屋頂的住家、尖塔教堂、鎮公所、警局、迷你醫院、學校、兩間酒吧，還有體育場。

森林、山谷、河流、村莊。還有一座巨大破敗的礦場，宛若是混合了過往與自然地景、充滿未來主義風格的醜惡疤記。

一出了群聚區，大馬路的旁邊，開了某間餐廳。

從窗外看出去，除了馬路之外，還有加油站，再過去一點是敬祝駕駛「佳節愉快」的霓虹招牌。不過，從室內看到的是反面的字樣，成了讓人摸不著頭緒的象形文字。

餐廳裡擺放了許多三〇年代的藍色美耐板餐桌，還有些藏身在包廂區裡面，每張餐桌都已經擺設好了餐具，但只有一張坐了人，就在正中央的那個位置。

沃格爾探員自己一個人吃早餐，盤裡的食物是蛋品加義大利培根。他身著鉛灰色西裝，搭配橄欖綠背心與深綠色領帶，在用餐的時候也依然身著喀什米爾大衣。他坐姿直挺，目光緊盯著面前的黑色筆記本，三不五時就拿起雅緻的銀色鋼筆寫東西，偶爾將它擱在桌面、純粹只是為了換拿叉子用餐。他一直維持精準的手勢轉換頻率，相當重視某種內在的節奏感。

上了年紀的老闆身著黑紅色格紋襯衫、捲起袖口，外頭罩了件皺巴巴的髒圍裙。

他離開櫃檯，拿起剛泡好的一壺咖啡，「我今天本來根本不想過來開店。我捫心自問：聖誕節一大早，真的想要過來嗎？這地方本來擠滿了觀光客，都是一家大小出遊……但自從他們發現了那螢光垃圾之後，一切就變了。」他說出這些話的語氣，彷彿在悼念某段出現在多年之前、再也不會復返的快樂時光。

阿維卓的生活步調，原本一直平靜無波，大家販賣手工藝品，依靠觀光業為生。然而，這種日子卻在幾年前起了變化，因為有外人來到這裡，發現這裡的山脈之下蘊藏了可觀的螢石、開始做起投機買賣。

沃格爾心想，這老先生說得沒錯：自那時候開始，一切就變了。某間跨國公司來到這裡，向各方地主購買礦脈之上的土地，出手相當大方，許多人也因而一夜致富。而運氣沒那麼好的非地主居民也突然發現自己被打入窮困階級，因為觀光客全沒了。

那男人繼續說道，「也許我應該要心一橫，賣掉這地方，乾脆直接退休算了。」然後，他憤恨搖頭，雖然沃格爾沒開口，還是為他補滿咖啡，「我看到你進來的時候，本來以為你是那種動不動就跑來、向我推銷垃圾產品的業務員。後來我才想到……你是因為那女孩才出現在這裡的吧？對不對？」他微微側頭，動作細微得幾乎讓人看不出來，目光飄向入口旁牆面上所張貼的傳單。

某個女孩的照片，十多歲，一臉燦笑，紅髮，臉上有雀斑。然後，還有名字，安娜・盧，後面還出現了提問：你有沒有看到我？最下面是一組電話號碼，還有幾行文字。

沃格爾發現那老人想偷瞄他的黑色筆記本，所以他趕緊闔上，又把叉子放在盤中，「你認識她嗎？」

「我認識他們一家子，都是好人。」老人從餐桌下方抽了張椅子，坐在沃格爾對面，「依你看，她到底是出了什麼事？」

沃格爾以雙手支住下巴，被別人詢問這種事，有多少次了？一模一樣，大家看起來都是真心擔憂，或者是努力演得很像，但最終都只是出於好奇而已，病態、沒有絲毫同情心的好奇心。

「二十四小時，」沃格爾開口，這位老人似乎是不明白這個答覆的含意，他正想要問清楚，沃格爾已經搶先一步開口，「一般而言，青少年離家出走的手機關機時間，最多也只會持續二十四個小時而已。之後，他們一定會忍不住打電話給朋友，或是查看網路上是不是有人在討論自己的事，所以我們就能因此追蹤定位。但反正通常大部分的小孩也會在四十八小時之後返家……所以，在失蹤的兩天之後，除非是遇到壞人或者發生了意外，不然通常都是歡喜收場。」

這番話似乎讓那男人大受震撼，「要是兩天後還見不到人呢？」

「那麼他們就會找我出馬了。」

沃格爾起身，把手伸進口袋，丟了張二十歐元的鈔票在桌上、付了早餐的費用，直接走向門口，就在準備步出大門之前，他再次回頭，對著餐廳老闆開口，

「聽我一句話：別賣掉餐廳，過沒多久之後，這裡又會充滿人潮。」

外頭氣溫冷冽，但天空清朗，在冬日明亮陽光的映照之下，一切變得好耀眼。不時會有載運重物的大卡車經過，引發的風震也不斷吹飛沃格爾的外套下襬。他站在餐廳的前院，旁邊就是加油站，整個人動也不動，雙手深插在口袋裡，抬頭張望。

有個年約三十歲左右的年輕人也站到他的背後，此人同樣身著西裝、打領帶，外加深色外套，但並不是喀什米爾材質。一頭金髮，旁分，深藍色的眼眸，看起來是個誠懇好人。「嗨，」他開口打招呼，但卻沒有得到任何回應，「我是波吉警官，」他還是堅持講下去，「上級吩咐我來找您。」

沃格爾依然不打算理他，只是繼續盯著天空。

「再過半個小時，簡報就要開始了，依照您的吩咐，大家都已經抵達現場。」

波吉傾身向前，這才發現沃格爾其實正盯著加油站屋頂上方的某個東西。

對準大馬路的某台監視攝影機。

沃格爾終於轉身看著他，「這是前往村鎮的唯一道路，對嗎？」

波吉不需思索、就能立刻講出答案，「報告長官，沒錯，沒有其他的出入口，這條路直接貫

穿整個村莊。」

「很好，」沃格爾回道，「帶我去另外一頭。」

沃格爾立刻快步走向波吉的停車處，他這一趟開的是深色的無塗裝轎車、專程過來接沃格爾。波吉遲疑了一會兒，還是跟了過去。

過了幾分鐘之後，兩人已經站在連接河流兩側、通往下一個村莊的大橋上頭。這位年輕警官把車子停在路邊，在外頭靜靜等待，沃格爾則距離他好幾公尺之遠，重複先前的動作，而他這次緊盯不放的目標是車道旁某根柱子上方的測速照相器，他的站立位置極靠近來往車輛，駕駛紛紛猛按喇叭以示抗議。但沃格爾卻不為所動，繼續仰望。波吉不清楚眼前是什麼狀況，但看起來實在是高深莫測又充滿了矛盾。

沃格爾終於看夠了，往停車處走去，「我們去探望那女孩的父母吧。」他沒有等波吉回答，逕自上了車。這位年輕警官看了一下手錶，依然耐心十足，乖乖進了駕駛座。

□

瑪莉亞．卡斯特納的語氣充滿自信，「安娜．盧從來沒有給我惹過麻煩，」這女孩的母親個頭嬌小，然而卻可以感受到她散發出一股特殊的強悍之氣。這裡是他們居住的兩層樓小屋，她坐在客廳的沙發，旁邊是她的丈夫，身材壯碩，但顯然是個完全沒有殺傷力的人。兩人都還穿著睡衣睡袍，而且緊握著彼此的手。

空氣中有一股噁心的甜氣，菜餚的味道與空氣芳香劑混合在一起，沃格爾實在受不了。他挑了張扶手椅坐下來，而波吉則坐在他後方、位置稍嫌遠了一點的另一張椅子。他們與卡斯特納夫婦之間的茶几上面擺了好幾杯咖啡，但想必很快就涼了，因為看來大家都沒有那個心情。

客廳裡還有棵擺滿裝飾品的聖誕樹，七歲的雙胞胎兄弟剛剛拆開禮物、待在樹下玩得好起勁。

有份綁著漂亮紅緞帶的禮物，完全沒有拆封。

瑪莉亞發現沃格爾盯著那裡不放，隨即開口解釋，「我們還是希望兒子要慶祝耶穌的生日，同時也可以幫助他們分散對這件事的注意力。」

「這件事」指的就是他們的十六歲長女，家中唯一的女孩，已經失蹤了將近四十八個小時。事發當天約下午五點鐘的時候，她出了家門，準備前往距離不過只有數百公尺的當地教堂。卻一直沒有看到她現身。

安娜・盧從某個住宅區抄捷徑過去——那裡的房子全都是同一式樣的花園小屋——大家都彼此相識。

不過，沒有人看到或聽到任何狀況。

大約在七點鐘的時候，她的母親起了疑心，發現她還沒回家，而且打她手機也找不到人，因為一直在關機狀態。在這漫長的兩個小時當中，她到底出了什麼事，實在很難說。大家一整個晚上都在忙著找人，但最後決定回歸現實，暫停一下，第二天早上再繼續努力。反正，當地警力也沒有足夠的資源對整個地區做地毯式搜索。

截至目前為止，她為什麼會離奇失蹤？依然找不出任何的假設。

沃格爾發現這對父母又陷入沉默。兩人因為失眠而眼窩凹陷。接下來的這幾個禮拜，這種失眠問題會讓他們快速老化，而現階段只能算是初始印記而已。

「我們的女兒打從小時候開始，就充滿了責任感，」那女子滔滔不絕，「我不知道該怎麼講……但她從來就不需要我們操心：我們完全不需要開口督促，她就變得成熟懂事了，會幫忙打掃家裡，照顧兩個弟弟。學校裡的老師們也都對她的表現很滿意。而且，她最近還當上我們兄弟會的教理老師。」

這間客廳的裝潢甚是樸素。沃格爾剛才一踏進來的時候，立刻就發現這裡充滿了屋主是虔誠教徒的各種鐵證。牆上掛滿聖像與聖經故事圖片，到處都看得見耶穌，塑膠材質或石膏小塑像都有，而聖母瑪利亞也處處可見。此外，也有一大堆的聖人像，電視上方還懸掛了木質十字架。

客廳裡也有裱框的家庭照，許多張照片裡都看得見某個紅髮雀斑女孩。

安娜．盧根本是照父親模子印出來的女兒。

而且，她總是滿臉笑容。包括第一次領聖體，與弟弟們一起去爬山，肩上掛著鞋具、站在溜冰場上驕傲展示比賽贏得的獎牌。

沃格爾知道這個客廳、這些牆面，還有這間屋子將會變得不一樣了。過了不久之後，這些滿滿的回憶都會開始讓人心痛。

「除非等到我們的女兒回來，否則我們絕對不會撤走聖誕樹，」瑪莉亞・卡斯特納宣示的語氣近乎自傲，「我們會一直亮著聖誕燈，所以只要從窗戶就可以看到它了。」

沃格爾心想，這種行為何其荒謬，尤其在接下來的這幾個月當中更顯突兀。拿聖誕樹當作明燈，為某個可能永遠回不了家的人引路，有其風險，只是安娜・盧的父母還沒參悟到這一點。這種節慶式的燈光，等於明白告訴外頭的每一個人，這座屋子裡正在上演悲劇，那終將成為負擔的表徵。鄰居們無法假裝對那棵樹與其代表的意涵置之不理。而且，久而久之，這會造成反效果，會讓鄰居一見就心情低落。那樣的符號，會讓大家疏遠卡斯特納一家人，讓他們更形孤立。沃格爾非常清楚，如果要堅持過這樣的生活，代價就是換來別人的冷漠相待。

「大家都說小孩子到了十六歲，叛逆是很正常的，」瑪莉亞說完之後，猛搖頭，「我女兒才不是這樣。」

沃格爾點點頭，雖然現階段他沒有任何證據，但他知道她說得沒錯。這絕對不是在迎合某個企圖脫責的母親、堅持小孩品行良好。沃格爾相信她句句屬實，他之所以深信不疑，是因為客廳裡到處都看得到安娜・盧的臉龐對著他微笑。

那近乎孩童式的單純氣質，等於告訴了沃格爾她一定出事了，無論到底是遇到什麼狀況，想必絕非出於自願。

「我們關係很緊密，她很愛我，還特地為了我做這個，一個禮拜前送給我的禮物……」那女子舉起手腕、讓沃格爾看那串彩珠手鍊，「最近她迷上了這玩意兒，做了好多分送給她喜歡的人。」

沃格爾發現，當她在講述這些與偵查無關的細節的時候，她的語氣與目光並沒有流露任何感情，但這絕非冷漠，他知道真正的原因。這女子深信這是某種試煉。全家人都必須承受這樣的試煉，才能證明他們的信仰有多麼堅貞不移。所以，她的內心深處，已經坦然接受了事實。她可能覺得這並不公平，但她還是期盼能看到某人趕快出手相救，也許就是上帝自己。

「安娜．盧很信任我，但身為母親的人都心裡有數，不可能知道小孩的全部。昨天，我在整理她房間的時候，找到了這個……」那女子放開丈夫的手，將一直緊貼胸前的亮色日記本交過去。

沃格爾的手伸過茶几、接下了日記本。封面是兩隻可愛的蓬毛小貓咪，他隨手翻了幾頁。

那女子說道，「裡面完全找不到任何可疑的內容。」

沃格爾闔上日記本，從外套的內側口袋取出鋼筆與黑色筆記本，「想必你應該對女兒日常往來的朋友很熟悉……」

「當然。」瑪莉亞．卡斯特納的語氣有一絲惱怒。

「安娜．盧最近有沒有和陌生人見面？比方說，新結識的朋友？」

「沒有。」

「百分百確定？」

「對，」她斬釘截鐵，「要是有的話，她一定會告訴我。」

她剛剛才說母親不可能知道子女的一切，而現在卻展現出十足的自信。沃格爾回想起過去經手的失蹤案件，這的確是父母們會出現的典型反應。他們想要協助警方，但也意識到自己也算是部分的罪魁禍首，至少，沒有對小孩付出足夠的注意力。不過，當你想要講出這一點的時候，他們就會立刻發揮自我防衛本能，甚至有時明明鐵證擺在眼前，他們卻還是死鴨子嘴硬。不過，沃格爾需要更多的線索，「最近有沒有注意到任何異常的行為舉動？」

「你指的異常是什麼意思？」

「妳也知道年輕人的模式，從小地方就可以看出許多端倪。她睡得好嗎？飲食正常？有沒有出現情緒波動？是不是鬱鬱寡歡？」

「她跟平常沒兩樣。沃格爾探員，我很清楚自己的女兒，只要她哪裡不對勁，我一定會立刻發現。」

這女孩有手機，沃格爾知道是老舊機種，不是智慧型手機。「你們的女兒上網嗎？」

這對父母互看了一眼。

「我們的兄弟會對於某些現代科技的運用方式很不以為然，」瑪莉亞回道，「沃格爾探員，網路充斥了各種誘惑，是破壞良好天主教徒教養的誤導觀念。不過，我們從來不曾禁止女兒從事任何活動，這一直都是她的個人選擇。」

沃格爾心想，對，妳當然會這麼說。不過，這女子倒是說中了一件事，危險通常來自於網路。類似安娜・盧這類的敏感青少年，最容易成為受害目標。網路上到處都有獵狼，工於心計，知道要如何操弄脆弱的年輕人，巧妙滲入他們的生活之中。慢慢解除他們的戒心，翻轉他們的信任關係排序等級，想盡辦法取代這些青少年至親的地位，最後得以遠端遙控，最後，他們終將言聽計從。就這一點看來，安娜・盧・卡斯特納的確是完美的獵物。也許這女孩只是假意迎合父母的期待，其實卻在別的地方上網，可能在學校，或是在圖書館裡面，他們必須查個清楚。不過，在這個時候，他得要詢問其他的事，「你們是賣地給礦業公司的少數幸運兒之一，對嗎？」

這個問題是針對布魯諾・卡斯特納，但卻是他的妻子再次開口，「我父親在北方的山上留了一塊地給我們。誰會想到它如此值錢？我們將部分所得捐給了兄弟會，而且也付清了這棟房子的貸款，剩下的錢準備要留給小孩。」

沃格爾心想，鐵定是驚人數字，搞不好卡斯特納的好幾代子孫都可以靠這筆錢過著優渥生活。這家人大可以恣意購買各種奢侈品，或是買間會讓人驚嘆的寬敞豪宅，不過，他們卻寧可維持原有的生活方式。面對這樣的意外之財，怎麼能夠如此泰然？宛若視為無物？沃格爾實在不解，但他只是照實記錄下來。他還在低頭做筆記，卻已經忙著繼續發問，「你們沒有接到歹徒提出的贖金要求，所以我就排除綁架。但過去是否曾經有人威脅過你們？有沒有任何人——包括親戚、朋友——具有嫉妒你們的動機，或是對你們懷恨在心？」

卡斯特納夫婦似乎被這些問題嚇了一跳。

「不，沒有，」瑪莉亞立刻回道，「我們經常見面的對象就只有兄弟會的成員。」

沃格爾仔細思量最後一句話的意涵：卡斯特納夫婦一派天真，以為兄弟會之間不會有任何齟齬。其實，聽到這樣的反應，他倒也不覺得奇怪。早在踏進這間屋子之前，他已經事先研究過這一家人的生活，想要知道有關他們的一切。

一如往常，輿論注重的只是表象。所以，每當有異常事件發生的時候，比方說，某個教養良好的單純女孩突然失蹤，而且主角出身的是眾人敬重的家庭，每個人一開始都傾向認定惡徒是外人。不過，類似沃格爾之類的老練警察，總是不願一開始就從外部下手，因為太多案例證明了真正的原因其實更為單純——也更駭人——罪惡的隱藏之地原來在自己家裡。他曾經處理過好幾起父親或是母親虐待女兒的案例，他們不但不願保護自己的女兒，反而將她們當成了危險仇敵。最後，為了要過著平靜生活，這些父母也達成共識，保住婚姻的最佳方法就是消滅親生小孩。他曾經偵辦過某起案件，太太發現了丈夫對女兒施虐的惡行，但選擇保護老公，而且，她不想面對自己的難堪處境，乾脆自己殺死了女兒。總而言之，家庭裡的殘虐惡行千奇百怪，遠遠超過眾人的想像。

大家似乎都很尊敬卡斯特納夫婦。

男方是貨車司機，意外致富之後，並沒有放棄工作。女方是低調的家庭主婦，全部的心力都奉獻給家庭與小孩。而且，這對夫妻似乎都十分虔誠。

但這種事很難講。

沃格爾假裝對問案成果十分滿意，「就目前的狀況看來，我認為我們已經盡力清查了所有的面向。」他離座起身，從頭到尾都沒吭聲的波吉，也立刻做出相同動作，「謝謝你們的咖啡，還有這個，」他把安娜．盧的日記揚了兩下，「相信這一定對我們很有幫助。」

卡斯特納夫婦陪這兩位警察走到門口。沃格爾又瞄了一眼在聖誕樹旁邊靜靜嬉玩的那兩個小孩，他心想，也只有上帝知道等到他們成年之後、究竟還會記得什麼。搞不好他們現在年紀太小了，可以逃過恐怖事件的烙痕。不過，依然綁著完整紅緞帶、等待安娜．盧拆開的那份禮物，卻給了他答案，這裡有個東西，會不斷讓他們想起那一起重創全家人的悲劇。最悲慘的事莫過於準備好了禮物、但卻永遠送不到那個人的手中。原本蘊藏其中的欣喜慢慢腐爛，污染了周遭的一切。

就在這個時候，沃格爾發覺大家也未免沉默得太久了一點，所以他面向波吉，「你先去車上等我好嗎？」

「沒問題，長官。」波吉態度謙恭。

現在，只剩下沃格爾與卡斯特納夫婦，他開口的語氣變得十分體貼，宛若已經把「這件事」放在心中。「我必須要老實告訴你們，」他繼續說道，「媒體已經知道了這件事，過沒多久之後，他們就會蜂擁而至……有時候，記者比警察更會挖掘內幕，而最後在電視上出現的東西也未必與案情有關。他們找不到題材可拍，就會對你們窮追不捨。所以你們要是還有話想說，什麼事都沒關係……趕快趁現在說出來吧。」

接下來，沃格爾不發一語，而且刻意拉長了沉默的時間，這就像是在協商合約一樣，他的建議隱含了警告：我知道你們有秘密，每個人都有，但現在你們的秘密就要屬於我了。

「很好，」他終於開口，打破了沉默，以免讓大家繼續尷尬下去。「我看到你們張貼了附有女兒照片的協尋海報，這作法很不錯，但還是不夠。目前只有地方媒體處理這條新聞，但我們還需要更積極的作為，比方說，向社會大眾呼籲協尋，一定效果卓著，你們覺得怎麼樣？」

卡斯特納夫婦互看彼此，神情充滿疑惑。然後，安娜．盧的母親趨前一步，脫下女兒為她所做的手環，又抓住沃格爾的左手、將手環套入他的手腕，宛若在執行某種神聖的授銜儀式一樣。「沃格爾探員，我們會竭盡一切努力協助你，但你一定要把她帶回來，好嗎？」

波吉在車子裡等沃格爾，但其實也沒閒著，他忙著講手機，「我不知道他還會在這裡待多久，是他開口要過來的。」他正在向某位等待簡報的警官解釋為什麼已經延遲了一個多小時。「我也有家人。幫忙安撫一下大家，絕對不會有人錯過聖誕節晚餐。」其實，他也不確定自己做出這種保證是否妥當，因為他根本不清楚沃格爾在想什麼。他只知道自己需要知道的部分，而這整個早上他只明白了一件事，自己得當沃格爾的司機。

昨天晚上，他的直屬上司告訴他一早就得前往阿維卓、幫助沃格爾探員調查某名青少女失蹤案。然後，主管將資料少得可憐的案情檔案交給了他，而且還下達了某些特殊指令。八點半整，到達城鎮邊郊大馬路邊的那間餐廳，要記得穿深色西裝，還要搭配襯衫領帶。

當然，波吉早就聽過許多有關沃格爾與他古怪行徑的謠言。他這個人與偵辦的案件經常是電視的報導專題，而且也是報紙與電視爭相訪問的對象。他在攝影機前面總是泰然自若，不需準備就能侃侃而談，胸有成竹。

警界也流傳了許多關於他的故事，吹毛求疵，控制狂，只注意自己出現在鏡頭前的時候夠不夠帥，而且要確定自己是眾人注目的焦點，從來不把周邊的人放在眼裡。

不過，沃格爾探員最近流年不利，尤其是某起案件出了狀況之後，更讓大家開始質疑他的辦案手法。某些警界人士對此是幸災樂禍，但對波吉來說，他還是覺得可以從沃格爾這樣的警官身上學到不少東西，這樣的思維也許太天真，但他畢竟是個菜鳥而已，想必這次的經驗只會對他有益而無害。

不過，沃格爾總是偵辦特殊案件，尤其是會令人髮指的血腥謀殺案，據說，他一直有仔細挑案的習慣。

所以波吉不禁充滿好奇，在這個年輕女孩的失蹤案當中，沃格爾到底發現了什麼特殊之處？他可以理解安娜·盧的父母為什麼心生恐懼，而且他猜這女孩可能已經慘遇不測，不過，他還是看不出來這怎麼可能會引發媒體跟追熱潮？而沃格爾通常只對這類案件有興趣。

「我們馬上趕到。」他向另一頭的警官提出保證，但其實只是想要趕快結束通話而已。就在這個時候，他發現街底停了台黑色的廂型車。

裡面坐了兩個人，完全不講話，只是盯著卡斯特納的家。

波吉想要下車察看那兩個人到底是誰，但沃格爾卻在這時候離開屋子、沿著車道朝他走來。

但過了一會兒之後，沃格爾卻放慢腳步，做出令人匪夷所思的動作。

他開始拍手。

起初很柔緩，然後變得越來越大聲，而且，他還一邊拍手、一邊四處張望。啪啪聲響不斷迴盪，附近鄰居紛紛湊到窗前，老太太、一對夫妻帶著小孩、胖男、上了髮捲的家庭主婦，越來越多人加入圍觀陣容，大家都不明就裡。

沃格爾停止了拍手的動作。

他左右張望了最後一次，在四周鄰居的注視之下，又繼續往前走，宛若什麼事都不曾發生過一樣，然後，坐進車內。波吉很想問他為什麼要做出這種詭異動作，但這次先開口的依然還是沃格爾。「波吉警官，有沒有注意到那屋內有什麼狀況？」

這個年輕人不加思索，立刻回道，「這對夫婦從頭到尾都手牽手，似乎團結一致，但一直在講話的卻是那位太太。」

沃格爾點點頭，透過擋風玻璃向外凝望，「那先生很焦急，有心事想要告訴我們。」

波吉沒回話。他發動車子，將剛才的拍手事件與那台黑色廂型車拋諸腦後。

鎮上的派出所空間太狹小，不符沃格爾的期待，他先前已經請他們物色更適合的地方。所以，學校體育館已經成為由他全權指揮的專案室。

體育館裡的地墊與其他設備，已經被他們全部堆放在某面牆邊，但卻忘了角落還有一籃排球。這裡已經擺放了好幾張從教室裡搬來的書桌，他們還弄了一些花園涼椅過來。圖書館提供了兩台筆記型電腦與一台桌上型電腦，但只有一具電話連接外線。籃球場的某個籃框下面已經擺好了黑板，上面已經有人以粉筆寫下了幾個字：案件調查線索。而底下擺放的就是目前所收集的少數資料：從卡斯特納夫婦製發海報上所取得的安娜．盧的照片，還有一份山谷地圖。

阿維卓本地的幾個便衣刑警聚集在咖啡機與點心盤旁邊聊天，整個體育館都是他們談話的回音。他們一邊吃東西一邊講話，而且滿臉不耐，頻頻看錶。現場一片喧鬧，根本沒辦法知道他們到底在講些什麼，但從他們的表情看來，應該是都在抱怨同一件事。

就在這個時候，有人推開逃生門，發出了沉重聲響，大家紛紛轉過頭去。沃格爾進入了體育館，後面跟著波吉，談話聲也逐漸消失無蹤。現在，這裡只聽得到沃格爾大步向前、皮鞋摩擦地板的清晰吱嘎聲響。

沃格爾沒有開口打招呼，也懶得看人，直接走向籃球框下方的黑板。他盯著「案件調查線索」那幾個字，彷彿在仔細端詳。然後，他突然出現大動作，擦去了黑板上的字，又撕掉了照片與地圖。

他拿起粉筆，寫下了某個日期：十二月二十三日。

他轉向面前那一小撮聽眾，「那女孩失蹤已經將近兩天了，」他繼續說道，「在面對失蹤人口案件，時間是我們的大敵，但也可能是我們的盟友——完全要看我們的辦案能力而定。我們必須掌握時間優勢，也就是說，一定要立刻展開行動。」他停頓了一會兒，「我要在山谷的主要道路進出口設下攔檢，我並沒有要特意攔查哪個人，但我們必須有所動作、讓大家看到。」

在場的每一個人都靜靜聆聽，波吉先前已經找到了靠牆的位置，站在那裡冷觀全局。

「加油站上方的監視攝影機，還有主要道路的測速照相機，」沃格爾繼續說道，「有沒有人去檢查一下？是否正常運作？」

大家遲疑了好一會兒，終於有名身著格子襯衫搭配藍色領帶的大肚男，舉起還拿著咖啡的那隻手，「有的，長官，」他面露羞赧，「女孩一失蹤，我們就立刻扣留了影帶。」

沃格爾似乎十分滿意，「很好，現在追查當時曾經駕車經過的所有男性駕駛人，詢問他們為什麼要進入或是離開山谷。尤其那些有暴力或犯罪前科的對象更要仔細盤查。」

波吉的位置具有地利之便，他可以感受到那名警官的不爽情緒。

又有另外一名年紀較長的警官發言，從他的自信程度看來，無論是遇到什麼樣的批評，想必都能夠招架得住。「長官，我們人手不足，而且資源有限，何況，我們也沒有加班費的預算。」

其他人開始竊竊私語，低聲附和。

沃格爾不為所動，望著自己前方整齊置列的那排書桌。資源短缺，顯而易見，也讓這一切看起來十分滑稽。他不能責怪這些警察態度懷疑又消極，但他也不能忍受任何的藉口，所以他繼續維持冷靜語氣，「我知道你們大家都希望這時候能待在家裡、與親人一起歡慶聖誕節，而且，諸位也發現波吉警官與我這兩個外人到達這裡發號施令。不過，等到這裡的事情結束之後，波吉與我，終將回到原來的工作崗位，然而你們……」他迅速環顧每一個人，「還會在街上遇到那名女孩的父母。」

這段話講完之後，出現一陣短暫沉默。那名資深警官再次插話，但這次的態度謙遜多了。

「長官，恕我有個疑問，明明是有個女孩失蹤了，但為什麼我們要鎖定追查某個男子？難道我們不該專心找尋她的下落嗎？」

「因為她被人挾持了。」

不出他所料，這句話果然對底下聽眾引發了強烈效應，剎那之間，大家都不知道該說什麼才好。沃格爾望著眼前的這些人，只要是具有基本常識的警察，都會對剛才那句話嗤之以鼻，根本是違反正常程序的胡言亂語。這個假設完全沒有任何佐證，就連一條線索也沒有，根本是天外飛來一筆。但沃格爾必須要讓他們認為這種說法的確有其可能。他只需要埋下某個可能性的種子，不久之後，它就會成為確實性越來越高的思維模式。他知道自己要是能夠說服這些人的話，那麼任何人都不成問題了。這是他的一大挑戰，現在他所身處的並不是為了因應危機而器材一應俱全的專案室，而是學校體育館；而且眼前的對象也不是有五年經歷的警界老手，而是一群完全不知道該如何處理複雜調查案件、配備乏善可陳的地方警察。在這短短的幾分鐘當中，這起案件的命運將會就此塵埃落定，也許那名十六歲女孩的未來亦是如此。所以，沃格爾才會使出多年來累積的渾身解數、想盡辦法推銷自己的理念。

「我們不需要迂迴行事，」他繼續說道，「一定要快狠準，因為，我剛才也講過了，如果不這樣辦案的話，就是浪費時間。而這是屬於安娜．盧的時間，不是我們的。」然後，他從外套口袋裡取出了他的黑色筆記本，迅速查閱自己寫下的內容，「十二月二十三日，大約在下午五點鐘。安娜．盧．卡斯特納離開家門，準備前往教堂參加聚會，而教堂與她家之間的距離約三百公尺左右。」沃格爾轉身，在黑板上畫了兩個點，中間相隔了一小段距離。「就我們所知，她一直沒到教堂，但她並不是那種會離家出走的女孩。認識她的人都這麼說，而她平日的生活方式也證實了這一點：在家裡不上網，也不玩社群網路，而且手機的記憶卡裡面只有五個聯絡人。」他伸出手指，開始扳算：「媽媽、爸爸、家裡的電話、祖父母家裡的電話，還有教堂。」他又轉身面向黑板，在那兩點之間、畫出一條直線。「答案就在這三百公尺裡。除了卡斯特納這一家之外，還有十一戶住家：總共有四十六個人，案發當時，有三十三個人都待在家裡，但卻沒有人看到或聽到任何異狀。大家的監控攝影機都對著家裡，而不是對準馬路，所以完全沒有用。是不是有這麼一句諺語？對，『各人自掃門前雪』。」他把黑色筆記本又收進口袋，「綁架者研究過這個社區的習性，他知道要如何避人耳目。截至目前為止，我們只能假設有這個人存在，顯示他在犯案之前已經做好了充分準備……而且，他贏了。」

沃格爾放下粉筆，拍弄雙手撣去污灰，然後，盯著每一個人，想要知道自己剛才提示的概念是否發揮了效果。對，他成功了。他已經在眾人的心中埋下懷疑的因子，不止於此，他還帶給他們動力。從此時此刻開始，使喚他們，已經變得輕而易舉，不會再有任何一個人會開口質疑他的命令。

「好，現在，要給我記得一件事：問題不在於安娜．盧此刻人在何處，而是誰與她在一起？

我們開始行動吧！」

波吉一直沒吃東西，餓著肚子回到了昨天下午預訂的小旅館，他也為探員沃格爾在這裡訂了一間房。他原本以為聖誕節一定訂不到房了，「阿爾卑斯之花」是這個谷區少數還在營運的飯店之一，但其實卻完全沒有住客。自從螢石礦業進駐之後，其他的飯店與民宿全都關門了。波吉一開始的時候覺得很納悶，這間跨國企業在此開了礦場，理應有許多工作人員在此長居，這裡為什麼沒有改裝成為酒店式公寓？後來，門房也向他解釋，其實礦場員工幾乎都是當地人，而公司主管都是搭直升機來來去去，從來不曾久待。

阿維卓的人口還不到三千人，而有一半的男性勞動人口都在這間礦場工作。

波吉進入房間的第一件事就是脫去皮鞋與領帶。一整天都是這種打扮，讓他渾身不自在。他通常去法庭作證的時候才會穿上西裝，穿了這麼久，讓他好不習慣。他等待自己的體溫逐漸適應房內溫度之後，才脫去外套與襯衫。由於他妻子為他準備行李的時候、忘了準備另一件襯衫，所以他等一下得趕緊洗乾淨、晾在淋浴間，只能期盼明天會乾了。卡洛琳最近總是心神渙散，他們結婚才一年多，而她現在已懷有七個月的身孕。

實在很難對懷孕的年輕妻子解釋清楚，為什麼無法陪她一起過聖誕節，即便是無法推辭的理由，諸如工作就是警察之類什麼的，她還是無法接受。

波吉才剛把襯衫丟進浴室洗手台，就立刻撥電話給她。

她劈頭就問，「所以阿維卓現在到底是什麼狀況？」

「其實，我們也還是一頭霧水。」

「那他們可以放你休假啊。」

顯然卡洛琳就是想吵架。每當她展現出這種態度、卻還是得與她周旋下去的時候，還真是讓人火大。

「我告訴過妳了，待在這裡很重要，這是為了我的前途著想。」他雖然想要盡力安撫，但卻力不從心。然後，剛才一進門時打開的電視所傳出的聲響，吸引了他的注意力。他對老婆撒謊，「抱歉，我得掛電話了，有人在敲門。」卡洛琳還想繼續對他發牢騷，但已經來不及了，他早已掛了電話，盯著電視新聞。

聖誕節深夜，大家都已經結束了慶祝活動，準備讓漫長的一天畫下句點，而就在這個時候，電視裡卻出現了安娜·盧的父母。

他們兩人肩並著肩、坐在低矮講台上的長方形大桌後方。兩人身上的厚重外套看起來似乎都過大了一點，彷彿過去這幾個小時以來的焦慮已經逐漸吞噬了衣內的形體。兩人看起來既害羞又謙卑，而且依然緊握著彼此的手。

今天下午，在沃格爾的指導下，地方電視台錄製了這段呼籲協尋的影帶，波吉也在現場。不過，如今在小螢幕上再次看到這個畫面，卻給他產生一股難以言喻的詭譎興奮感。

卡斯特納將女兒的相框高舉在攝影機之前，這是在某場宗教儀式結束之後所拍攝的照片，可以看出安娜．盧身著雪白長衫，脖子上掛了木質十字架。而他的妻子瑪莉亞，戴了與女兒同款的十字架，唸出了新聞稿。「安娜．盧一百六十七公分，一頭紅色長髮，通常綁成馬尾。她失蹤當天的穿著是灰色運動衣，球鞋，白色羽絨衣，還揹了一個亮色肩背包。」然後，她屏氣，直視攝影機，宛若在對電視機前面的父母們發表演說，或者，也包括了某個可能知情的人，「我們的女兒安娜．盧個性和善，認識她的人都知道她有一副好心腸：她喜歡貓咪，而且總是信任每一個人。所以我們也要向那些在她的過往十六年當中、從來不認識她的其他人提出呼籲：如果你曾經看過她，或是知道她的下落，請幫幫我們，讓她回家。」

「安娜．盧……媽咪、爹地，還有妳的兩個弟弟都好愛妳。無論妳在哪裡，我都盼望妳能夠聽到我們的話語、感受到我們的愛。等到妳一回家，妳一直夢寐以求的小貓，我答應妳，一定讓妳養，安娜．盧……願上帝保佑妳，我親愛的孩子。」

雖然沒有必要，她還是重複了女兒的名字好幾次。波吉心想，現在她也只剩下安娜．盧的這個部分而已了，也許她擔心連這最後的名字都保不住。

現在，某個單純樸素、從來沒料到自己有天會出現在電視上的女孩，很不幸地，以這種方式逐漸打開了知名度，不只是她，那個位於阿爾卑斯山、名叫阿維卓的小鎮亦是如此。現在，波吉明白自己先前的興奮感所為何來，他明明目睹了整段過程，但透過電視觀看的時候，他卻似乎從來不知道這檔子事一樣。

這就是上電視的效應。彷彿為了因應這個小小的螢光幕，也產生了一套全新的語彙與手勢。

電視媒體一度有其侷限、無法重現真實，時值今日，它卻成為不斷加溫催熟的力量，讓真實變得具體可觸，成了具有質感與可信度的某種事物。

它創造了真實感。

也不知道為什麼，波吉又想起了沃格爾離開卡斯特納家、演出那段古怪的拍手情節之後，回到車上時所說的話，他提到了安娜．盧的父親。

「那先生很焦急，有心事想要告訴我們。」

他自己也馬上要成為某個小女嬰的父親了。案發至今已經超過了四十八小時，而沃格爾所指稱的那個邪惡幽影之人，不知會不會對他自己的女兒下手？波吉的心中突然湧起一股焦慮，逼得他陷入長考，迎接他女兒到來的這個世界，是否真的這麼殘酷？

快要午夜了，卡斯特納那一家靜默無聲。但這樣的寂靜完全沒有寧和之氣，因為那只是凸顯了過去這四十八小時以來、這間屋子裡越來越凝重的空虛感。安娜．盧宣告失蹤，如今已經成了明確事實。在這一整天當中，她父親的目光都刻意避開女兒經常出現的位置，比方說，她的餐桌座位、她在傍晚看書或看電視時偏愛的扶手椅，以及她的房門口。家裡聽不到她的聲音，他也只能想辦法填補空白。當耳畔不再出現她的話語、笑聲、哼唱的那種痛苦變得無法承受的時候，布魯諾．卡斯特納就會開始移動物品，讓噪音可以蓋過安娜．盧失蹤的空寂，也可以讓他轉移注意力、遠離那可怕的寂靜。

佛洛醫生已經為瑪莉亞開了鎮靜劑，讓她能夠入睡。布魯諾確定妻子服完藥之後，又忙著哄雙胞胎兒子上床，他在他們房間門口走來走去，一直看著他們翻來覆去。他們還是勉強入睡了，但顯然這兩個小孩的心情也心神不寧。他們一整天都在不斷發問，態度可說是很輕鬆，而且對於他與妻子閃避式的簡答似乎也心滿意足。不過，他們表面上漠不關心，其實心中卻隱藏了某種恐懼，擔心知曉真相。對七歲小孩來說，還沒有足夠的心理準備能夠接受的真相。

布魯諾．卡斯特納也不知道真相到底是什麼，他只知道自己怕得要死。

他坐在餐桌前，又換上了拖鞋與睡衣。自從那兩名警官離開了他們家之後，他又換了衣服、出去走走，但其實也不知道該去哪裡是好。他發現進入例常工作模式就能讓心情平靜下來，所以之後他開著自己的貨車、在山區道路到處亂繞，期盼能出現奇蹟、找到安娜．盧的蹤影。其實，他也在逃避自己的焦慮與無力感——那種只有父親才會產生的無力感——應該要竭盡所能照顧自己的至愛，但卻力有未逮。

現在，漫長一日將盡的時刻，雖然他已經十分疲憊，但卻不知道自己有沒有辦法闔眼睡覺，一想到那些正等待著自己的惡夢，就讓他十分恐懼，他不能吃安眠藥，因為必須要有人保護這間房子，保護這個家。只不過，這種想法可能也無濟於事，畢竟那個壞蛋還是找到了趁隙而入的方法。

所以，他走進客廳，從某個櫃子的抽屜裡取出了瑪莉亞多年來珍藏的家庭相簿，將它們帶進餐廳，坐在餐桌前面，但沒有開燈，從窗戶外頭流滲進來的路燈光線就夠了。他把照片逐一從保護膜套裡取出來、放在桌上，一張接著一張，依照的是只有他自己才一清二楚的順序，他宛若算命師一樣，想要從面前的那些牌預測未來。

一開始，是他女兒襁褓時期的照片。

他的眼前開始浮現安娜・盧的成長歷程。開始爬行的那一天、學走路的那一天，還有教她騎腳踏車的那一天。還有初體驗系列：第一次上學、第一個生日、第一次過聖誕節，還有許多成長時光的吉光片羽。其他的聖誕節、到山間旅行、溜冰比賽，一連串的歡樂回憶。因為──大家不會在倒楣的時候拍照留念──光是出現這種念頭似乎就夠蠢的了。就算真的有拍，也絕對不會把那種照片留下來。

還有他們上次全家度假的照片，去年前往海邊的留影。安娜・盧身穿泳裝的模樣很滑稽，而且姿態有些彆扭，她自己也知道這一點，也許這就是在這些照片當中、她站立的位置總是與大家有些距離的真正原因。她許多同學已經發育成熟，但她還沒到那個階段，就像個小孩一樣，紅髮馬尾，一臉雀斑。布魯諾・卡斯特納很想讓瑪莉亞與女兒好好談一談，向她解釋目前這很正常，將來的某一天，她的身體會突然發生改變，而且變得更美好。不過，對於一向虔誠的妻子來說，性與青春期之類的話題都是禁忌，而他萬萬不想自己開口。將來要與雙胞胎兒子談這種事的時候，他自然就會上場，但父親與獨生女之間不該碰觸那樣的話題。她一定會覺得尷尬臉紅，然後，她驚覺自己雙頰火燙，卻不知所措，一定會變得更脆弱無助。

他女兒就和他一樣，個性害羞，必須與自我以外的世界進行互動的時候，就會變得有些扭捏，連家人也不例外。

布魯諾希望當初能多給她一點資源就好了。比方說，他期盼能利用賣地給礦產公司的所得、送她去念比較好的學校，小鎮之外的地方，也許是哪間優秀的私校。但土地是他太太的資產，當然錢也歸她。而且，從頭到尾作主的人都是瑪莉亞，她想要捐贈一大筆錢給兄弟會，他從來沒有反對，但此時此刻，他真盼望自己的小孩能用到該分到的錢、而不是空想某個假設性的未來。

因為布魯諾．卡斯特納根本不知道安娜．盧還有沒有未來。

他突然火冒三丈，立刻將這個想法拋諸腦後。他真想狠狠猛捶餐桌，他身體夠結實，絕對能把它劈成兩半，但他還是忍了下來。這一生，他就是一直在忍。

他搓揉雙眼，再次睜開，一直特別盯著某張照片，是最近拍的，他女兒露出一貫的笑容，旁邊還有另一個女孩。這兩個女孩之間的對比，正好完全凸顯了一身運動衣搭配球鞋、總是綁著馬尾的安娜．盧，看起來就像個小孩一樣。而她的朋友卻大相逕庭，妝容完整，打扮時尚，從頭到腳都散發著女人味。布魯諾．卡斯特納端詳這兩個人，泫然欲泣，但他卻沒有掉淚的權利。

之所以會發生這種事，都是他的錯，他必須負起全責。

他是教徒，只不過他的信仰卻不如瑪莉亞一樣那麼堅定，也讓他犯下的過錯顯得更嚴重了。要是他當初態度夠堅定、說服了妻子，那麼安娜．盧此刻應該待在某間寄宿學校的宿舍裡，平安無事。要是他有勇氣將自己真正的想法告訴瑪莉亞、表達自己的意見，那麼女兒也不會失蹤了。

然而，他卻保持沉默。那就是罪人的行徑：他保持沉默，為了保持沉默，只能撒謊。

這是布魯諾・卡斯特納對自己的宣判。現在，他將幾乎所有的照片都歸回原位，闔上相本，準備面臨第三個失眠的夜晚。

現在，桌上只有一張照片，安娜・盧與她朋友的合照。

他把它收進了口袋。

十二月二十六日
失蹤案發生之後的第三天

天氣變了。氣溫陡降，原本的燦爛聖誕陽光消失不見。取而代之的是灰撲撲的厚重雲層。

阿維卓依然處於節慶縱樂的慵散昏眠氣氛，不過，沃格爾與波吉卻起了個大早，打算好好利用這一整天的時間。他們開著深色小轎車、在鎮上的街道四處繞行。沃格爾精神奕奕，穿著打扮一如往常，彷彿要去參加什麼正式會議似的。鞋子擦得超亮，三件式西裝，白色襯衫，粉紅色毛料領帶。波吉的穿著打扮和昨天一樣，根本沒機會熨燙自己昨晚在飯店房間裡清洗的襯衫，與長官在一起，他覺得真是渾身不自在。他負責專心開車，而沃格爾則忙著張望外頭的景況。

這些屋舍的外牆可以看到許多以白漆寫下的宗教性標語。**我與耶穌同在！耶穌是生命。與我同行者終將得到赦罪**。從這些字體的形貌看來，絕非什麼不知名瘋子的塗鴉之作。這都是屋主們自動自發的行為，是一種對自身信仰的公然聲明。除此之外，到處都看得到十字架。公共建物的立面、花壇的正中央，就連商店櫥窗也看得到它的蹤跡。

這座小鎮彷彿被某種宗教狂潮所淹沒了。

「卡斯特納夫婦所隸屬的兄弟會概況如何？」

沃格爾的提問並沒有嚇倒波吉：他早就下功夫仔細研究過這個主題。「大家都知道，約在二十年前的時候，阿維卓發生了一起醜聞：本地神父與某名虔誠女信眾私奔，她不但是人妻，還是三個小孩的媽。」

「我對八卦沒有興趣。」沃格爾語氣超酸。

「哦，長官，這只是開端而已。要是換作其他地方出了這種事，一定會引發——對，八卦與瞎扯，但在阿維卓呢，大家都嚴肅以待。那名神父似乎很年輕，又充滿群眾魅力，他的證道贏得了民心，廣受眾人愛戴。」

沃格爾心想，這麼小的社區，又位於深山峻嶺，有群眾魅力的人自然能夠贏得民心……或者，可以好好利用他們容易受騙上當的心理。

「儘管事件已經落幕，但他先前已經養了一堆信眾，而且這個社群一直很聽他的話。所以，在事發之後，他們一定多少覺得遭到精神導師的背叛。就在這個時候，當地人的心態變得格外猜疑，而教廷所指派的替代人選全部遭到當地會眾拒絕。所以，過了兩年之後，某些成員開始出任輔祭的角色，這個社群就此變成了自治型態。」

「像是某種宗教支派？」突然之間，沃格爾充滿了好奇。

「算是吧。這裡先前靠觀光業為生，但其實他們並不怎麼歡迎陌生人。他們搞亂了生活秩序，而且生活習慣——我們這樣說好了——與『當地文化』根本是格格不入。當螢石礦被發現之後，這裡的居民終於可以擺脫那些外人了，從此之後，他們過著幾乎是與世隔絕的生活。」

「卡斯特納夫婦一定是屬於那群最熱衷的信眾，看看他們為了宗教捐了多少錢就知道了。」

「你有注意到嗎？當他們提到自己的兄弟會的時候，彷彿把它當成專屬會員俱樂部？聽起來儼然就是『我們與他們』……我不知該怎麼完整表達我的想法。」

「你講得很好。」

「找尋安娜．盧的第一支搜救隊，就是由這個社群的成員自發組織而成。我覺得他們與這一家人非常親近，今天早上，某些人還到卡斯特納的家裡去照顧他們，確保他們有人陪伴、不會感覺孤單。」

他們到了教堂，神父住所的旁邊還有一棟更為新穎的建築。

「那是聚會廳。其實他們利用這裡的頻率高於教堂，尤其是在禱告的時候。顯然，這個宗教社群在谷區具有龐大影響力。甚至連礦業公司的決策都得聽他們的意見。而兄弟會也派成員參選鎮長、鎮民代表，以及公眾事務官，結果呢，他們也就順利頒布了一連串的禁令，比方說，不能在公共場合抽菸，週日以及宗教節日、或是傍晚六點之後，不能賣酒。他們也反對墮胎與同性戀，對於未婚男女同居這種事也不是很贊成。」

沃格爾心想，他媽的宗教狂徒，但他的內心其實卻藏不住竊喜。

安娜．盧失蹤案的背景脈絡完美極了。年輕女孩離奇消失，篤信上帝與其戒訓的會眾社群慘遭邪魔惡襲，逼得整座小鎮的人都在自問，現在到底發生什麼事？

或者，應該說已經出了什麼事？

沃格爾先前曾要求見鎮長，以及再找一位森林巡邏員。波吉也立刻著手安排，只不過，沃格爾要求會面地點必須要在貫流村莊的河岸邊，讓波吉有些意外。

他們到達會面地點之後，波吉將車子停在寬闊的碎石空地，那裡有座廢棄小木屋，根據老舊告示牌的說明，這裡曾是拿來用來販售活餌與出租釣竿的小攤。鎮長與森林巡邏員已經先到了，一旁停放了某台掛公務車牌的四輪傳動車。

鎮長身材壯碩，有個超級大肚子，褲頭皮帶幾乎扣不起來。他穿了件厚重的登山外套，沒拉拉鍊，裡面穿的是藍色棉質襯衫與可怕的紅鑽花紋領帶，搭配純金領帶夾、尾端有一個小小的紫晶十字架。沃格爾毫不掩飾自己的厭惡感，可能是因為鎮長的這身打扮，或是他那顆梨狀頭的滑稽旁分髮型，再不就是他肥厚嘴唇上的那撮小鬍子。沃格爾心想，這個鎮長，就是那種一年四季都喊熱的人，就連冬天也不例外，他那紅潤不退的臉頰就是明證。鎮長帶著真誠無比的笑容、走到沃格爾面前，這位探員雖然也伸手迎接鎮長充滿活力的一握，但卻沒有回報相等的熱情。

「沃格爾探員，我認識卡斯特納一家人已經有一輩子之久，」鎮長的笑臉轉為哀傷，「你不知道出了這種事，我有多麼心痛。我們欣見你能出現在此，尋找我們的安娜．盧，以你的卓著名聲，想必她的案子一定不成問題了。」

沃格爾心想，怎麼突然之間，安娜．盧居然成了每一個人的女兒？反正，到頭來總是如此，或者，至少大家也會嘴上說說裝個樣子。不過，等到他們關上自家大門的時候，都會暗自慶幸這種事是發生在別人的小孩身上。

沃格爾答道，「你的小女孩是我們的首要任務，」但鎮長卻聽不出他的酸意。「現在我們可以巡視河區了吧？」

沃格爾繞過他的身邊，直接走向河岸。鎮長嚇了一跳，但還是趕忙跟上去，森林巡邏員與波吉則跟在後頭。波吉不知道沃格爾到底想要多靠近河岸？結果，他嚇了一大跳，他看到沃格爾直接走過礫石堆，把腳伸入泥地裡，而且還繼續往前走，根本不擔心精美西裝與昂貴皮鞋沾染了泥漿。

在這種時候，其他人也只好硬著頭皮照做。

只有森林巡邏員穿著長靴，過沒多久之後，其他人的膝蓋都已經沾滿了泥巴。波吉一陣心驚，今天晚上他又得在飯店洗衣服了。但恐怕還是救不了他唯一的西裝。

「這條河的平均寬度是八到十公尺，水流相當湍急，」森林巡邏員開始解釋，「這裡是流速急遽下降最明顯的地方。」

沃格爾先前已經問過他一連串的問題，這位森林巡邏員一頭霧水，為什麼沃格爾對那些問題的興趣如此濃厚？沃格爾又問道，「有多深？」

「平均是一點五公尺，某些地方深達二點五公尺，這種深度，造成某些滯積河底的垃圾根本無法被水流沖走。」

「所以得要靠你們清理？」

「約兩三年一次。我們會在入秋之際、大雨來襲之前，以疏浚機挖掘人工溝堤，整個工程會在一週內完成。」

波吉面向橫跨河面的大橋，距離他們現在的位置約有八百公尺，而橋上停了一台黑色廂型車，剛好就是他先前在卡斯特納家外面看到的那一台。他猜裡面坐的就是自己當初看到的那兩個人，他想要讓沃格爾看到那台車。

「而自從礦業公司到來之後，排流速度變得更慢了，」森林巡邏員滔滔不絕，「下面囤積了各式各樣的垃圾，還包括了動物的死屍，天知道還有什麼鬼東西，反正這條河生病了。」

鎮長一聽到最後的那句話，忍不住跳出來糾正下屬，「鎮民代表會已經說服這間公司資助某項環保計畫，會有大筆經費投入疏浚。」

沃格爾沒理會他說的這段話，反而面向波吉，也轉移了他對那台廂型車的注意力。「我們得去一下那間公司，跟他們要下游供應商的清冊，還有通勤職員的名單。」

看得出鎮長憂心忡忡，「拜託一下，幹嘛為了這種可能是小孩惡作劇的事去打擾人家？」

沃格爾轉身盯著他，反問的語氣十分嚴肅，「小孩惡作劇？」

鎮長想要彌補剛才的一時嘴快，「別誤會，我自己也是當爸爸的人，我懂卡斯特納夫婦的感受……不過，這樣大驚小怪是不是操之過急了一點？這間公司為河谷居民創造了許多就業機會，他們一定萬萬不希望因為這種事而上了新聞版面。」

波吉注意到了，鎮長想要以裝誠懇的方式說服沃格爾，但他才不吃政客喬事情的那一套。

「我想告訴你幾件事，」沃格爾走到了鎮長的面前，壓低聲音講話，彷彿要準備透露什麼秘辛似的，「我知道出手行動有兩個時機，現在，或是之後。有時候，延後似乎是睿智的決定，我們必須深思現況以及可能造成的後果。不過，很不幸，在某些狀況下，想太多，會被人以為是猶豫不決，或者，更糟糕的事，被誤解為是懦弱的表現。延後出手從來不會讓事情變得更完滿，還有，相信我，對一家公司來說，最難堪的新聞只是倒閉而已。」

沃格爾發表完他的小小演說之後，又面向他們剛才行車而來的那片空地。他驚覺有人拉高聲量在講話、想要蓋過河水的聲響，其他人也立刻轉向同一個方向。

有個身著藍色套裝與深色短外套的金髮女子，站在河岸，接近泥區的邊緣。她伸出雙臂，朝他們揮了好幾下。

他們過去與她會合，波吉發現這女子的鞋沾滿了污泥，猜想她剛才本來想要涉泥而過，但高跟鞋讓她動彈不得。

她開口自我介紹，「我是梅耶檢察官。」她相當年輕，大約三十歲左右，個頭不是很高，但長得很漂亮，沒化妝，一臉素淨。她立刻把那兩名警官拉到一旁，似乎十分生氣，「我聽說昨天舉行了簡報會議，為什麼沒有通知我？」

「不希望破壞妳與家人的聖誕團聚時光，」沃格爾的回答十分狡獪，「而且，我認為在調查的初期階段，也不需要有檢察官與會。」

梅耶才沒那麼容易被打發，「沃格爾探員，你昨天是不是提到了綁架者？」

「目前這個階段，我們不能排除任何假設。」

「這一點我很清楚，但有任何證據指向綁架案嗎？有謠言？證人？還是線索？」

「其實，沒有。」沃格爾很惱火，但絕對不會在她面前流露出自己的情緒。

「所以我只能推論，這純粹是出於直覺的判斷而已。」梅耶的語氣帶有諷刺意味。

沃格爾假意迎合她，「如果妳要這麼說也可以。」

波吉靜靜聆聽這段烽火四射的對話。

「偵查方向的確有諸多選擇，」沃格爾繼續說道，「就過往經驗看來，我知道最好要立刻從最壞的方向開始著手，所以我才會提到有可能是綁架案。」

「在你還沒過來之前，我已經下功夫收集了有關安娜・盧・卡斯特納的基本資料。她個性沉靜，過著單純的生活。手環、貓咪、教堂。我必須承認，與其他女孩相比，她從事這些活動的時間也未免太多了，但也不能據此認定她就會是綁架案的受害人。」

聽到這位檢察官對於受害者的剖繪內容，沃格爾忍俊不禁，「所以妳的結論是？」

「她家教嚴格，而且還有個總是會出手干預的母親。比方說，安娜・盧不能與非兄弟會成員的同齡青少年往來，就算是同學也一樣。她不能與朋友一起出去，而且他們的信仰有套嚴格規範，也不可以去參加不符原則的『不正當』活動。換言之，她沒有權利為自己決定任何事情，就連犯錯也沒機會。當你十六歲的時候，犯錯幾乎等於是你的權利，所以那種小孩反抗戒律的事件時有所聞。」

沃格爾若有所思點點頭，「所以妳覺得她離家出走？」

「這也很稀鬆平常，不是嗎？根據統計學的數據，這是最有可能出現的結果，你和我一樣都很清楚。尤其安娜．盧是帶著肩背包離家，而沒有任何一位親人能夠告訴我們裡面到底放了些什麼東西。」

沃格爾假意在思索她說出的這些結論，而波吉想起自己與沃格爾昨天去安娜．盧家裡拜訪的時候，瑪莉亞將女兒的日記本交給了沃格爾，裡面完全看不出她有想要離家出走的念頭。

沃格爾表示贊同，「妳的假設理論很有說服力。」

不過，梅耶不會被這種討好話語而被輕易打發，「沃格爾，我很清楚你在玩什麼把戲，」她繼續說道，「我知道你想要當眾人注目的焦點。不過，你在阿維卓這裡絕對找不出什麼禽獸、當作你的表演素材。」

沃格爾想要轉變話題，「這次的專案室是學校體育館，我的辦公室在更衣間裡面，而且供我指揮的手下根本不擅長處理這類案件，設備落後。我很需要一組鑑識團隊，前往女孩失蹤的那條街、進行地毯式蒐證。搞不好我們可以證明妳的假設無誤，排除其他的可能性。」

梅耶發出輕笑，臉色又轉趨嚴肅，「如果媒體獲悉警方懷疑這是一起綁架案，你知道會出什麼事嗎？」

沃格爾向她保證，「不會有人洩密的。」

「你根本沒有任何線索，怎麼有膽開口跟我要一組鑑識團隊？」

「絕對不會有人洩密。」沃格爾又重複了一次，這次的語氣更加堅定。

波吉看到沃格爾的前額出現青筋，截至目前為止，波吉還未曾看過他如此失態。

梅耶的態度似乎不再那麼高傲。在離開之前，她盯著他們兩人的雙眼，撂了這麼一句話，「別忘了，這依然是失蹤人口案件。」

他們開車回去體育館，一路上的氣氛十分肅靜。波吉很想要開口講些什麼，但很擔心自己萬一說錯了話，沃格爾可能會把一開始隱忍的火氣全發洩出來。

就在這個時候，波吉瞄了一下照後鏡，又看到了那台黑色廂型車，一路尾隨著他們。

這個小動作也難逃沃格爾的法眼。他拉下遮陽板，利用化妝鏡查看後方的路況，又突然闔上遮陽板。

「他們從昨天就開始跟蹤我們了，」波吉開口，「要不要我過去阻止他們？」

「他們是禿鷹，」沃格爾回道，「想要挖新聞。」

波吉一開始聽不懂，「你的意思是說，他們是記者？」

「不是，」沃格爾劈頭回他，看都沒看他一眼，「他們是獨立攝影師。只要一嗅到哪裡可能會有精采新聞，就會帶著自己的攝影機衝到現場，希望能夠拍到可以賣給電視新聞網的畫面。記者不會浪費時間去追失蹤女孩的新聞，除非幕後可能牽涉到什麼不法勾當。」

波吉頓時覺得自己犯蠢，他此時才驚覺沃格爾一大早就看到了那台廂型車，就連昨天在卡斯特納家外面的時候，他也注意到了。「好，那麼這些禿鷹到底在找什麼？」

「他們在等待妖魔現身。」

波吉恍然大悟，「所以我們今天早上才會來到河邊……你想要誤導他們，以為我們已經開始在找尋屍體。」

沃格爾不發一語。

波吉不喜歡被沉默以對，他繼續追問，「不過你剛才告訴檢察官，絕對不會走漏任何風聲。」

「波吉警官，沒有人會想在眾目睽睽之下出醜，」沃格爾態度傲慢，「相信我，就算是我們的梅耶小姐也不例外。」沃格爾現在終於轉頭看著他，「為了要尋找安娜．盧，我需要資源，光靠她父母呼籲協尋是不夠的。」

沃格爾講出了這些話，等於是為這一段對話做了總結，回到專案室之前，他們都沒有再碰觸這個話題。不過，在開車回去的路途中，波吉對於沃格爾的企圖，也終於豁然開朗。起初，這位探員的行為態度讓他嚇了一跳，居然這麼憤世嫉俗，但他現在已經明白了這套邏輯。要是媒體不關注這個案子，要是社會大眾不想「接納」安娜．盧，他們的長官也不會答應釋放必要的資源、讓辦案過程得以順利進展。

沃格爾進入更衣間的個人辦公室，波吉又出去了，他的目的地是附近的五金行。等到他一回來，立刻將玻璃紙包裝的居家油漆工裝褲發給大家。

「我們得去油漆啊？」其中一名警察開玩笑問道。

波吉沒理他，「穿上就是了，趕快去河邊。」

另一名警察嚇到了，「要做什麼？」

波吉言詞閃避，「等大家到達那裡之後，我會講清楚。」

當天傍晚，開始落雪。不是什麼豐盈大雪，只是一碰觸地面就消失不見的微小塵雪，宛若幻象一樣。

氣溫下降了好幾度，但那間路旁餐廳裡面卻溫暖宜人。一如往常，生意不怎麼樣，兩個卡車司機分坐不同的餐桌，靜靜用餐，只聽得到上了年紀的老闆在廚房裡吆喝、撞球互相撃碰的聲響、角落電視傳出的低鳴，播放的是根本沒有人在看的足球賽。

餐廳裡的第三名客人是波吉，他坐在包廂區，將麵包撕成塊狀、丟進蔬菜湯裡，然後以湯匙送入口中。他一邊吃東西，一邊盯著手機上顯示的時刻。

「菜還可以嗎？」女服務生的詢問態度很客氣，但就是那一種因應職務需求、不得不然的禮貌。她配戴了紅色圍巾，制服上有個小小的紫晶十字架，他猜那應該是兄弟會的徽章標誌。

波吉勉強擠出笑容，「湯很好喝。」

「要不要讓我再準備其他的菜？」

「這樣就夠了。」

「那我幫你把帳單送過來好了？」

「再等一會兒吧，謝謝妳。」他預定的排程事項時段也快到了。

女服務生不再堅持，神色黯然，回到了櫃檯前面，又是一個領不到什麼小費的夜晚，波吉不禁對她產生一股憐憫之情，她應該是人妻也是人母，疲倦全寫在臉上，也許她身兼多份工作吧。不過，還有件事不太尋常，那女子一直在調整脖子上那條紅色圍巾的位置。波吉心想，不知道兄弟會的人會怎麼看待那些毆妻惡夫？

他應該要打電話給卡洛琳才是。今天，兩人只有交換簡訊而已。她現在與她爸媽在一起，波吉沒什麼好擔心的，但她一直追問他到底什麼時候才會回家，其實，他根本不知道，而且，他也沒什麼興趣想要知道答案。有太多事情得張羅了，為了迎接這孩子的到來，一切都得重新安排。在這幾個月當中，波吉已經做出一連串的重大決定，改租比較大的公寓、重新整修、購置家具。他還換了車，這次挑選的二手車可以讓將來的全新家庭組合舒適出遊。他得支付許多帳單，偶爾會恐慌上身，尤其卡洛琳已經放棄工作，現在完全就靠他一個人。他也不喜歡惹惱老婆，但每次當她抱怨他工作太認真的時候，他總不能明講吧？女兒即將出生，家裡只有一份薪水，他也沒有其他選擇。

他拿出手機，決定還是晚一點打給卡洛琳，但他又看了一下時刻，他想要確定自己的想法已經開花結果。

八點整，排程事項的時間到了。

過了一會兒之後，餐廳裡的閒散氛圍突然變得生氣勃勃。原來是老闆切換了電視頻道，而且還提高了聲量。在玩撞球的客人暫停比賽，那兩名卡車司機也面向螢幕，電視機前面圍了一小撮人，還包括了廚房的工作人員。

它成了全國新聞的其中一條報導。波吉認出了那是貫穿阿維卓谷地的河流水岸，拍攝地點是橫跨河面的大橋。他看到了自己的手下、全都穿著油漆工裝褲，在河裡的泥區裡四處走動。他們低頭看著地面，假裝在收集可疑證物，放入塑膠袋裡面，然後封口，完全依照他先前下達的書面指示、照章行事。

「年輕女孩安娜．盧的失蹤案，出現了意想不到的發展，」新聞主播說道，「警方表面上依然把它當成失蹤案，但今天下午，某些鑑識小組人員已經在河區展開搜索。」

雖然沒有人朝他這個方向張望，但波吉還是努力壓抑自己的得意之情，他的計謀成功了。

「我們不知道他們到底在搜索什麼，」主播繼續唸稿，「目前只能確定他們撈出了一些疑似證物的東西，專門破解重案的知名探員沃格爾，在被問到此事的時候，只表示是『值得研究』的物品，除此之外，並沒有發表任何評語。」

就在這個時候，波吉起身離桌，走到櫃檯前買單。雖然他的警察薪水拮据，但一定會留給這個女服務生豐厚的小費。

十二月二十七日
失蹤案發生之後的第四天

某台配備了完整內裝控制室的廂型車，就停在鎮公所外頭的小小廣場前方。車外有個將黑人辮紮成馬尾的工程人員正在安置電線。四周堆滿了一箱箱的器材，還有張摺疊椅，椅背後面寫了史黛拉・阿納的大名。

金髮、優雅、充滿侵略性之美、以淡淡眼妝襯托深色大眼的史黛拉，好整以暇坐在椅子裡，心不在焉盯著那名工程人員，她的雙腳靠在貼有她公司電視台識別圖案的攝影機上面，修長的雙腿伸得好直，腳踝交疊，足蹬一雙看起來很容易摔倒的高跟鞋，更是性感誘人。但回想起自己小時候念的鄉下學校，她居然不是男孩們心目中的女神！好奇怪，她明明比大多數的女孩都漂亮多了，但他們就是對她敬而遠之。多年來，她一直不明白為什麼，直到過了許久之後，她才發現男人都有點怕她。這也就是為什麼她偶爾會努力裝當小白癡的原因，不要強出頭，但可以誘騙他們，好讓她任意宰殺。

只有一個男人根本不吃她這一套。

她看到他緩緩穿越濃霧、朝她的方向走來，雙手深插在喀什米爾外套口袋裡，臉上掛著一絲詭譎笑容。

「這男人現身了！只有他能夠講出我們到底所為何來！」她以得意洋洋的語氣對那名工程人員說道，「這地方實在不適合我的高跟鞋。」

「史黛拉，真抱歉，害妳必須千里迢迢趕來這裡，」沃格爾開口打招呼，語氣酸得要命，「想必妳還有其他要事在身。某個殺妻男子……還是殺死了未婚妻？我不記得了，這些謀殺案都十分相似。」

史黛拉露出那種可以坦蕩蕩接受挖苦的笑容，等到沃格爾虧完她之後，「法蘭克，你看到沒？這男人雖然連一點兒證據都沒有，但已經成功催眠了每一個人，誤以為這裡就是有兇魔。」

沃格爾露出促狹神情，仔細聆聽，然後，自己也轉向那名工程人員，「法蘭克，你看到沒？這就是記者的工作：玩弄真相，害你看起來儼然就是矮他們一截。不過，史黛拉·阿納的確是記者界的女王，只要是現場連線報導，沒有人能撼動她的地位！」然後，他又看著史黛拉，「在這麼空曠的地方，妳不覺得冷嗎？」

「廢話。失蹤女孩？拜託，如果我冷得半死待在這裡，就是要拿到真正的新聞。」

那名工程人員從頭到尾不發一語，對他們的對話內容也根本完全沒有興趣，自顧自回到了廂型車裡，留下他們兩個人待在原地。

史黛拉不再酸言酸語，轉為進攻模式。「沃格爾，你的綁架犯呢？因為呢，老實說，我根本不覺得有這號人物。」

沃格爾不為所動。他知道要說服史黛拉並不容易，但他已經做好了充足準備。「這個小鎮只有一條出入口，一頭有測速照相，另外一頭的加油站上方有監控攝影機。我們正在清查來往的車輛與車主，但我已經知道這只是白費力氣而已。」

史黛拉面露困惑，「那為什麼還要這麼大費周章？」

沃格爾使出了第一招，「這是為了要證明我的理論，這女孩一直不曾離開這裡。」

史黛拉陷入沉默，但也未免太久了一點，看來她對這個案子有興趣了。「繼續說吧……」

沃格爾知道他應該要好好感謝波吉才是，都是因為這位年輕警官想出了絕妙點子、弄來了一堆工裝褲，史黛拉才會特地跑過來。這小伙子很清楚自己的職責，但現在換大師上場了，他又恢復了鏗鏘有力的語調，「這是個偏遠的小鎮。不過，某一天，他們在山脈下方發現了奇蹟，名叫螢石的奇蹟，所以升斗小民成了暴發戶。這是一個大家都彼此認識、一向平靜無波的地方。或者，應該這麼說，的確曾經出過事，但沒有人願意談論，大家都默不作聲。因為這裡的習俗就是要掩蓋一切，就連財富也一樣。你知道他們怎麼說的吧？小地方，大秘密。」這是完美的開場，現在，為了要強化故事內容，沃格爾把手伸進外套口袋，拿出了安娜‧盧的母親先前交付給他的日記。他把它丟給史黛拉，她立刻接個正著。

「三月二十三日，」她大聲唸出來，「今天我的朋友普莉希拉帶她的小貓咪去獸醫院，我也跟著去了。獸醫為貓咪施打一年一度的疫苗，還說牠該減肥了……」她又翻到另外一頁，「六月十三日：與兄弟會的男生們在一起，準備關於有關孩童耶穌的表演會……」她又翻了好幾頁，「十一月六日：我知道要怎麼做串珠手環了……」史黛拉啪一聲闔上小小日記本，若有所思，盯

著沃格爾，

「貓咪和手環？」

沃格爾被她的問題逗樂了，「難道妳覺得她會寫別的東西？」

「要是我媽習慣偷看我日記的話，我才會寫出這種內容……」

「所以呢？」

「別耍我，真正的日記在哪裡？」

沃格爾似乎得意洋洋，「妳看看，被我說中了吧：虔誠家庭，加上個性老實的女孩……但深入挖掘之後，總會有線索浮出檯面。」

「你覺得安娜·盧·卡斯特納是不是有什麼秘密？與年紀比較大的人談戀愛？也許是成年人？」

沃格爾哈哈大笑，「史黛拉，妳的說法也太跳躍了。」

史黛拉一臉狐疑看著他，「但你想要給我看這本日記，讓我發現……難道你不怕我散播謠言嗎？這女孩的生活有不可告人之事？」

「妳才不會做出這種事，」沃格爾胸有成竹，「這種行業的第一條鐵律：神聖化被害者。要是大家開始心想，『嘿，那個人是自找的嘛！』那麼惡魔看起來也就沒那麼壞了，妳說是不是？」

史黛拉思索了好一會兒，「我覺得你因為『斷手魔』的案子依然對我懷恨在心。」

對，沒錯：那個案子害他聲望大挫，他的確對她充滿怨恨。就辦案策略來說，「斷手魔」這個案子的確慘不忍睹，但即便如此，沃格爾始終覺得自己有正當理由做出那樣的行為，社會大眾並不明瞭，這背後原因一言難盡。「我不是那種會記仇的人，」他向她保證，「所以——這樣算是和好了吧？」

不過，史黛拉當然知道他主動提出休戰的真正意圖。「你希望我待在這裡，因為你知道其他電視台也會聞風而至。」她假裝陷入沉思，但其實她早已做出了決定。「不過，只要案情一有新進展，你就會給我獨家囉？」

沃格爾早知她想要討價還價。一開始的時候，他搖搖頭，但又開口回她，「我會讓妳領先同業二十五分鐘。」他的語氣宛若這是他的最後一次開價。

史黛拉假裝動怒了，「二十五分鐘？根本沒用嘛。」

「妳自己也很清楚，這等於可以讓妳永遠打趴對手，」沃格爾看錶，「比方說，妳有二十五分鐘的時間——讓那本日記曝光——但我之後就要把它列為案情證物了。」

史黛拉本想抗議，但心中卻已經開始倒數計時。她拿出手機，開始逐頁拍攝安娜·盧·卡斯特納的日記。

早上十一點，史黛拉．阿納已為晨間新聞提供了她在阿維卓的第一次報導。她已經在距離安娜．盧住家不遠的地方安排了固定連線的場所、讓所有的觀眾知道調查案的最新發展。中午十二點鐘，電視台的主要新聞專題節目也會與史黛拉即時連線，請她說明目前情況。

當天下午，沃格爾召集底下的員警，在學校體育館舉行另一場簡報會議。

「從此刻開始，局面即將改觀，」沃格爾朗聲宣布，底下的人也聽得聚精會神，「安娜．盧．卡斯特納的失蹤懸案是否有解？接下來的發展至為關鍵。」

波吉心想，沃格爾的確有一套，知道要如何鼓舞手下的士氣。

「這再也不是什麼地方小案了。此刻全國的目光都落在阿維卓以及我們的身上，我們不能讓大家失望。」他重複了最後一句話，彷彿在刻意強調萬一找不到兇手的話，都是他們的錯。「你們當中有不少人一定覺得納悶，媒體的關注是否有助我們辦案？好，我們已經佈下誘餌，希望有人會落入陷阱。」

波吉觀察他們聆聽沃格爾講話的模樣，發現情勢果然大不相同。三天前，他們把他當成了入侵者，跑來這裡下指導棋、干涉他們的工作內容。自以為是的大城市警察，一心只想利用他們的工作成果、博取自己的名聲。不過，他們現在把他當成了導師，一個能夠終結惡夢的人，最重要的是，準備要與他們一起共享榮耀的人。

沃格爾在解釋自己的計畫之前，先講了一段開場白，「我們大家都想要成名，就連那些嘴硬不肯承認的人也一樣。怪事發生了：起初你會覺得自己不需要這種東西，默默無名過生活也無妨，只想要圖個清靜，而這種思考模式也沒錯。」他停頓了一會兒，「不過，一旦當你成為鎂光燈的焦點之後，就會激盪出其他的想法。你原本以為自己是無名小卒，但再也不是了，突然之間，你發現自己還頗喜歡那種感覺。你以前不知道那是什麼滋味，但你現在開始愛得不得了。你覺得自己與眾不同，獨特，你希望這種快感永遠不要消失，持續得越久越好，也許一輩子也不錯。」沃格爾雙手交疊胸前，往前一步、靠近黑板，先前寫下的日期，十二月二十三日，依然醒目。他盯著那幾個字好一會兒，然後開始來回走動。「現在，每個人都在講安娜・盧的事，某個紅髮雀斑年輕女孩，突然人間蒸發，而綁架犯知道大家講的就是他與他的犯行。他成功了，因為截至目前為止，我們還無法找出他到底是誰。他幹得漂亮，而且得意不已。不過，充其量也只是『漂亮』而已，沒什麼。如果想要讓它變成驚世奇案，他還需要什麼？舞台。所以，有件事我們可以十分篤定，他絕對不會一直躲在暗處，任由別人偷走社會大眾的注意目光。他想要得到原屬於自己的響亮名氣，總而言之，他才是這場表演的真正明星。我們之所以會聚在這裡，都是因為他的決心，因為這是他想要看到的結果，因為他冒著被逮捕、失去一切的風險。所以，他馬上就會宣示主權、讓大家知道應該要致敬的對象其實是他。」沃格爾停頓了一會兒，看著每一個人，「我們要追捕的對象，正躲在某個地方，品嚐著成名的甜美滋味。不過，這對他來說是不夠的，他想要的不止於此，而我們只要能把握這個訣竅，就能引蛇出洞。」

波吉心想，現在，既然有了這樣的計畫，那麼找尋安娜．盧的下落也淪為次要任務了，現在，辦案重點方向出現大轉彎。

要引出這個惡魔。

就在這個時候，沃格爾說出了他構思已久的具體示範。首先，他派兩名手下去買蠟燭、迷你燈飾，還有十幾個貓咪玩偶。然後，他又叫數名便衣警察、將這些東西放在卡斯特納住家前方的矮牆邊。

現在，只剩下等待了。

大約在晚上十點鐘左右，全國性主要大報都已經出動自家的特派記者、駐守在安娜．盧的住家外頭。這都是史黛拉．阿納所引發的效應，但其實不僅如此而已。

到了晚餐時間，各大新聞台都播出了相關新聞，許多不知名的善心人士開始把心繫卡斯特納一家人的象徵物品、放在他們家前面的矮牆，這個舉動也引起其他人仿效。自動自發的朝聖人潮開始匯集，除了阿維卓的小鎮居民之外，還包括了附近谷區的民眾。有些人還特地從大城市千里迢迢趕來共襄盛舉，展現大力支持的態度。

在安娜．盧母親那段令人心碎的呼籲協尋影片當中，她曾經允諾女兒，只要能夠平安返家，一定會讓她實現養貓的心願。這段話也成為沃格爾的主打王牌，現在，各式各樣的貓咪——絨毛玩具、布娃娃、陶瓷小塑像——已經將他們家重重包圍，足足佔滿了整座牆面與一旁街道的大部分區域。蠟燭與迷你燈飾擺放在這些物品的正中央，營造出一股淡紅色的光輝，在這樣出奇寒冷的冬夜，帶來了強烈的暖意。許多禮物還附有字條，有的是寫給安娜·盧，有的是給她的父母，其他的就是純粹祝禱。

到訪的人群可說是川流不息，為了隔絕車輛進入，鎮長必須下令封鎖鄰近的街道。儘管祭出這樣的手段，這個地區還是被攻陷了，不過，一切秩序良好，朝聖者抵達之後，靜靜站立個幾分鐘，宛若在沉澱思緒，隨後就離開現場。

沃格爾已經派手下混入人群，全都是便衣警察，配戴隱藏式耳機，外套翻領裡面還有麥克風。沃格爾知道記者習慣截聽警察的通訊內容，所以早已預先買好了精密的發射器，讓他們無從下手。

「不要忘了，我們鎖定的是男性嫌犯，」波吉透過無線電對講機提醒大家，「尤其是隻身前來的人。」沃格爾站在他旁邊，緊盯著眼前的景象。他們早已事先挑好了位置，刻意站在群眾的邊緣。

截至目前為止，這股盛況已經持續了兩個小時之久。

他們認為綁架犯當然是男性，因為在未成年綁架案的教科書當中，成年女犯綁架青少年的案例少之又少。這不只是具有統計學基礎的事實，也是常識。

他們甚至還可以進一步深入剖繪這類匪徒的特性。大家都以為綁架犯是社會適應不良的人或是慣犯，但其實這種例子頗為少見。他們通常都是正常人，普遍來說教育程度都不錯，能夠與別人有所互動，正因為如此，他們也可以掩飾自己的行為，讓大家渾然不覺。他們的天性，一直是他們保護得滴水不漏的重大秘密。他們狡猾又深謀遠慮，這也讓警方很難追查他們的身分。

某名警官透過無線電向他報告，「這裡平靜無事，完畢。」沃格爾先前早已交代，每一個人每隔十分鐘就必須回報最新狀況。

他覺得自己現在應該要出手、提點這些手下，確保大家依然繃緊神經。「要是綁架犯真的會在今晚現身的話，一定知道我們會在現場埋伏，但他不在乎，只是想要享受走在追獵者之中、但卻依然泰然自若的那種刺激感。」不過，有某個奇招，可以立刻認出這傢伙，「不要忘了，他之所以出現在這裡，就是因為他想要欣賞這樣的奇觀。如果我們運氣不錯，正好遇到他起了貪性，那麼，他一定會在現場帶走某個紀念品。」

此時，沃格爾與波吉發現群眾裡出現了奇怪的騷動，彷彿有人靜靜下了一道命令，大家都往同一個方向移動，這兩名警官也跟過去，這才發現原來是安娜．盧的父母突然現身在自家門口，吸引了眾人目光。

布魯諾伸手摟住妻子，兩旁站的是兄弟會的成員，他們全都配戴了紫晶十字架，而且已經站出半圓形的陣仗，宛若在保護卡斯特納夫婦一樣，而電視台的攝影機也立刻轉向他們家的大門。

雖然瑪莉亞．卡斯特納疲憊至極，但對這一小撮群眾開口的依然是她，「我丈夫與我想要感謝各位。這是我們生命中極其艱難的時刻，但是大家的熱情，加上我們對上帝的信仰，讓我們得到了巨大的撫慰。」然後，她又伸手指向那一排排的貓咪與燭光，「安娜．盧要是看到這一切的話，一定很開心。」

兄弟會的成員齊聲發出：「阿門。」

群眾爆出熱烈掌聲。

大家看起來都深受感動，但沃格爾卻不相信這些人是出於真心憐憫。他反而覺得許多人只是因為媒體炒作、引發了好奇心，如此而已。在聖誕節的那一天，這家人真正需要安慰的時候，你們大家又在哪裡？

波吉也有相同想法。他不像沃格爾那麼憤世嫉俗，但也不禁開始思索，怎麼才不過短短幾天就情勢丕變？那天早晨，他們來探訪卡斯特納夫婦的時候，外頭根本沒有人，只有那台「禿鷹」廂型車。波吉想起了沃格爾當時在拍手，寧靜的住宅區裡也發出了清亮的回音，他還是不知道那個動作到底有什麼意義或真正的動機，過沒多久之後，他們就進入車內，沃格爾想要聊一下布魯諾．卡斯特納這個人，「那先生很焦急，有心事想要告訴我們。」

群眾裡的某些人開始向安娜．盧的父母問候致意，而兄弟會的成員依然隨侍在側，就在這個時候，無線電裡突然傳出回報訊息：「長官，在你的右方，接近街底的位置：那個穿兜帽黑色上衣的男孩剛偷走了某個東西。」沃格爾與波吉同時面向便衣稟報的方向，過了好一會兒之後，才在群眾裡認出他。

那名青少年除了黑上衣之外，還穿了件牛仔外套，帽兜刻意拉下來、擋住了臉。他應該是利用大家移轉注意力的時刻、趁機摸走了某個東西，現在他把它藏在衣服裡面，匆匆離開現場。

「我看到他拿走了一個小貓玩偶。」該名員警透過無線電、向他們再次確認。

波吉趕緊向另一名比較靠近男孩逃逸路線的警察招手示意。

「看到他了，」他透過無線電回報，「已經看到他的臉，我馬上把他攔下來。」

「不要，」沃格爾語氣決然，「不可以打草驚蛇。」

就在這個時候，男孩踩上滑板，一溜煙跑走了，完全沒有任何人攔阻他。

波吉不敢相信沃格爾會做出這種決定，「最起碼可以跟蹤他吧？為什麼不這麼做？」

沃格爾的目光依然緊盯嫌犯，「你想想看，萬一在場的哪個記者看到了，會出現什麼狀況？」

他說得對，波吉沒想那麼多。

沃格爾轉頭看著他，「玩滑板的男孩，能跑多遠？我們已經知道他的長相，再找到他絕對不成問題。」

十二月三十日
失蹤案發生之後的第七天

位於大馬路邊的那間餐廳完全客滿。

從可眺望加油站的那扇窗戶望出去，依然可以看到「佳節愉快」的招牌。老闆在廚房與用餐區之間來回奔忙，想要確實照顧到每一桌的客人、讓大家滿意。他已經請了更多人手過來幫忙應付突然大舉入侵的人潮，有記者、電視台工程人員、新聞攝影記者，但也有特地前來阿維卓的一般鄉民，想要親自見識一下全國媒體都在熱烈報導的這個地方。

沃格爾稱他們為「追求恐怖體驗的觀光客」。

許多人都是帶著家人、千里迢迢趕來，現場還看得到許多孩童，而且餐廳裡充滿了歡樂氣氛，宛若出來遠足一樣。等到觀光日結束之後，他們會帶著自己的紀念性照片回家，還有，雖然只是可能在一旁湊熱鬧、但畢竟親在現場的那股感受，這是一場讓上千萬人癡迷的媒體事件。而不過在數百公尺之外，警犬小組與蛙人，還有搜救小組與採證人員，全都忙著在找攸關這十六歲女孩命運的蛛絲馬跡，但這些觀眾似乎一點也不在意。沃格爾早就料到這一切，而且他預期的結果也出現了：這一次造成的媒體轟動，也說服了他的長官，預算上限就先丟一邊去，同意釋出他所需要的資源。他們一定會傾盡全力，以免在眾目睽睽之下丟人現眼。

沃格爾坐在聖誕節那天的同一張餐桌前面，當時他是這裡唯一的客人。一如往常，他在吃東西的時候，依然拿著銀色鋼筆、在黑色筆記本裡面仔細寫下一筆一劃。

今天早上，他穿的是灰綠色的花呢西裝，搭配深色領帶。他的優雅模樣與餐廳的其他客人成了強烈對比。不過，本來就應該要這樣，他必須要讓自己與周遭的粗野噁心人群有所區隔。他觀察得越久，對於某項重大發現也更加了然於心。

他們已經忘了安娜·盧。

新聞報導中的沉默女英雄已經退居幕後，而她的靜默不語，正好成了別人碎嘴八卦、可以任意評論她與她短暫生命的藉口。媒體在搞這種事，而一般人也不例外——在街頭、超市、咖啡館都大談特談，完全不會覺得不好意思，沃格爾也早就猜到了。每次一出現這種狀況，就會啟動某種詭異機制，真實事件變成了某種電視影集。

每七秒鐘就會發生一起刑案。

但只有極少數的案子能夠博得報紙與電視的版面，成為談話性節目專門討論的熱門主題。在討論這類案件的時候，他們會找來犯罪專家、精神病學者、心理學家，甚至哲學家。報紙上的內容洋洋灑灑，而電視頻道的每個小時都貢獻給了這個案子。這種現象可能會一連持續好幾個禮拜，有時候是好幾個月，要是運氣夠好的話，甚至可以到好幾年。

從來沒有人提到犯罪事件可以提升產業發展。

就收視率而言，被大家熱烈討論的案子，當然能夠帶來亮麗的表現，為電視台帶來上千萬元的贊助與廣告收益，而這一切的成本卻極其低廉。
新聞特派員、攝影機，加上攝影記者，綽綽有餘。
要是某起駭人的案件——如恐怖謀殺案或是離奇失蹤案——發生在某個小地方的話，在媒體過度曝光的這幾個月當中，當地居民一定會發現訪客激增，也因而帶來了財富。
為什麼某起犯罪事件會突然變得熱門？超越了其他的案件？沒有人能夠解釋究竟是為什麼。不過，大家都認為有某種難以預估的因素。
沃格爾有特殊的直覺，能夠洞燭機先，這算是某種第六感，他也靠這一點而聲名大噪。只有「斷手魔」的案子害他慘遇滑鐵盧。
所以他萬萬不會忘記先前學到的教訓。不過，安娜·盧失蹤案所產生的巨大影響力，應該是讓他東山再起的大好機會。
當然，他也沒有辦法讓一切照著他心中的劇本往前走。卡斯特納住家外頭出現自發性的朝聖人潮之後，發生了好幾件令人蹙眉的插曲。
一開始的時候，阿維卓的居民對於外人的參與是熱情相待，但突然之間，卻開始刻意保持距離。這是過度曝光的正常結果，媒體侵犯了每一個人的生活。由於目前找不出任何解答，社會大眾也逐漸開始認為，這起懸案的關鍵應該就在這裡的屋宅與居民。
這不是什麼明確的指控，但幾乎已經是大勢底定的風向。
阿維卓的居民一向相當提防陌生人，而且，在某種昭然若揭的醜化過程當中，他們逐漸成為箭靶，更加深了他們的疑慮。尤其是兄弟會，更是直接表態不歡迎媒體關注。一開始的時候，當地人只是避開攝影機。接下來，面對記者提問的時候，回答的態度變得很粗魯，有時候甚至一臉不爽。在這種白熱化的氣氛當中，怒氣隨時可能擦槍走火，難怪隨時可能有人得付出慘痛代價。

這倒楣的傢伙是個年輕的外地人，特地來到這裡找工作。他唯一的疏失，或者，應該說粗心大意的行為，就是向某個當地女孩打探狀況。不幸的是，咖啡店裡的客人們目睹了這段過程，他們一開始是出言威脅，最後訴諸暴力、把他打得半死。

又一個難得的冬陽暖日，沃格爾吃完午餐之後，趕緊趁著好天氣信步走回專案室，剛到學校，就看到梅耶檢察官正在體育館的前庭等他。

從她的表情看來，接下來應該很難出現什麼相談甚歡的場面。

她踏著堅定的步伐、朝他迎面而來，高跟鞋踏在柏油路面的聲響不斷清脆迴盪。「你怎麼可以來到這裡散播懷疑的種子，然後佯裝一切沒事？」她的語氣充滿責難。

沃格爾反駁她，「那是他們自己的事。」當他到達這座山谷的時候，發現小鎮居民的心態主要是困惑，而不是害怕。他們窩居在山間，一直以為這樣就可以遠離世間的醜惡，他們完全沒有心理準備，該怎麼面對不確定的狀態。即使到了現在，他們依然深信妖魔來自於外地，不過，他們的內心深處，卻一直在疑神疑鬼，也許這個人就隱身在他們之間，默不作聲，壯大邪力，而且被隱護得十分周全，沃格爾知道，他們對此的恐懼遠勝過一切。

「我擔心的就是這種事，」梅耶說道，「你在玩媒體秀。」

「有什麼青少年離家出走的案子無法在幾天之內破案？妳倒是說給我聽聽？」這個問題宛若對她下戰書，「而目前這個階段，我們應該要排除這個可能性，將全部心力轉移到其他方向。現在處理的已經不是青少女逃家的案子，妳怎麼還搞不清楚狀況？」

在沃格爾的特別叮囑之下，沒有人告訴梅耶三天前的那個傍晚、他們發現了那個滑板男孩。

「就算我們現在得要處理某起刑案好了，也不表示你享有特權、可以激怒阿維卓的民眾，或是引入電視台工作人員與攝影記者，因為都是你把他們帶進來的，千萬別想狡賴。」

沃格爾根本不想留在那裡聽她抱怨。這本來是個美好的一天，而且方才從餐廳散步回來，也讓他再次充滿了全新的活力，所以他乾脆轉身，打算走人，但隨即又改變主意，回頭對她開口，「沒有尖叫。」

梅耶一頭霧水，望著沃格爾。

「安娜・盧被擄走的時候，並沒有尖叫，不然鄰居們老早就聽到了。我只是拍拍手，就引來大家側目。我曾經站在她家外頭拍手，而大家都從自家窗戶向外張望。」

「你在暗示這女孩是出於自願？跟著某人離開？」

沃格爾不發一語，就由這位檢察官自行推想吧。

「她信任他，曾經緊盯著他的臉，」梅耶說道，「而如果她看過他的臉孔……」

沃格爾替她把話說完，「要是安娜．盧曾經看過他的臉，那表示她早就沒命了。」說完這句話之後，他沉默了好一會兒。

梅耶瞬間神情大變，原有的憤怒不見了，取而代之的是驚慌失措。

「我們可以靜觀其變，或者避免憾事再度發生，」沃格爾做出結論，「妳覺得哪一個比較好？」

這一次，他就真的直接走人。檢察官站在原地，動也不動，過了一會兒之後，聽到有人在咳嗽，她才回神轉過頭去。

史黛拉．阿納躲在體育館的角落偷偷抽菸，顯然，她剛才已經目睹了一切，也聽到了全程對話內容。「要是被社會大眾知道我會耍這種小奸小惡，我就完蛋了，」開完玩笑之後，她把菸蒂丟到地上，以鞋尖踩熄，「女人想要在職場往上爬，實在困難重重，妳說是不是？」然後，她語氣轉為嚴肅，「他這個人超爛，但他很清楚自己的職責。還有，在檢察官生涯當中，類似這樣的機會可說是千載難逢。」

史黛拉講完之後，立刻閃人，而梅耶只是盯著她離開，對於她剛才的那一席話，沉默以對。

被充當為專案室的體育館，氣氛異常熱烈，現在的警力人數已經增加到五倍之多，學校課桌也被更換為真正的辦公桌，擺放了電腦，還有一直響個不停的電話。原本的老舊黑板也撤了，取而代之的是大型白色螢幕與投影機。大型記事板上面貼滿了各式各樣的報告、照片，還有蒐證檢驗的結果。正中央放了一座谷區的縮小模型，三不五時就會標示出犯罪調查小組在這些區域的最新搜尋進度，由於現在有了特殊的夜視設備，終於能夠讓他們進行連續二十四小時、不眠不休的搜救工作。

「長官，阿爾卑斯搜救隊的成員剛剛巡過了北區的冰隙……」某名沒穿外套、只有襯衫加領帶的警員，向監督搜救活動的波吉報告進度。

「很好，現在他們必須移到東面山坡。」波吉講完之後，又面向另一名坐在辦公桌前的警官，他正在忙著講電話，語氣激動。波吉問他，「我們要求支援的直升機怎麼還沒到？」

那名警官移開了嘴邊的話筒，「他們說中午左右就到。」

「昨天他們也這麼說。繼續追下去，一定要逼他們給出確切的時間之後才能掛電話。」

「是的，長官。」

直升機很重要，沃格爾已經強調了好幾次。有它上陣，遠比一群搜救犬東聞西聞的景象更令人震撼，而且，無論是哪個拍攝點都可以看得到，攝影師會一整天都忙著緊追直升機的飛翔畫面。截至目前為止，波吉對於沃格爾的那套哲學是照單全收。不過，當他走到模型旁邊、更新搜救小組方位的時候，他卻必須老實承認，這種策略與他們的一切努力都只是白忙一場。除了那個滑板男孩之外，他們並沒有任何具體線索，而且安娜．盧．卡斯特納依然下落不明。

波吉走到模型旁邊，停下腳步。他剛才注意到有狀況，立刻攔下從他面前走過去的員警，「他在那裡多久了？」

對方轉身，也看到了布魯諾．卡斯特納，他靠在牆邊，手裡似乎拿著像是信函的東西。他四處張望，態度卑微，六神無主，彷彿在等待哪個人能夠發現他的存在。

「我不知道，」那名員警回道，「可能一小時了吧。」

波吉放下手邊的工作，走向他的面前，「卡斯特納先生，日安。」

卡斯特納點點頭，也向他問好。

「有沒有什麼需要我幫忙的地方？」

布魯諾似乎慌了，他想不出合適的措辭。波吉決定要出手幫忙，他挨過去，把手放在布魯諾的肩上，鼓勵他勇敢講出來，「是不是出了什麼事？」

「我只是……想要找沃格爾探員談一談，麻煩你了。」

波吉知道這並不是什麼單純的要求，而是懇求協助的訊號。波吉想起了沃格爾曾經說過的預言，那先生很焦急，有心事想要告訴我們。「沒問題，」他回道，「跟我來吧。」

沃格爾坐在權充為私人辦公室的體育館更衣室裡面，雙腳蹺在辦公桌上，專注閱讀文件，嘴邊帶著笑意。

他手中的文件不是警方的報告，而是電視台的收視率報表。

他每天都會收到有關卡斯特納案件的談話性節目與整點新聞的收視數據，以及網路熱門趨勢彙整報告，無論是電視台收視率或是網路輿情反應，這個案子都穩居寶座，換言之，這起失蹤案也依然能夠佔據各大報的頭條版面。除此之外，它也是社群媒體熱門討論主題的第一名，所有的部落客也都紛紛加入陣容、發表評論文章。

就數據看來，社會大眾還沒有看膩這個案子。不過，沃格爾很清楚，要是他沒辦法在短時間之內餵給媒體新素材的話，那麼他們的興趣就會慢慢消退，轉向更辛辣的其他新聞。

社會大眾想要見到的是令人生畏喪膽的禽獸。

一聽到有人敲更衣室的門，他趕緊把腳放下來，將文件藏在抽屜裡，「請進。」

波吉警官出現在門口，「女孩的父親來了，你現在有空嗎？」

沃格爾示意請他進來。布魯諾．卡斯特納跟在波吉後面、進入房間，手裡依然緊握著那個信封。

「卡斯特納先生，請坐。」沃格爾起身迎接他，然後又請他坐在置物櫃前的長椅上，自己則坐在他的旁邊，波吉依然站在門邊，雙手交疊胸前。

卡斯特納說道，「我沒有要打擾你的意思。」

「沒這回事，別多想了。」

「她失蹤的那個下午，我不在家，陪客戶出差去了。我一直在想，要是我留在這裡的話，搞不好就可以避免憾事發生。當我太太打電話告訴我安娜．盧沒回家的時候，我多少猜到是出事了。」

沃格爾趕緊安慰布魯克納，「不需要心懷悔恨。」不過，他並沒有說出警方早已查過了這位父親的不在場證明、而且已將他從涉案嫌犯名單中剔除。

「我們聽到他們在電視上的討論，」那男人繼續說道，「是不是真的有人擄走了我的安娜．盧？」

沃格爾擠出勉強微笑，隨後又露出假惺惺的同情神色。不過，他的目光忍不住下移，盯著那個信封，「記者說的話不能照單全收。」

「但你已經有了追查對象？是不是？這一點至少可以告訴我吧？」

沃格爾繼續閃爍其詞，「根據我的經驗，親屬最好還是不要知道偵查過程中的所有進度。部分原因是我們不希望有所遺漏，所以會一直追查新線索，而這對局外人來說，很可能根本是霧裡看花。」他實在很想再補充一點，而且，也可能讓你們懷抱錯誤的期待。

布魯諾．卡斯特納不再繼續堅持，開始翻弄信封，過了好一會兒之後，他才順利打開、取出了裡面的東西，沃格爾與波吉互相交換眼神，目光充滿疑惑。

信封裡是一張照片，除了安娜之外，還有她最好的朋友。

卡斯特納把照片交過去，沃格爾接下之後，仔細端詳，一頭霧水。

「這些日子以來，我一直想不透，」卡斯特納的一雙大手緊緊互絞，指關節都泛白了，「為什麼是她？我的意思是，安娜．盧……長得並不漂亮。」

波吉心想，說出這麼坦白的話，想必讓他天人交戰了許久。女兒都是父親心中的小公主，有哪個爸爸能夠說出那樣的話？這男人已經顧不得一切了、就是想要知道答案。

沃格爾仔細端詳照片。這兩個女孩的模樣可說是天差地遠。其中一個像是成年女子，而另外一個卻像是小孩子。他很想要告訴卡斯特納，這就是兇手之所以會挑她的原因。某個毫不起眼的女孩，遠看，不會啟人疑竇，就算在冬日傍晚、自家外頭被人擄走，也不會有人發現異狀的那種女孩。不過，沃格爾發現卡斯特納還想說別的事，他堅實的雙肩陡然一沉，顯露出全然潰敗的姿態。

「我做過一件很丟臉的事，」卡斯特納的聲音跟蚊子一樣，宛若準備向人告解，「照片裡的另一個女孩叫普莉希拉。有一天，我在安娜·盧的手機裡找到了她的電話號碼，撥號給她。她一接起來的時候，我就立刻掛掉了。我想她一定不知道是我打的，我也不知道自己怎麼會幹這種事。」

沃格爾與波吉再次交換眼神。布魯諾·卡斯特納疲倦又焦慮的臉龐，出現了一小滴淚水，迅速滑落到他的下巴。他猛擤鼻子，又像小孩一樣、以手背擦乾淨。

沃格爾握住他的手臂，幫助他站起來，「要不要先回家，把這一切拋諸腦後？相信我，這樣會讓你舒坦一點。」他也向波吉示意，趕緊扶住這男人。

波吉走過去，但卡斯特納還沒講完，「我太太信仰堅貞，積極參與兄弟會……身邊有這樣的正直典範，我實在很難成為什麼完美的父親與丈夫。你知道嗎？有時候我好嫉妒瑪莉亞，她從來不曾動搖，沒有任何疑念，從來沒有，就連我們出了這樣的事也一樣。她反而覺得這是上帝的某個佈局，因為祂認為要讓我們學習面對傷痛，對我們比較好。但這是哪門子的傷痛？我們應該要準備喪事嗎？要是有人告訴我們安娜．盧死了，至少可以讓我們不再抱持任何希望。但像現在這個樣子……我一直是個不中用的父親，因為我應該要好好照顧她、保護她才是。我反而……態度軟弱，而且陷入誘惑。」

「我相信你一定是個好爸爸。」沃格爾好心安慰他，但目的只是為了要勸他不要再提起這件事。要是媒體聽到了風聲，一定會把他修理到慘不忍睹。雖然他做的事根本微不足道，但在眾人的眼中，布魯諾．卡斯特納將會成為騷擾青少女的父親，禽獸。沃格爾先前為這一家人苦心建立的完美形象，也會因而破功。大家原本關注的是真正的兇手，雖然還根本不知道他是誰，但卡斯特納要是出了狀況，焦點也會跟著轉向。

「有一個男孩……」就在他們快要走到門口的時候，卡斯特納開口了。

這句話立刻引發了沃格爾的高度興趣，「哪個男孩？」

卡斯特納一直目光低垂，「她媽媽絕對不會讓她與他打交道的，他不是兄弟會的成員，但安娜．盧似乎是很喜歡他。」

「哪個男孩？」沃格爾堅持問到底。

「我不知道他是誰，但我常看到他在我們家外頭閒晃，身穿黑色兜帽上衣，玩滑板。」

波吉聽完之後，神色立刻變得十分警覺，但沃格爾卻只是充滿惱怒，「為什麼現在才告訴我？」

卡斯特納終於抬頭看著他，「因為當你認為上帝因你犯了罪而處罰你的時候，實在很難伸手去指責別人。」

十二月三十一日
失蹤案發生之後的第八天

玩溜滑板的男孩名叫馬提亞。

在布魯諾·卡斯特納去找沃格爾懺悔的前幾天，警方早已知道這男孩是誰。更精確的說法，在人潮前往安娜·盧住家朝聖、自動自發在屋外留下許多玩偶，而男孩偷偷摸走了粉紅色小貓玩偶的那個夜晚，約莫在半夜十二點的時候，他們查出了男孩的身分。

不過，這個偵查方向，沃格爾一直保密到家，男孩的姓名，還有那天晚上發生的事萬一讓記者知道的話，一定會破壞了他們的辦案成果，造成無法彌補的損害。

不過，沃格爾很清楚，記者們依然想要花錢買情報。他擔心當地警察會因為想要拿點聖誕節獎金、補貼一點微薄薪水而難擋誘惑。不過，防堵這類情事，一向是他的專長，他已經對自己的手下灌輸觀念，要是收賄曝光的話，下場會有多慘，他只是告訴他們，要是有人膽敢洩漏消息，一定會遭到開除處分。

馬提亞和安娜·盧一樣都是十六歲，而這男孩是個問題青少年。

「我找過那男孩的心理醫生了，」波吉向沃格爾報告最新狀況，「他名叫佛洛，自從馬提亞與他母親在九個月前搬到阿維卓之後、就開始接受佛洛醫生的心理治療。在過去幾年當中，他們搬了許多次家。顯然原因都如出一轍：這男孩有性格異常問題。」

「再講詳細一點。」看來沃格爾興趣濃厚。

波吉先前已經做了筆記，「馬提亞性格孤僻，不合群，也無法與別人互動。而且，他還有突發性攻擊傾向。在他與母親先前住過的那些地方，他總是不斷惹事生非。攻擊別的青少年，或是無法控制自己突如其來的火氣，有一次，他沒來由就砸爛了某間商店裡所有的東西。每一次他母親都是被迫放棄一切、趕緊搬家。」

沃格爾心想，也許她覺得這是治療兒子的最佳良方，一心盼望只要突然更換居住地點，就能自然而然解決他的天性問題。其實，這只會讓狀況雪上加霜而已。也許這母親深覺羞愧，或是覺得在兒子成長過程中、一直沒有父親角色相伴，因而心生愧疚，所以，倉皇逃離，然後在某地重新開始，也就成了他們的生活常態。

「馬提亞曾經去醫院就診，」波吉繼續說道，「佛洛醫生告訴我，他目前依然在服藥，控制自己的憤怒情緒。」

現在，沃格爾知道了馬提亞的痛苦過往，他突然心頭一震，搞不好安娜・盧的失蹤案已經出現了破案曙光。

截至目前為止，他們並沒有收集到太多有關這男孩的情資，他們只知道他母親從事低階工作，薪水微薄。她在某間清潔公司上班，除此之外，阿維卓還有少數幾間依然在營業的餐廳，她在其中一間當洗碗工。這對母子住在小鎮邊郊的某間破舊小屋，沃格爾已經派人過去偷偷監控。

不過，他們卻再也沒有看到馬提亞。

他就這麼人間蒸發了，而且有關他的所有線索都與他一起消失不見，就和安娜・盧一樣。不過，他突然失蹤的狀況卻大不相同。

那母親依然照常過生活，外出工作，每天傍晚回家，宛若沒事一樣。而且，兒子失蹤了，她也覺得不需要向警察報案——看來這個男孩已經藏匿在別處，而母親想要掩護他，她知道馬提亞惹了麻煩，不是與同學打架的一般事件，而是更嚴重的惡行。

他們知道那男孩不在家，他們在那間屋子周邊安裝了竊聽器，當男孩母親外出的時候，他們並沒有擷取到任何可疑的聲響。沃格爾還沒有下令搜索，因為如此一來將會驚動那女人。他採取的措施反而是偷偷跟蹤，希望能夠透過她引路、找到她兒子。

但他們佈下的這條線一直沒有任何動靜。

看來這對母子突然中斷了聯繫，而且，那男孩的手機也一直處於關機狀態。

沃格爾知道無論馬提亞到底窩藏在哪裡，在沒有食物的狀況下，他也撐不了多久，再加上警方正在地毯式搜索安娜・盧的下落，所以，他寧可等待那男孩自己鑽出巢穴。

蛙人們正在搜查煤礦附近的某個污水井。根據波吉從鎮公所取得的資料，這種礦井至少有三十處，有些還在使用，而有的已經處於廢棄狀態，遑論還有諸多沒有登記造冊的礦井。而且，這

沃格爾當初提到了這一點，就是為了要強調這女孩的日常生活有多麼單純，根本不可能脫軌。那份短短的聯絡人名單，還有她會出現的地方，就是她的生活與世界的全部範圍。簡單，一目了然，沒有詭詐，沒有秘密，一切都可以攤在陽光下檢驗。

媽媽、爸爸、家裡的電話、祖父母家裡的電話，還有教堂。

安娜・盧的整個世界都集中在這些地方，都只與這些人互動。當然，還有學校，還有溜冰場，不過，真正重要的都在聯絡人名單裡，那都是她經常撥打的號碼，而且，萬一有需要的時候，她也會向這些人尋求協助或安慰。

不過，昨天見到布魯諾・卡斯特納之後，波吉開始起疑，關鍵就在於那男人帶過來的照片。

安娜・盧與閨蜜普莉希拉的合照。

他們主要的調查火力一直集中在其他方向。他們使出詭計，讓媒體幫忙推波助瀾，得到了更多的資源，然後又藉此進一步擴大搜尋範圍。他們找出了那個滑板男孩的身分，此刻正偷偷追查他的下落。不過，卻沒有任何人，甚至包括媒體在內，想要去找普莉希拉問清楚，也許她知道某些線索，可以有助釐清案情。

原因很簡單，就是因為大家都漫不經心。

媽媽、爸爸、家裡的電話、祖父母家裡的電話，還有教堂。

依照布魯諾・卡斯特納的說法，普莉希拉是安娜・盧的閨蜜，那麼手機裡為什麼沒有好友的電話號碼？

座山谷的地底隧道錯綜複雜，簡直就像是蜘蛛網一樣。

藏屍的完美地點，就算是花一輩子的時間，也無法逐一完成清查。

此時的天空，是被群山緊箝的一整片鑄鐵，眼前的這幅景象，宛若巨鉗正在緩緩擠壓萬物。

波吉停好了車，距離蛙人辛苦搜查的地點只有幾公尺之遠而已，他透過霧氣凝結的擋風玻璃、觀看他們的工作情形。車內一片寂靜，加上隔了一層薄霧，讓眼前的一切增添了某種不真實的感覺，簡直像是童話一樣，而這是一個邪惡的童話故事，結局也只有一種可能，令人傷感的那一種。

波吉負責掌控搜索行動，但他覺得找到人的機率並不高：蛙人輪流進入泥濘水塘，每隔十五分鐘之後，就會再次現身，搖頭。同樣的姿勢與動作，不斷重複。

他的車停在空地正中央。早晨寒氣逼人，波吉將雙掌拱成貝殼狀、不斷對裡面吹氣暖手，舒暢的感覺也就只有那麼一會兒而已，自從開始參與調查案以來，這是他第一次覺得充滿挫敗。他心中不免也出現了另一種聲音，要是他們永遠無法破案的話，也沒關係，安娜．盧．卡斯特納就會成為不明原因失蹤名單裡面的其中一人。

過了一陣子之後，一切就雲淡風輕，宛若什麼都不曾發生過一樣。

不過，真正讓他不安的卻還有另外一個原因，讓他百思不解的事。他一直想到沃格爾在第一次簡報時提起的某一段話，幾乎是快速帶過。安娜．盧的手機聯絡人名單裡只有五個號碼而已。媽媽、爸爸、家裡的電話、祖父母家裡的電話，還有教堂。

波吉抬手、以外套袖口擦拭擋風玻璃上面的凝霧。然後，他發動車子，這一次，他一定要找出答案。

阿維卓準備以低調的方式迎接新年到來。大家都準備待在家裡慶祝，因為鎮長早已取消了原定的各項公眾活動。

「如果我們這裡有某個家庭無法與大家一起慶祝，那麼大家也開心不起來。」鎮長對著記者說出這番感人肺腑的話之後，陷入激動不已的沉默。

在過去這幾天當中，他一直態度積極，想要在媒體面前推銷山谷居民的正面形象。為了要防堵詆毀性報導，他甚至號召當地義工，加入搜尋行列，他們跟著警方、仔細搜尋林地裡的每一個角落。

接近中午的時候。鎮長到達兄弟會的聚會廳主持祈禱大會，再次祝盼能早日看到安娜．盧平安返家，卡斯特納全家人也參與了這場集會。

波吉坐在車裡。看著這一家人離開，準備返家，他們身邊依然有一小撮兄弟會的成員護駕，以免讓他們受到記者的問話騷擾，也隔絕了那些想要偷拍他們悲傷神情的攝影記者。不過，波吉感興趣的目標，另有其人。

普莉希拉是最後一批出來的人。她身著綠色鑲毛兜帽外套，搭配戰鬥靴，梳了個包子頭，雖然現在明明是多雲陰天，她卻還戴著墨鏡。這身打扮不算是特別花俏，但她的模樣依然美麗動人。她身邊跟了一名成年女子，兩人相似度驚人，想必一定是她的母親。這對母女開始往前走，那些攝影機、相機還有麥克風開始轉向其他的小鎮居民，但她們兩人完全不予理會。普莉希拉的母親與其他兄弟會成員在聊天，而她則拖著腳步，跟在後頭，彷彿想要與他們保持距離。值此同時，她也不斷東張西望，評估現場情勢，過了一會兒之後，她逮住人群推擠的機會，朝另外一個方向離去。

波吉看到她轉彎，上了某台跑車，迅速離去，開車的是個青少年。

他立刻就跟上去了，他們停在鎮上小墓園後方的某處空地。他把車停在距離他們約一百多公尺的地方，看得一清二楚。兩人迅速脫衣，熱情擁吻，根本沒注意到有人盯著他們。波吉覺得看夠了，打開窗戶，把警示閃燈放到車頂，啟動，而且還警鳴了好幾秒。

男孩與女孩立刻停止動作，嚇得半死。

波吉慢慢開過去，讓他們有充分時間穿好衣服，他開到他們面前，停車，然後開了車門，走過去，在駕駛座車窗前彎身，刻意擺出邪惡笑容，「嗨，小朋友。」

「警官，早安，有什麼問題嗎？」男孩強裝鎮定，雖然他態度兇巴巴，但看得出來他已經嚇到全身僵硬。

「小鬼，我看你借用你爸爸的車，想必沒有經過他的允許。而且，你的年紀根本還不能考駕照，我應該沒說錯吧？」這是典型的警察措辭，其實，他真正想要強調的是這男孩可能有駕照，但他隔壁的那個是未成年少女。

「喂，我們又沒有做壞事。」男孩想要強辯，蠢，他的聲音明明在顫抖。

「小鬼，你是要在我面前裝狠？」波吉現在的語氣，已經是個失去耐心的警察。

普莉希拉不想讓這白癡繼續講蠢話，不然狀況一定會越來越麻煩。她靠向窗邊，「警官，求求你，千萬不要告訴我媽媽。」

波吉盯著她好一會兒，假裝自己在考慮是否要答應這番懇求，「好，但等一下由我載妳回去。」

他們開車上路，穿過小鎮街道，波吉也找到機會好好打量她。這女孩個子很矮，但戰鬥靴拉長了她的身高。她的其中一耳打了許多亮色耳釘，還塗了一點眼線，五官精緻。綠色外套裡搭的是黑色套頭毛衣，顯現出她小而堅挺的胸部線條。下半身是印花內搭褲，其中一隻大腿處還開了破洞。過甜的草莓體香劑混合了一點汗氣、菸臭，再加上薄荷口香糖的味道。總而言之，就是個標準的青少女。

波吉想從她口中問出線索。剛才他刻意嚇唬她，現在的她已經不堪一擊，他知道普莉希拉一定會全力配合，以免讓自己更加難堪。「跟我講一下安娜．盧的事吧？」

「你想要知道什麼？」

「妳是她最好的朋友，對不對？」

這女孩一邊盯著路面，一邊在啃右手的粉紅色指甲油，「嗯，我覺得她真的心地很善良。」

「這句話什麼意思？」

「我是說，我們學校的學生超愛八卦，某些人說她有秘密，但她對每個人都很好，從來不生氣。」

「什麼樣的秘密？」

「她到處上床啦，對象都是老男人，鬼扯。」

「妳們經常一起出去吧？她喜歡做什麼？」

「她媽媽只讓她和我一起出去，我們晚上在阿維卓能從事的活動並不多。但也沒差，她只能在下午的時候來找我、在我家寫功課。」

「但妳們不在同一班。」

「沒錯。但我們經常見面，因為安娜．盧的數學很厲害，可以幫我忙。」

「就妳所知，她有沒有男朋友？」

普莉希拉發出輕笑，「男朋友？呵，沒有。」

「她有沒有喜歡誰？」

「有啊，我的貓。」她再次哈哈大笑，但這種幽默感顯然難以得到認同，所以她轉趨嚴肅，「安娜．盧和大家不一樣。對於討男生歡心或是與朋友一起惡作劇之類的事，她完全沒有興趣。」

「好，顯然除了她的同班同學之外，妳是她唯一會固定見面的朋友。」

「沒錯。」

波吉心想，普莉希拉打算表現出自己是安娜．盧最親近的朋友，也許是想要轉移他的焦點、撇清自己的嫌疑，「妳覺得她發生了什麼事？」

普莉希拉愣了一會兒，「我不知道。各種說法都有，像是她離家出走什麼的，但我才不信。」

「也許她出了什麼事，但沒有告訴妳。」

「不可能。要是有什麼狀況，她一定會講出來。」

這女孩說謊，波吉十分篤定，「就連妳們兩個大吵一架之後也不例外？」

這句話正中要害，普莉希拉轉頭看著他，「你怎麼知道？」

波吉沒有告訴她，因為安娜．盧已經在自己的手機聯絡人名單裡把她給刪除了。他放慢車速，把車停在人行道旁邊，然後，又把車子熄火，因為他想要看到她的完整神情。「我不會說出去，但我要聽實話。」

普莉希拉繼續啃指甲，「我沒有告訴任何人，因為我和我媽媽之間的關係已經夠緊張了。」她的態度十分防備，「自從我最後一個繼父離開之後，她就一直沉迷在兄弟會裡面。他應該是第六個或第七個甩掉她的大渣男吧，他們通常都是人生一敗塗地的可憐蟲，然後，她就像某些撿流浪狗的人一樣、把他們帶回家。她幫助他們重新站起來，而這些人離開的時候連聲謝謝也沒有。現在，她告訴大家是兄弟會拯救了她，而她也想要拯救我。她說耶穌愛她，但就我看來，祂跟其他男人一樣，遲早也會甩了她。我和她一起去參加聚會，只是要讓她開心而已，但我對於宗教完全沒有興趣。」

「安娜．盧成了妳的最佳掩護，對嗎？只要妳一直與她保持往來，妳母親就不會干涉妳交友的事。所以妳一直沒把吵架的事情告訴她，不然她對妳的態度就會一百八十度大轉彎。」

普莉希拉一臉不爽，「我才沒那麼賤，我是真心喜歡安娜．盧。但你說得沒錯，她失蹤的那個時候，我們已經至少兩個禮拜沒講過話了。」

波吉看著她，「為什麼會這樣？」

「我不知道，」她態度強硬，「也沒什麼。我只是讓她睜大眼睛、看看到底出了什麼事。」

「什麼？」

「那個一直在跟蹤她的宅男。」

波吉立刻就猜到了，是馬提亞。「妳知道他是誰？」

「當然，他是我同班同學，名叫馬提亞。他從來不和任何人講話，也沒有人想要與他打交道。」

「他為什麼要跟蹤安娜．盧？」

「我不知道。也許是因為他喜歡她，也可能是因為她是唯一願意跟他講話的人。安娜．盧絕對不可能變成他的女友，我覺得他在癡心妄想，誤以為她一定會跟他在一起，因為他老是鬼鬼崇崇出現在她附近。」

波吉懂了，但普莉希拉這次又沒有講出全部的實情，「所以妳警告她，但她不聽妳的話，然後妳們兩個就一刀兩斷？我覺得這理由太牽強了。」

他起了疑心，也讓她乖乖吐出了其他的情節，「好啦，的確還有發生別的事。有一天，他又跟往常一樣、在她身邊繞來繞去，想要吸引她的注意力。我實在看不下去了——我衝到他面前，直接講出我的感受。我本來以為他會出現激烈反應，和我大吵一架。但沒想到他卻像條嚇壞的小狗一樣，不發一語，然後，就尿褲子了。」

「他尿褲子？」

「沒錯。他的尿液從內褲滲出來，先是長褲出現暗色水漬，然後運動鞋的中間地帶又多了一灘小水塘。很難想像吧？」

波吉搖頭嘆息，他心想，小屁孩，真是亂七八糟，「所以安娜・盧怪罪在妳頭上？」

「我又能怎麼辦？她甚至還做了一個手環、想要送給他當禮物。然後她就生我的氣了，說我羞辱了他，她不想再和我講話了。」

波吉這才發現自己低估了安娜・盧。一開始的時候，他以為她的個性柔弱順從，不過，她其實很有自己的想法，遇到必要的時候，也會展現出堅強意志，她以過度決絕的方式、懲罰了普莉希拉。他沒辦法開口問普莉希拉是否覺得馬提亞與這起失蹤案有關。顯然她從來沒有懷疑過他，可能是因為她不知道在她面前尿失禁的這個男孩，其實有無法控制怒氣的病史。所以，他只好這麼問，「妳為什麼覺得他可能會危害安娜・盧？好，他跟蹤她沒錯，但我不懂——」

「他總是拿攝影機跟蹤她。」

在八點鐘的時候，各家電視新聞台都在播放全球各大城市慶祝新年的盛況。不過，開始播報卡斯特納失蹤案的時候，特派記者讓大家看到的畫面卻是某個山城住宅區的黑暗小屋，裡面那對父母的長女命運未卜，他們依然憂心忡忡。

心酸與幸福的故事互相交織，這是媒體屢試不爽的公式之一。

沃格爾打開了飯店房間的電視，但並沒有盯著螢光幕。他人在浴室裡，倒是依然聽得一清二楚。他身著睡袍，站在鏡子前面，以徐緩優雅的動作拿起小筆刷，對著眉毛塗抹深色染膏，而且還一直張著嘴。這是個不由自主的小動作，讓他看起來甚為滑稽，但他卻沒有發現自己在鏡中的蠢樣。

床鋪旁邊的衣櫃大敞，裡面掛了一排沃格爾為了出差而準備的高級西裝，彷彿要在阿維卓待上一個月似的。每一件都掛在專屬的木質衣架，旁邊還有乾燥薰衣草帆布小袋，不但可以阻絕蠹蟲，也可以讓衣物保持清新。某扇衣櫃門附有長條形掛鉤，正好可以讓他的領帶一字排開：真絲、羊毛、喀什米爾，每一條的圖案都不一樣，而沃格爾十分講究，特別依照色階、仔細排序。最後，重要性不亞於衣服的是他的鞋子，全放在衣櫃下方——至少有五雙，每一雙的鞋帶都繫得緊實，全都是英國與義大利的手工製鞋，擦得晶亮。一雙接著一雙，宛若一排準備開火的狙擊小組。

這個衣櫃裡的衣服與配件，只是沃格爾家中收藏的一小部分而已，這一切全都是他多年來熱情研究的成果。每一件西裝都會搭配特定的古龍水，仔細噴灑在口袋巾上面。沃格爾對此超級癡狂，從他購買的那些襯衫與袖扣就可看出端倪。

他實在看不起那些衣著邋遢的同事。這絕非只是什麼外表或虛華的問題而已，對他而言，這些衣服就像是戰士盔甲，傳達出力量、紀律，以及自信。

不過，這個晚上，這些西裝都會安放在衣櫥裡。

他不打算出門。外頭馬上就有暴風雨來襲，他打算待在這裡，一如往常，獨自一人靜靜等待元旦到來，他已經點了輕食當晚餐，並且會拿出在臨行前、從自家酒窖塞進行李箱的某瓶卡本內，開酒慶祝。

他站在浴室鏡前面，光是想到等一下的夜晚時光，就已經讓他覺得韻味無窮，他想到了這個案子目前浮出的線索。

安娜．盧認識綁架她的那個人。所以她才會完全不做任何抵抗、直接跟對方一起走。

幾乎可以斷定她已經沒命了。處理人質是相當棘手的事，尤其對獨力犯案的歹徒來說更是難上加難，她應該在遭到綁架之後沒多久就遇害，兇手可能只讓她多活了幾個小時而已。

這女孩覺得要弄本假日記應付她媽媽。但真正的日記本到哪裡去了？裡面又藏有什麼不可告人的秘密？

沃格爾的手機響了。他滿臉不爽，悶哼一聲，但來電者完全沒有要放棄的意思，所以他只好暫且放下染眉的事，接起電話。

「馬提亞一直在偷拍安娜．盧。」波吉連招呼都沒打，立刻劈頭稟報。

「什麼？」沃格爾嚇了一跳。

「他一直到處跟蹤她，而且還拍攝了影音檔。」

「你怎麼知道的？」

「她閨蜜告訴我的，但今天下午我忙著求證。顯然他以前被巡邏警車抓過一次，因為他偷拍那些躲在墓園後面角落親熱的情侶。」

沃格爾心想，天大的好消息。看來有偏執狂的人不是只有他而已。他只是純粹熱愛打扮，完全無傷大雅，但馬提亞的偏執卻令人顫慄不安。因應現在這樣的全新態勢，他立刻做出了決定。

「我們還有人守著那男孩的家吧？」

「隨時都有兩名探員盯梢，採四小時輪班制。但他們目前還沒有發現任何異狀。」

「告訴他們可以撤了。」

波吉在電話的另一頭沉默了好一會兒，「長官，確定嗎？我想，今晚是除夕，馬提亞可能會趁大家忙亂的時候回家一趟，弄點存糧。」

「他不會這麼做的，他又不是傻瓜。」沃格爾立刻吐槽，「我相信他一定想要聯絡他媽媽，今天晚上，她在外頭洗碗。」

但波吉卻不以為然，「長官，抱歉，但我真的不懂，現在這計畫是？」

不過，沃格爾不打算讓他知道自己的策略。「警官，聽我的吩咐就是了，」他語氣平靜，又補了一句，「要相信我。」

波吉不再發問，只是淡淡回了一句，「了解。」但從那語氣聽得出來，他並不是很服氣。

你憑什麼要知道我的計畫？沃格爾掛上電話，心裡不禁一陣氣惱。

一月一日
失蹤案發生之後的第九天

沃格爾開警車穿越小鎮的時候，正好剛過凌晨十二點沒多久。街上只有幾個夜貓子，準備匆匆趕去參加私人派對。透過燈光大亮的窗戶，沃格爾可以看到他們在裡面慶祝的情景，大家互相擁抱，微笑，告別過去的一年，迎接嶄新的一年。真是荒謬的迷信，他才不需要這些鬼東西，拋卻過去，只是一種不敢承認自身失敗的方式。眾人在此刻歡欣雀躍迎接新的未來，但接下來的這十二個月，還是渾渾噩噩度日，最後還是會成為他們想拚命遺忘的一段過往。

而沃格爾的想法，其實與媒體很相似，唯一重要的也就只有當下而已。有些人做出了某些事，而其他人也只能默默承受。他覺得自己應該算是第一類吧，因為他知道要如何成功解決各種狀況。而類似安娜・盧之類的那些人，就屬於第二類了，他們註定要成為被害者的角色，為其他人的名聲付出代價。

所以，此時此刻，沃格爾對於新年完全沒有興趣，他還有更重要的事得處理。他開到了目的地，拿起手機，撥打他早已背熟的某支電話號碼。

第一聲剛響完，史黛拉・阿納就接起電話，只應了一句，「我在。」

「比別人早二十五分鐘，記得嗎？」

史黛拉知道那句話的含意：今晚有大事要發生了。

沃格爾的停車位置，距離馬提亞與母親的住家約一百公尺遠，那是一棟位於矮丘頂的小木屋，四周是無人養護的光禿禿草坪，還有大片得趕緊修理的殘破圍籬。屋內一片漆黑，只看到某扇窗戶後方透出淡紅色光暈。

現在，沃格爾才發現光撤走手下是不夠的，因為這間屋子周邊到處都裝有截聽屋內聲響的竊聽器。所以他的行動必須要非常謹慎：不能有任何人知道他出現在這裡，不過，他也有因應之道就是了。

他看了一下手錶，只需要再等幾分鐘就好。果然，天氣預報十分準確，開始下雨了。雨滴落在地面與屋舍，掩蓋了所有聲響。

沃格爾下車，沿著泥道、快步走到屋前，一進入有遮棚的門廊，立刻甩了甩外套上的水珠，然後，小心翼翼爬了兩級台階。他站在大門外，從口袋裡取出防止留下指紋的橡膠手套，還有準備拿來破壞門鎖的螺絲起子。門開了，一點都不難，等到確定沒有人之後，他才悄悄溜進屋內。

映入他眼簾的第一印象，這裡住的是赤貧人家。屋內有高麗菜的味道，還有一股潮氣，老舊的家具，佈滿灰塵。衣服晾掛在兩張椅子中間，髒兮兮的碗盤，冰冷。不過，在這雜亂的環境當中，也看得到某名女子對任性兒子的母愛。沃格爾感覺得到她的恐懼，擔心哪裡出了差錯，看到一切在一夜之間全然崩解。因為她知道由她帶入世間的這個男孩，不論對他自己或是別人來說，都是一大危險人物，而且，她也知道藥物與心理學家永遠也治不了他。

沃格爾踏上老舊的木地板，發出了吱嘎噪音。不過，敲打在屋頂上的雨水聲響卻掩蓋了一切，所以他準備開始巡查每一個角落。

兼有客廳功能的廚房角落，放置了一個火爐，這就是他剛才在外頭透過窗戶看到的淡紅光暈。不過，它的功能不彰，完全沒有暖房效果。接下來，走過某張爛沙發之後，又通往另外一個房間。裡面有張雙人床，上面有個小小的十字架，原本應該放置衣櫥的位置，只有一些小櫃，除此之外，牆邊一片空蕩蕩。某張椅子上面疊放了好幾條毛巾，床邊桌旁有雙破舊拖鞋。

第三個房間是浴室。缺片的磁磚，還堆疊了許多報紙。馬桶發出宛若在嗚咽低泣的聲響，顯然早就得找人來修理才是，而小小的浴缸表層積結了許多水垢。

這就是整個房子的格局了，但沃格爾覺得奇怪，馬提亞到底睡在哪裡？也許是剛才在客廳裡看到的那張沙發，或是與母親共睡一張床，但他覺得不太可能。他正打算轉身，準備要再次詳細檢查的時候，卻看到走廊木牆上面有個幾乎看不見的長方形。

是一道門。

沃格爾走過去，以掌心推開，露出了光禿禿的磚造階梯，兩旁全都是粗石牆面，應該是通往地窖。

底下一片漆黑。

沃格爾拿出手機，讓螢幕冷光探路，然後，小心翼翼往下走。階梯陡峭，而且邊緣嚴重磨損，雖然看起來沒有任何的潮氣，但空氣中卻散發出淡淡的霉味。他到達梯底，拿起手機，照亮整個空間。

不是地窖，而是地下室房間。從裡面的陳設看來，他推測這裡就是馬提亞的房間，或者，應該說是他的巢穴。

這裡沒有窗戶或通風口，底下傳來遠方的單調雨聲，某種荒絕的聲音，宛若哀歌。右側靠牆處放了露營床墊，被褥凌亂，堆積如山。沃格爾心想這地方比屋內的其他地方都冷多了，但也許對青少年來說，只要能多那麼一點隱私，適應低溫也不成問題。

沃格爾看到前面有張桌子，而桌前的牆面掛滿了照片，全都是從影帶上截圖的放大定格照。每一張都是安娜．盧。

沃格爾趨前看個仔細，約有三十多張，每一張都是特寫。這女孩在各式各樣的時刻被偷拍，每張的表情都很自然。沃格爾心想，雖然幾乎看不到笑容，但卻顯露出幽微之美，某種通常靠肉眼很難發覺的氣質。馬提亞彷彿在自己的瘋狂攝影計畫當中、捕捉到別人根本看不到的美感，就連布魯諾．卡斯特納也不例外，他覺得自己的女兒長得又不美，不可能會吸引綁架犯下手。

桌面上放了一台不是十分新穎的電腦，旁邊是攝影機。

沃格爾拿起攝影機，仔細端詳。看來馬提亞逃得匆忙，居然沒有帶走這件隨身物件。然後，他又看到了另一個東西。

櫃子裡有個粉紅貓咪玩偶，應該就是被他們目擊的那個晚上、他從卡斯特納住家外的街道所偷走的玩具，男孩偷走了紀念品，在記者的眼中，已經足以將他定罪。沃格爾突然打了一陣哆嗦，就在這個時候，他聽到後頭有動靜，這不是他的幻覺，而是千真萬確的聲音。

床上有東西在晃動。

沃格爾放下小貓玩偶，慢慢旋身，看到那團被褥在動來動去，有個人從裡面探出來。馬提亞身著他的帽衫，帽兜拉得低低的，幾乎看不到他的臉。

沃格爾看到他緩緩起身，印象中他的個子沒這麼高大。突然之間，沃格爾恍然大悟。這男孩根本沒有逃走，只是一直窩在家裡，外頭的竊聽器不可能錄到他在地底下的活動聲響，天知道地下室的泥石厚度到底有幾公尺，正好成了他的保護膜。

沃格爾的雙手都沒空，因為一手拿著攝影機，而另一手則是拿來當光源的手機，完全沒有時間從槍套裡取出手槍，因為男孩與他的距離十分接近，如果沃格爾把東西放下來，馬蒂亞趁這短短幾秒的空檔撲身過來也綽綽有餘。所以，他打算運用另外一項武器，通常可以讓他順利主導局勢，「所以這是你的嗜好囉？」他露出會意的微笑，下巴朝攝影機點了一下，「我看你一定很厲害。」

男孩沒有回話。

沃格爾感受到他帽兜下方的目光十分緊張，「你知道嗎？我可以讓你變得很有名，你拍的影帶會在電視上播放，得到應有的關注。我有許多記者朋友，他們的報社一定會砸重金買下這些素材，你會成為新聞焦點人物。考慮一下你媽媽吧：她再也不需要工作了，可以買下理想的房子，還有她現在負擔不起的一切物品，而這全是你送給她的禮物。馬提亞，事情很簡單，我們只需要離開這裡，然後，你告訴我安娜·盧人在哪裡，我們一起過去，或者，我們也可以帶電視台的工作人員。你會變成明星，沒有人會嘲笑你，大家都會敬佩你……」

他不知道馬提亞到底有沒有聽進去，過了許久之後，他依然沒有任何反應，但沃格爾期盼自己的話能夠打動他。然後，男孩有了動作，朝他的方向走了一小步，沃格爾出於本能，立刻往後退。馬提亞停下腳步，又走了第二步，沃格爾身體側邊撞到了桌緣，男孩又停下動作。

然後，沃格爾懂了。男孩不是要嚇唬他或攻擊他，純粹就是想要徵求他的許可、朝他的方向前進。

沃格爾心想，不對，男孩不是要找他，而是要走到電腦前面。

他退到一旁，讓馬提亞坐在桌前，男孩打開電腦，花了兩分鐘，等待系統啟動，然後，馬提亞打開了某個名為「她」的檔案夾，螢幕上立刻出現了多項小圖示，每一個都代表了不同的影音檔，「她」是安娜·盧。

男孩以滑鼠搜尋自己特別關注的檔案，然後，點了其中一個小圖示。

沃格爾站在他後面，盯著螢幕，不知道自己等一下會看到什麼畫面。

影音檔開始播放，安娜·盧走在街上，除了失蹤那天揹的亮色肩包之外，還有溜冰鞋的袋子。陽光燦爛的好天氣，她一個人往前走，渾然不知自己被偷拍，然後，經過了某台白色四輪傳動車的旁邊，接下來突然切換到另一個畫面，沃格爾這才發現原來馬提亞將不同場景拼接在一起。在這一段畫面中，安娜．盧與好友普莉希拉在一起，兩人在學校外頭閒聊。畫面又變了：安娜．盧與兄弟會的其他成員在聚會廳的前庭義賣糖果。沃格爾覺得納悶，不知道這些蒙太奇式的畫面到底有什麼意涵，然後，他又看到了第一次場景出現的那台白色四輪傳動車，搞不好第二個場景時也有，但他當時沒有仔細留意。

後續的那些段落，證明他的猜測果然沒錯。

安娜．盧與父母在山間野餐——停車場裡也出現那台白色四輪傳動車。安娜．盧與雙胞胎弟弟一起走出家門——而那白色四輪傳動車就停在路邊，距離他們不過只有幾公尺而已，畫面裡看得一清二楚。

影片沃格爾轉頭望著馬提亞。他專心盯著螢幕，臉龐也被映照得好燦亮。在跟蹤安娜．盧的過程中，這男孩發現有件事不太對勁。

跟蹤她的人不是只有他而已。

無論在哪一個畫面，拍攝距離實在都太遠了，沒辦法看到駕駛的臉或是判讀車牌號碼。當然，如果使用合適的軟體，他們應該有辦法放大影像，但沃格爾覺得沒有必要。他開口問道，「你知道他是誰，對不對？」

馬提亞望向放置貓咪玩偶的那個櫃架，表示自己知情，然後，又輕輕點了一下頭。

對，他知道那個人是誰。

二月二十三日
失蹤案發生之後的第六十二天

一切就此變貌的那一夜，窗外依然在飄雪，雖然狀似一片淨白，但卻無法完全遮掩濃黑的夜色。

佛洛的診療室暖氣管發出了咯咯聲響，聽起來像是活人的聲音，隱藏在另外一個向度裡的人聲，拚命想要與別人對話，卻只能徒呼奈何。

沃格爾的故事講到一半，突然停了下來，雙眼緊盯著牆上的照片與鑲框證書之間的某個小區塊。

佛洛這才發現探員被某個魚標本所深深吸引，銀色魚身，背部有條粉紅色長帶，「它的學名是*Oncorhynchus mykiss*，」他開始解釋，「也就是俗稱的虹鱒，原產自北美，但某些亞太國家也有。多年前被引入歐洲，山區小湖可以發現它的蹤影。這種魚需要待在高溶氧量的新鮮水域才能存活下去。」佛洛刻意引開話題，他不希望強逼沃格爾繼續講下去。因為他的主要任務是擔任中介者，充當眼前這名當事人與其內在衝突之間的渠道。就眼前這名個案看來，佛洛直覺判斷這位探員十分痛悔，就是不想讓自己面對車禍之前所發生的一切，也就是衣服沾染了某人鮮血的神秘事件。

然後，沃格爾失去了對魚的興趣，又繼續開始講話，「媒體建立了各式各樣的角色，」他繼續說道，「惡魔、受害者，受害者必須純潔無瑕，必須要受到完美的保護，不能被攻擊或是懷疑。要是不這麼做的話，那麼傷害他們的人就有機會找到心理面的藉口。不過，某些時候——這一點也不需要否認——某些受害者在出事的時候，的確是自己惹禍上身，犯下明顯錯誤、刻意挑釁，或是做出愚蠢行為，因而引發對方動手。我還記得有名故意唸錯員工姓名的經理，而且他是在大家面前搞出這種把戲，但卻堅持自己只是在開玩笑。某個早上，那名員工在正常時間到班，但卻帶了一把自動手槍。」

佛洛問道，「安娜・盧・卡斯特納的案子也是這樣嗎？」

「不是。」沃格爾語氣哀傷。

「沃格爾探員，我們不妨先放下那個案子吧，專心討論今晚的事？」

「我的染血衣服。好……」

佛洛沒辦法直接開口問那是誰的血，只能一步步追下去。「在車禍之前，你人在什麼地方？又打算去哪裡？要是能夠知道的話，就能有助我們釐清狀況。」

沃格爾努力回想，「我打算去卡斯特納家……對，我本來打算專程過去一趟，歸還某項信物。」他低頭看著自己腕部的那條手鍊。

「但為什麼這麼晚才過去？」

沃格爾也開始思索這個問題，「我要找他們講話，有件事要告訴他們……」但他腦袋中的記憶似乎變得很模糊。

「某件事？」

「對，不過……」

佛洛等待他的那段記憶解鎖，他不確定沃格爾是不是在演戲，但這位探員似乎的確懷有某種障礙、害他無法吐露心事。到底是什麼事情這麼重要？必須要親自見卡斯特納夫婦？佛洛覺得一定與幾個月前的那段過往有關，所以他現在才想要從那裡重新開始。「當初你曾經認真找尋安娜．盧的下落嗎？或者你一開始就認定她死了？所以你才會一心只想要找到屍體、充當罪證，準備逮捕嫌犯？」

沃格爾淡淡一笑，顯然是認了。

「當時怎麼不直說呢？為什麼要讓大家懷抱錯誤的期待？」

沃格爾停頓了一會兒，顯然是在反思，「最近有一項民意調查，當被問到警方辦案的目的為何的時候，大部分民眾的答案是『逮捕罪犯』，只有一小部分人的答案是必須要『還原真相』。」

坐在扶手椅裡的沃格爾，身體前傾，「你明白我剛才說的話嗎？沒有人想要知道真相。」

「怎麼說？」

沃格爾想了一會兒，「因為逮捕罪犯會讓我們誤以為自己從此安全無虞，而這也正好是我們的終極期盼。不過，其實還有個更好的解釋：因為真相牽涉的範圍也包括了我們，讓我們成了共犯。你有沒有注意到媒體與社會大眾——換言之，就是每一個人——簡直不把犯罪者當人看？彷佛他是個外星人，天生具有犯下惡行的特殊能力？我們並不知道，其實這個人被我們捧成了……英雄。」他刻意強調最後那兩個字，又繼續說道，「其實，罪犯通常就只是個普通人，沒什麼創意，也沒有出眾能力。但我們要是承認他就是那樣的人，那麼我們就得承認另外一件事，追根究底，他與我們並無二致。」

沃格爾說的一點都沒錯。佛洛的目光飄到凌亂桌面的某份舊報紙的摺角。他很清楚那份報紙在那裡有多久了，而且也知道自己為什麼遲遲不扔的原因。

頭條標題有個名字。

犯下卡斯特納一案的禽獸姓名。

在這些日子當中，一週接著一週、一個月接著一個月過去了，其他的報紙與檔案又繼續堆在那份報紙上頭，新聞就這麼被活生生地埋葬了，這是它們的宿命。佛洛告訴自己，在大家的內心深處，其實都想要遺忘。對他來說，瑪莉亞．卡斯特納令人心碎的流淚畫面，是他最想要忘記的部分，隨著時間推移，那段場景也成了安靜無聲、幾乎感受不到的悲泣。佛洛一開始負責輔導這一家人，想要幫助他們面對悲傷。他拚命努力，想要扭轉布魯諾．卡斯特納沉默抗拒的態度，也拉住了逐漸崩潰的瑪莉亞，他一直恪盡職守，但兄弟會頻頻出手干預，他也無能為力。然後，他也逐漸疏遠了這一家人。

「沃格爾探員，你剛才提到今晚你打算前往卡斯特納家中拜訪、告訴他們某件事，但你卻想不起來到底是什麼事。」

「沒錯。」

「也就是說，你也忘了裡面已經沒有住人了。」

這句話彷彿一記重拳打在沃格爾的臉上。

「你不可能不知情，」佛洛繼續說道，「先前發生的事，你真的忘了嗎？」

沃格爾沉默了好一會兒，然後，把聲音壓得好低，宛若在提出警告，「這裡有妖魔……」

佛洛不禁全身一顫。

「有某個惡靈已經悄悄進入你們這裡的日常生活，」沃格爾繼續說道，「安娜．盧只是開端而已，這只是它潛入的門道。純潔天真的女孩：完美的受害犧牲品……不過，在她這起失蹤案的背後，還隱藏了更變態的情事。」他搖搖頭，「想要拯救已經太遲了，那邪物已經進駐此地，死也不肯離開。」

就在這時候，外頭突然傳來一陣劇烈撞擊，他們兩人同時望向窗外，但卻看不見那個害他們嚇了一大跳的神秘力道。彷彿他們剛才的對話喚醒了某個霧中幽妖，對方憤怒至極，決定出手逼他們噤聲。

佛洛起身，打開了雙開窗，查看究竟。他東張西望，完全搞不清楚狀況，冰冷濃霧不斷輕撫著他的臉。然後，他瞄到水溝旁有一坨黑色東西。

是隻烏鴉。

想必牠在深夜醒來，誤把濃霧中的街燈映光當成是天亮了，準備飛行。隨後，迷失了方向，一頭撞上窗玻璃。

烏鴉是霧夜的第一批受害者。一大清早，在田野與街上總會發現數十具鳥屍。

佛洛看到鳥兒依然在抽動，鳥喙微微顫抖，宛若想要講話一樣，然後，就動也不動了。

他關上窗戶，又面向沃格爾，兩人都沒說話，沉默了好一會兒。

「我先前講過了，」佛洛開口，「我以為事發之後就不可能看到你再次現身。」

「我也以為我自己不會回來。」

「整起調查過程就是場大災難，你說是不是？」

「沒錯，」沃格爾大方承認，「但這種事也難免。」

如果佛洛想要知道沃格爾為什麼要在淒冷霧夜回到阿維卓，就得逼迫對方正視他那纏身不去的幽魂，「調查案之所以失敗，難道你不覺得自己應該負全責？」

「我只是恪守本分而已。」

「而最後又換來什麼結果？」佛洛的語氣充滿挑釁。

「顯然就是讓社會大眾開心。」沃格爾刻意擠出了牽強微笑，但又轉趨嚴肅，「醫生，我們大家都需要惡魔，覺得自己勝過了某個人，心理才會比較舒坦。」他想起了那個開白色四輪傳動車的男人，「我只是迎合他們而已。」

十二月二十二日
失蹤案發生的前一天

「所有傑出小說家的第一條守則，就是抄襲。沒有人會把這件事講出來，但其實大家都曾經受到某本書、或是其他作者的啟發。」羅列斯．瑪爾蒂尼看著全班同學，希望至少大部分的人還是有在聽他講課。好幾個在笑鬧或聊天，而當他一別過身去，又有兩個開始對射紙飛機，以為老師無知無覺。不過，他是喜歡站著上課、在課桌椅之間來回走動的那種老師，他認為這樣可以促進學生專心上課。

但今天早晨的氣氛卻很悶，只要遇到聖誕假期的前一天，總會出現這種狀況。接下來學校會停課兩個禮拜，學生們覺得自己已經開始放假了。他必須想出某個主題，鼓勵大家踴躍參與。「還有，」他繼續說道，「決定作品成敗的關鍵不在於英雄。先別管文學作品了，想一想你們的電玩遊戲，你們喜歡電玩的哪一個部分？」

這個問題讓全班又突然精神一振，其實，率先回答的就是剛才在玩紙飛機的其中一個學生，他熱情大喊，「摧毀一切！」所有人都哈哈大笑。

「很好，」瑪爾蒂尼鼓勵，「還有呢？」

又有一個學生開口，「殺人。」

「非常好的答案，不過。我們為什麼喜歡在虛擬環境中殺人？」

班花普莉希拉也舉手，瑪爾蒂尼伸出手指，朝她點了一下，請她發言。

「因為在真實生活中，殺人是被禁止的行為。」

「非常好，普莉希拉。」瑪爾蒂尼大力稱許，也讓那女孩低垂眼睫，露出甜笑，彷彿自己受到了莫大的讚美。有個同學刻意模仿她扭捏傻笑的反應，普莉希拉也立刻伸出中指反擊。

瑪爾蒂尼很滿意：終於讓學生們進入他所期待的踴躍發言狀態，「大家看到了嗎？每一部敘事作品的真正驅力，其實是惡行。無論是小說、電影，或是電玩遊戲，如果一切都盡善盡美，就毫無吸引力可言。要記得：成就故事的主角是壞人。」

「沒有人喜歡好人。」說出這句話的是盧卡斯，這小孩成績糟糕，而且素行不良，其中一隻耳朵後面還有骷髏頭刺青。也許這是他自己的心理投射，而此刻正是他的復仇機會：沒有，根本沒有人喜歡好人。

只要在上課的過程中、能夠達到某種目標，瑪爾蒂尼的心中就會產生一種奇妙的快感。對別人來說，這種成就根本不算什麼，但對老師這種職業而言，卻別具意義，對羅列斯．瑪爾蒂尼來說，更是意義非凡。就在這個當下，他十分清楚自己已在學生的心中撒下了某個念頭的種子，也許就此落地生根。原始概念可能會被徹底遺忘，但之後依然會依循別的路徑壯大成形。這個想法會跟隨他們一輩子，也許會潛伏在他們心中的某個角落，等到有所需要的時候，就會突然現蹤。

成就故事的主角是壞人。

那不只是文學，真實生活亦然。

他的同事們在閒聊課堂狀況的時候，會使用「廢物」這種字眼來指稱學生，不然，就是頻頻抱怨，或是祭出嚴格命令，但學生們想要找出規避方法卻是輕而易舉。當他來到這裡的第一天，立刻就有好幾名同事明白告訴他，不需要對這裡懷抱太多期待，因為這裡的平均水準真的很低落。瑪爾蒂尼必須老實招認，到此教書的第一年，他對於是否能在自己的這些「廢物」身上看到什麼教學成果，其實並沒有抱太大的期望。不過，隨著日子一天天過去，他也找出了方法，克服了學生的疑心，漸漸贏得了他們的信任。

在阿維卓，只有兩種價值觀才算數，信仰與金錢。某些學生雖然出身於兄弟會家庭，但依然會訕笑信仰，而他們崇拜的則是金錢。

金錢永遠是他們樂此不疲的話題。村莊裡那些拜開礦公司之賜而發財的大人，總是在炫耀財富，開大車或是戴名貴手錶。他們是年輕人崇拜尊敬的對象，

而對於那些無法負擔某些奢侈品的人——有時甚或包括了他們自己的父母——他們卻認為這種大人很可憐。

阿維卓有兩種社會階層，將這小鎮分隔得涇渭分明，而這種差異性在學校裡最為顯著。富裕家庭的小孩總是打扮入時，而且一天到晚在炫耀那些令人眼紅的小玩意兒，手裡拿的都是最新型的智慧型手機，諸此種種都是對立衝突的根源。操場上經常傳出紛爭，因為有人認為那些被奚落

的學生不配享有什麼特權，甚至有時還會發生竊案。

所以了，當瑪爾蒂尼身著肘部磨損的燈芯絨外套、混紡長褲、克拉克牌的醜陋舊鞋，第一次出現在課堂的時候，立刻讓學生哄堂大笑。他立刻就明白了，自己無法贏得他們的敬重。而且，他也必須承認：當下他覺得自己好匱乏，宛若自己一直在追求錯誤的目標、虛度了一生——而他已經四十三歲了。

「這次的聖誕假期，我不會叫你們寫作業，」全班爆出歡喜大叫，「其中一個原因是，我知道反正你們也不會寫，」後面這句話讓學生大笑不已，「不過，在你們打破玻璃或是搶銀行的空檔，我希望你們至少要看完書單上的一本書。」他從書桌上拿起一張紙，揚了兩下，眾人大表不滿。

只有一個學生不發一語。

他窩在教室後面，整堂課都把頭埋在大型作業本裡面，一直在寫字或塗鴉，那作業本是他每天隨身攜帶的物品，就和他的攝影機一樣。他早已縮居在自己的世界裡，沒有人能夠進得去，就連同班同學也一樣，大家對他的態度就是孤立。瑪爾蒂尼三不五時就會試圖與他互動，但每次都被拒絕。

「馬提亞，那你呢？」現在瑪爾蒂尼指名問他，「在接下來的這兩個星期、至少要看一本書，你可以嗎？」

馬提亞不再盯著作業本，他揚起了目光，但也只有那麼一會兒而已，不發一語，又鑽回自己的保護殼裡。

就在這個時候，下課鐘聲響了。

馬提亞立刻抓起書包與書桌底下的滑板，全班第一個衝出教室的人就是他。

在學生離開之前，瑪爾蒂尼又趁機講了最後一段話，「祝福大家聖誕快樂……還有，不要惹太多麻煩啊。」

學校走廊裡十分熱鬧，學生們來來往往，準備要放學了。有些人跑步狂奔，巧妙閃開了瑪爾蒂尼，他依然維持平常的走路步調，肩上揹著綠色的燈芯絨包包，他聽到有人在叫他。

「瑪爾蒂尼老師！老師！」

他轉過頭去，看到滿臉笑容的普莉希拉正朝他走來。雖然她把自己搞得跟小混混一樣，綠色鑲毛兜帽外套尺寸過大，而且還穿了一雙為了撐身高的戰鬥靴，但瑪爾蒂尼還是覺得她出落得十分標緻。他放慢腳步，等她追上來。

普莉希拉到了他身邊，開口說道，「我想告訴你，我已經選好了我的聖誕讀物。」她的語氣聽起來有些過度興奮。

「哦，哪一本？」

「《羅莉塔》。」

「為什麼要選這一本？」瑪爾蒂尼已經幫她想好了答案，就各種面向看來，主角的處境跟她十分類似。

但她卻不是這麼說，「因為我知道我媽媽一定不准我看這種書。」

瑪爾蒂尼笑了，總歸一句，書本還是某種反叛的形式而已。「那就好好享受這部作品吧。」他想要趕緊離開，部分原因是因為他老早就發現普莉希拉很煞他，而且他同事也發現了這一點。所以他總是避免在公共場合與她相處過久，他可不希望別人誤以為他在暗示她。

「老師，等等啦，還有一件事，」她似乎有些不好意思，「你知道我明天要去上電視嗎？因為我被兄弟會抽選為慈善義賣的代表。只是地方電視台頻道而已，但萬事總是得有起頭嘛，你說是不是？」

普莉希拉經常透露出自己想成名的欲望。某天她說自己想要參加實境秀，第二天又說自己想要當歌星。最近，她滿腦子想的都是要當演員。她根本不知道該怎麼達到這種目標，但也許這純粹只是向外求助的吶喊而已，讓大家知道她想要離開阿維卓的某種方式罷了。不過，再過個兩三年之後，比較可能出現的狀況是她交了一個和自己一樣悶悶不樂的男友，最後肚子被他搞大了，逼使她必須在阿維卓度過餘生。畢竟，她媽媽已經發生過相同的遭遇。瑪爾蒂尼曾經在懇親會的時候與那女子講過一次話，母女長得一模一樣，只是媽媽老了一點而已。雖然普莉希拉的母親與女兒的年齡差距只有十五歲，但眼睛周圍卻佈滿深紋，而且目光中有一股令人無法避開的哀愁。她不禁讓瑪爾蒂尼想起了某個舞會裡的美女——燈光熄滅了，大家都回家休息，但她卻依然戴著皇冠、繼續跳舞。普莉希拉與她十分相似，他很清楚她是全校裡最受歡迎的女生之一，而且也是大家喜歡八卦的對象，男生廁所的牆上可以看到許多虧她與她媽媽的塗鴉字樣。

「有沒有和別人聊過妳想學表演的事？」

普莉希拉仰頭，一臉不以為然，「我媽媽才不會同意呢，因為兄弟會裡面的人早已對她徹底洗腦，女演員不是什麼受人敬重的行業。不過，她年輕的時候明明想當模特兒，她自己無法築夢，就阻撓我追求夢想，太不公平了。」

對，的確不公平。「妳應該要去上表演課，也許可以靠這個方法去說服妳母親。」

「為什麼？難道你不覺得我已經夠美了嗎？可以自己鑽研表演技巧吧？」

瑪爾蒂尼一臉和善，搖搖頭，表示萬萬不可行，「我大學的時候修過表演課。」

「那你可以教我嘛！拜託！拜託啦！」

她的雙眼因興奮而閃閃發亮，實在沒辦法拒絕她。「好吧，」瑪爾蒂尼回道，「但妳一定要認真學習，不然只是浪費時間而已。」

普莉希拉將自己的肩包放在地上，「我絕對不會讓你失望的，」她從作業本撕下一張紙，寫下好幾個字，「這是我的手機號碼，你會打給我吧？」

瑪爾蒂尼點頭微笑，看到她離開的身影宛若小蝴蝶一樣無憂無慮，她回頭對他大吼，「老師，聖誕快樂！」

他看了紙條上的那組號碼，粉紅色的墨水筆字跡，而且普莉希拉在最後面還加了一顆小小的愛心。他把字條放入口袋，繼續走向出口。

還有好些學生在學校前庭裡鬼混，哈哈大笑，插科打諢，而其他人則騎摩托車離去，其中一個是他的叛逆學生魯卡斯。瑪爾蒂尼把手伸進包包裡找鑰匙，而那男孩則挨近他身邊，刻意碰觸了一下，就是要戲弄他。然後，魯卡斯看著他。

「老師，到底什麼時候才要換掉你的大爛車？」

他的朋友全都哈哈大笑。不過，羅列斯．瑪爾蒂尼卻經驗老到，千萬不要把魯卡斯的挑釁態度放在心上，他回道，「等我中樂透就馬上換新車。」

終於，他在燈芯絨包包的口袋找到了鑰匙，打開了自己老舊白色四輪傳動車的車門。

每年的十二月二十二日，是一年之中白晝最短的日子。瑪爾蒂尼到家的時候，天光已經變得越來越黯淡。

他走進家門，看到她懶洋洋坐在窗邊的柳編手扶椅裡面，大腿上蓋了條格紋小毯，手裡拿著一本書，睡著了。

浸沐在夕陽餘暉之下的克蕾亞好美，讓他看了不禁一陣揪心。

紅色霞光沾染了她的栗色髮絲，但她有一半的臉龐卻落在暗面，眼前的這幅景象，就像是油畫一樣。他真想走過去，親吻她半啟的雙唇，但他妻子的睡容看起來如此寧和，他不敢吵醒她。

他把包包放在木地板上頭，坐在通往二樓的階梯底部，雙手支住下巴，凝望妻子的容顏。他們在一起至少超過了二十年，大學時代相識，她學法律，而他主修文學。

未來要當法官或是律師的人，通常不會與那些以為只能靠文學詮釋世界的人攪和在一起，這是她曾經告訴過他的一段話。當時他看到她戴著黑色粗框眼鏡，心想這眼鏡也未免太大了，遮蓋了她的美麗臉龐。她身著牛仔垮褲，印有系所標誌的紅色T恤，已經穿爛的白色球鞋。她把法律書籍抱在胸前，有一綹不聽話的亂髮一直蓋住她的額頭，她只好頻頻出手將它塞回去。當時他們站在大學校園裡，是個陽光普照的春日。羅列斯身穿老舊的灰色運動衣，他剛結束禮拜四早上的籃球特訓，滿身大汗。他在老遠的地方就已經看到她了，他趕緊跑過去，在她進入女子宿舍之前攔下了她。他頭髮亂蓬蓬，單手扶靠建物磚牆，斜倚身子，他比克蕾亞高，但她似乎沒被嚇到，反而直盯著他，彷彿根本不覺得當著他的面、說出自己的感受有什麼好怕的，而且她態度超認真。

未來要當法官或是律師的人，通常不會與那些以為只能靠文學詮釋世界的人攪和在一起……

起初他只是把它當成了玩笑話，有一點在搞曖昧的玩笑話，他微笑回嘴，「當然啦，但未來要當法官或是律師的人，還是得正常吃三餐。」

就在這個時候，她一臉狐疑看著他，而且那目光帶有一種少來惹我的意涵。這傢伙真覺得把我搞上床有那麼容易嗎？羅列斯覺得自己已經快要藏不住內心的邪惡念頭。

「謝謝，但我習慣一個人用餐。」當時她一回完話之後就立刻轉身，匆匆跑上通往宿舍入口的階梯。

他站在那裡，嚇得動也不動——或者，應該說是失望吧，這個臭屁的臭婊子以為自己是誰啊？他們是在自然科學系幾天前舉辦的那場派對裡認識的。當時他立刻就注意到身著黑色毛衣、長髮攏在頸後的她，他等候多時，想要找藉口接近她，後來，機會終於到來，她正在與一個他很不熟的人講話，他連對方名字都不確定——麥克斯或艾力克斯吧，不重要。他假意過去打招呼，希望他會介紹他們兩人認識，但那傢伙卻顧著閒聊：搞不好，他也對她有意思。他顧著講話，她則一直沉默以對，為了化解尷尬，終於只好介紹他們兩人認識。

「我是羅列斯。」他立刻把手伸出去，彷彿擔心她隨時可能會從他面前溜走一樣。

「我是克蕾亞。」她回答的時候，緊蹙著眉心。這麼多年過去了，他已經十分熟悉那個蹙眉的動作：混合了好奇與懷疑的神情。她盯著他，宛若把他當成了動物園裡的猩猩，但羅列斯只覺得她的目光好可愛。

兩人交換了足夠的基本資訊，閒聊話題不成問題。你念哪個系所？家鄉在哪裡？大學畢業之後有什麼打算？然後，兩人開始找尋共同的興趣，能夠開始編織男女關係的一條細線。他對她印象十分深刻：天生的大美女，但卻對自己的聰穎才智很自豪、不想利用自己的美貌，充滿智慧，但並沒有因而想要藉此羞辱別人，思想前衛，寬容待人，而且個性獨立自主，當然，她的優點講也講不完。

他發現籃球是兩人的共同興趣。

羅列斯一講起戰術與球員就滔滔不絕，而克蕾亞則對於統計數據與成績如數家珍，在她的面前，這位大學籃球冠軍球員完全沒有任何秘密可言。

所以他們暢聊了一整個晚上，而且他還讓她多次開懷大笑。他十分篤定，約她出去絕對不成問題，但他不想冒險，他告訴自己，下次吧，因為要追這樣的女孩絕對不能心急。

不過，那天早上在女生宿舍外所發生的事，卻令他詫異萬分。她拒絕了他，態度冷漠，而且是近乎憎惡，老實說，真的就是一臉嫌惡，羅列斯不禁在心裡痛罵，妳去死吧。

不過，那一次她對他悍然拒絕，卻反而彰顯出他對她一直難以忘懷。在接下來的那幾天當中，他經常掛念著這件事，有時覺得真是荒謬，忍不住覺得好笑，搖搖頭。而他卻不知道有隻小蟲已經進入他的心底，挖了一個需要被好好填補的小洞。

他忘不了她。

就在那時候，他做出了一生中最瘋狂的決定。跑到百貨公司裡買了套藍色西裝、白色襯衫，還有個滑稽的紅色啾啾。他將一頭狂放不羈的亂髮往後梳整，雖然阮囊羞澀，還是掏錢買了一大把玫瑰花，他查到了那天早上九點鐘的演講廳有一堂私法比較研究的課，乖乖在那裡等待。一下課之後，大批學生宛若洶湧河水一樣衝了出來，羅列斯站著不動，泰然自若處於人流之中，等待那一雙獨特的眼眸。克蕾亞出現了，她立刻就知道他在等她，毫不猶豫走到了他的面前。

羅列斯一臉慎重，將花束遞過去，「不知我是否有這個榮幸請妳吃晚餐？」

她盯著禮物，然後又蹙眉望著他。這回與第一次的情況截然不同，羅列斯當時身穿運動褲，剛打完籃球而全身大汗，而且邀她出去的口氣胸有成竹，覺得她一定會答應邀約才是。但他這次卻大費周章，雖然這一身打扮可能會引起訕笑，但他想要展現他對她的尊重，而且他真的好盼望能約她出去。

克蕾亞露出甜笑，臉色燦亮，開口回道，「當然啊。」

他回憶起那段過往，望著她的熟睡面容，冬陽定歇在她的臉龐，宛若溫柔的撫觸，羅列斯・瑪爾蒂尼突然心中一驚，他已經好久沒看到她的雙唇露出那樣的微笑，好令人心痛。

六個月前，他們搬到了這座山谷。當初完全是出於她的建議。他在阿維卓找到了教師職缺，他們沒多想什麼，馬上就決定舉家遷移。當然，這個小山城是不是能夠讓他們重新開始的好地方？沒有人能夠拍胸脯保證，但也別無他法了。克蕾亞下定決心要搬家，但瑪爾蒂尼擔心妻子現在過得並不快樂。所以他才會在遠處端詳她，想要找出蛛絲馬跡，希望明白她到底是哪裡不對勁。也許這一切發生得太快了，也許是因為他們所做的一切，只是為了要逃避而已。

那件事，他告訴自己，都是那件事惹的禍。

克蕾亞醒了。她悠悠睜開雙眼，然後把手中的書放在大腿上面，伸懶腰，動作做到一半，她突然看到了他，停了下來，她露出淺笑，「嗨！」

「嗨！」他應了一聲，但依然坐在階梯上不動。

「你回來多久了？」

「才剛到而已，」他撒謊，「我不想吵到妳。」

「哦，我小睡了一會兒，」然後她雙手環胸打哆嗦，「這裡是不是有點冷哪？」

「也許是因為暖氣沒有正常啟動，」其實，是他自己在當天早上把定時器往後撥了兩個小時，因為上次的帳單金額實在驚人。「我馬上去檢查一下，也會開壁爐。」他從階梯上起身，「有沒有看到莫妮卡？」

「應該在樓上，」克蕾亞的表情有些憂心，「在她這種年紀，搞孤僻搞成這種樣子，不是什麼好事。」

「妳在她這個年紀的時候呢？」他反問妻子，想要淡化這件事的嚴重性。

她一臉不爽，「我有朋友啊！」

「哦，我那時候滿臉痘疤，只要有空就在玩吉他，我只是單純覺得，學好怎麼彈吉他之後，一定會得到其他人的接納。」

但克蕾亞聽了卻不以為然，她真的很擔心自己的女兒，她若有所思，這樣對莫妮卡並不健康，「你看她是不是有事瞞著我們？」

「一定有，但我覺得沒關係，」瑪爾蒂尼回道，「在十六歲這種年紀，有秘密也是很正常的事。」

十二月二十三日
失蹤案發生當天

早晨六點，依然一片漆黑。

瑪爾蒂尼一早就醒來了。老婆與女兒還在熟睡，他為自己弄了咖啡，站靠在廚房裡的某個櫥櫃前面，拿著熱飲，享受在餐桌燈溫暖光暈之下的熱飲，漸漸沉浸在自己的心事裡。然後，他穿上厚重衣物與登山靴。前一天晚上，他曾經告訴克蕾亞，今天一大早他要去登山。

大約在七點鐘左右，他離開家門。外頭雖然冷冽，但感覺相當宜人。空氣清新，帶有森林氣息的風朝河谷吹拂，也暫時去除了來自礦場的臭味。就在他把背包放入自己的四輪傳動車的時候，聽到有人在叫他的名字。

「嗨！瑪爾蒂尼！」

鄰居在對街朝他揮手，羅列斯也向對方打招呼致意。他與克蕾亞剛搬來這裡，歐德維斯夫婦就對他們展現友善態度，四人年紀相仿，只不過對方孩子的年紀比莫妮卡小多了。瑪爾蒂尼先前聽到了一些消息，歐德維斯從事建築業，但主要的財產來源是將土地賣給礦業公司的所得，這家人的生活過得相當舒適。歐德維斯有點傲慢，但基本上不是壞人，而他妻子就比較難以捉摸，很講究享受，整個人的模樣就像是五〇年代廣告裡的家庭主婦一樣。

歐德維斯問道，「準備要去什麼好玩的地方？」

「我準備要去隘口健行，然後繼續走東向坡，我還沒探索過那個區域。」

「靠，下次我要跟你一起去，一定可以瘦下好幾公斤，」他哈哈大笑，拍了拍自己的超級大肚子，「今天我要帶我的寶貝去兜風。」他指了指敞開的車庫大門，裡面停了他的藍色保時捷，歐德維斯一向喜歡花錢炫耀財富，動不動就買一堆昂貴玩具，而這台車是最新的戰利品。

瑪爾蒂尼回道，「也許下次我應該要跟你一起去兜風。」

歐德維斯再次哈哈大笑，「所以我們的聖誕節聚會還是沒變囉？」

「當然。」

「我們真的很期盼你們能來我們家一起過節。」

克蕾亞先前並沒有徵詢過瑪爾蒂尼的意見，就直接答應了歐德維斯的邀請，但他並不怪她。他的妻子整天待在家裡，偶爾想要參加社交活動，自然不難理解。而且，他覺得歐德維斯夫婦也在尋覓新朋友，也許是因為他們的全新生活風格吧，現在他們與舊識的關係已經越來越冷淡了。

「好，祝你健行愉快囉。」歐德維斯講完之後，走向那台保時捷。

瑪爾蒂尼也向對方道別，準備進入自己那台老舊的白色四輪傳動車，它的累積里程數過高，開始顯現出疲態，嘈雜的震動聲響與過濃的廢氣都是明顯徵兆。他發動引擎，在幽暗天色逐漸綻亮之際、奔向山區。

等到他回家的時候，天又黑了。他打開大門，香味立刻撲鼻而來，一定是濃湯與烤牛肉。已經快要晚上八點了，歷經了一整天的精疲力竭，那樣的香氣等於是送給他的前奏曲，美好的犒賞即將到來。

他大聲嚷嚷，「我回來了！」但卻沒有任何人應他。走廊裡只看到廚房透出的光源，一定是抽油煙機太吵了，所以她才沒聽到他在講話。瑪爾蒂尼放下背包，脫掉登山靴，以免弄髒地板。他全身都是泥巴，臨時包紮的繃帶裹住了左手，傷口還在流血。他把手藏在背後，穿著襪子，往廚房走去。

果然不出他所料，克蕾亞正在專心煮菜，但偶爾會瞄一下放在櫃子上頭的隨身型電視機。瑪爾蒂尼走到她背後，不想嚇到她，開口說了聲嗨。

克蕾亞過了一會兒之後才轉身，「嗨！」打完招呼之後，又繼續盯著電視，「這麼晚才到家，」她的語氣比較像是隨口說說，倒沒有指責的意思，「整個下午我都在打你的手機。」

瑪爾蒂尼從外套的某個口袋裡找出手機，螢幕是關機狀態，「一定是在爬山的時候沒電了，我沒發現，抱歉。」

克蕾亞根本聽不進他的話。對，她的語氣變得不一樣了，只要她一開始擔心什麼事情，羅列斯就會立刻發現狀況不對。他靠過去，輕輕吻她的頸項，克蕾亞伸手輕撫他，但目光卻一直不曾離開電視機螢幕，「阿維卓有個女孩失蹤了。」她伸手指了一下地方新聞台的畫面，抽油煙機的嘈噪聲響蓋過了記者的話音。

瑪爾蒂尼靠在她的肩頭，盯著螢幕，「是什麼時候的事？」

「今天下午，就在幾個小時前而已。」

他安慰她，「哦，那麼宣告她失蹤也許就言之過早了。」

克蕾亞面向他，一臉憂心忡忡，「他們已經開始在找尋她的下落了。」

「也許她只是離家出走，或者與家人吵架。」

她立刻回嘴，「顯然並非如此。」

「那個年紀的小孩動不動就離家出走，我太清楚了，因為我每天都在和他們打交道。妳等著看吧，等到她錢花光光的時候，就會立刻回家，妳這個人就是感情太纖細了。」

「她和我們女兒年紀一樣大。」瑪爾蒂尼恍然大悟，原來這就是她擔憂的原因。他伸出雙手摟住她的腰，把她拉往自己的懷中，語氣百般溫柔，「聽我說，只是地方新聞台而已，要是真出了什麼大事，所有新聞台都會播報這條新聞。」

克蕾亞似乎安心多了，「也許你說得沒錯，」她承認這種說法的確有道理，「對了，她念的就是你教書的那所學校。」

就在這個時候，螢幕上出現了某個紅髮雀斑女孩，瑪爾蒂尼盯著她，搖搖頭，「她不是我班上的學生。」

「你怎麼了？」

瑪爾蒂尼完全忘了自己的手纏著繃帶，剛剛就被克蕾亞發現了，「哦，不要緊。」

她抓住他的手，仔細檢查他受傷的手掌，「但你似乎流了好多血。」

「我不小心滑下山脊，為了避免摔下去，趕緊抓住地上突出的樹枝，所以才會割傷。但傷口很淺，不需要擔心。」

「怎麼不去醫院急診室？應該要縫幾針吧。」

瑪爾蒂尼把手抽開，「哦，不用，真的沒必要，不要緊，千萬別擔心。我現在就去清理傷口更換繃帶，妳等著看吧，一定會痊癒的。」

克蕾亞擺出臭臉，雙手交疊胸前，「你就是一直這麼固執，從來就不肯聽我的話。」

瑪爾蒂尼聳肩，「因為妳會生氣啊，看起來就更漂亮了。」

克蕾亞猛搖頭，不過，每次想開口罵他的那股衝動，最後總會變成一抹甜笑，「反正，好好去給我洗乾淨，你的味道跟山羊一樣臭死了。」

他把受傷的那隻手舉到額前、向她行軍禮，「是的！長官！」

他步向走廊，克蕾亞不忘在後頭提醒他，「還有，動作快一點，晚餐馬上就好了。」

這對夫妻坐在客廳裡，沉默對望彼此，餐桌上的晚餐已經漸漸變涼了。

「我現在就上樓，」克蕾亞說道，「她一定會聽我的話。」

瑪爾蒂尼撫摸妻子的手，「就隨便她吧，她待會兒就會下樓了。」

「我二十分鐘前叫過她，然後你又上去敲了她的房門，這樣等下去讓我覺得好累。」

他很想告訴她，直接叫她下來只會讓狀況雪上加霜而已，但他一直很戒慎恐懼，不想介入母女之間的微妙互動關係。克蕾亞與莫妮卡已經找到了她們的獨特相處之道，三不五時就吵架，而且通常是無關緊要的小事。但大多數的時候都能在彼此心照不宣的狀況下、達成某種停火協議，因為這對母女都個性倨傲，但也很清楚必須要在同一個屋簷下繼續生活。

他們聽到莫妮卡關上房門，然後是步下階梯的聲響。她進入客廳，一身素黑打扮，就連過大的那件開襟羊毛衫也是純黑，而黑色系的眼妝更讓她平日的甜美臉蛋多了一股肅殺之氣。瑪爾蒂尼心想，也許這就是她為什麼要化這種妝的原因吧。他經常告訴老婆，他們的女兒現階段是哥德風，但克蕾亞卻總是反駁他，這段時間也未免持續得太久了一點，「她看起來就像個寡婦一樣，我真是受不了。」這對母女根本就是一個模子印出來的，而且不只是外表而已，瑪爾蒂尼發現她們都有血氣方剛的個性，衝撞世界的方式如出一轍。

莫妮卡坐在餐桌前，根本懶得多看他們一眼，她低著頭，一撮瀏海宛若保護的屏障一樣、蓋住了雙眼，每當她陷入沉默的時候。總讓人覺得她在反抗一切。

瑪爾蒂尼切肉，分送到妻女盤中，最後一塊留給自己。他想藉由這個過程分散克蕾亞的注意力，以免她進入攻擊模式，但從她的表情看來，她已經快要爆發了。「今天學校怎麼樣？」他趕緊詢問女兒，以免這對母女開始吵架。

「老樣子。」她的回答簡單扼要。

「聽說今天有數學突擊考。」

「嗯。」莫妮卡一直拿著叉子在玩盤裡的食物，送進嘴裡的也只有幾小口而已。

「那有沒有參加考試？」

「嗯。」

「拿了幾分？」

「六分。」她每一次的回答就只有短短幾個字，這種懶散語氣表明了是要挑釁。

瑪爾蒂尼不能怪她。總而言之，當初搬到阿維卓的時候，唯一沒有發言權的人就是她。他們也沒有給她太多解釋，莫妮卡別無選擇，只能默默承受父母莫名其妙的荒謬決定，但這女孩太聰明了，當然知道為了父母這次的倉皇奔逃、自己也得付出代價。

瑪爾蒂尼記得，都是因為那件事。

「莫妮卡，妳得找點事情做啊，」克蕾亞繼續說道，「妳不能一整個下午都泡在自己的房間裡。」

瑪爾蒂尼看得出來女兒不想回答，但他老婆卻沒有就此罷休的意思。

「找點嗜好啊什麼的。學溜冰、上健身房，或是學個樂器嘛。」

「那誰要幫我付學費？」莫妮卡不再盯著盤子，宛若能夠貫穿一切的銳利目光、盯著母親，但瑪爾蒂尼知道這樣的責問其實是針對他而來。

「羅列斯，我們會想辦法的，你說是不是？」

「對，沒錯。」他的語氣沒什麼自信，莫妮卡說得沒錯：靠他的薪水，他們的確無力負擔。

「妳不能一整天都自己一個人嘛。」

她的語氣超尖酸，「我隨時可以去兄弟會啊，又不用錢。」

「我只是想要提醒妳，應該要結交朋友。」

莫妮卡伸拳重捶桌面，碗盤匡啷作響，「我有朋友啊，但妳知道怎麼了嗎？我卻必須向他們說再見！」

「哎，妳馬上就會交到新朋友的。」克蕾亞只能支吾其詞，瑪爾蒂尼發覺她有點招架不住，彷彿對女兒的這段話無力回擊。

莫妮卡嚷嚷，「我要回去，我要回家！」

「無論妳喜不喜歡，現在這裡就是我們的新家。」克蕾亞的字句強硬，但她的語氣卻透露出她的心虛。

莫妮卡起身，離開了餐桌，衝到樓上，又把自己鎖在房間裡。他們在樓下聽到了她甩門的聲音，兩人沉默了好一會兒。

「她連晚餐都沒吃完哪。」克蕾亞望著女兒的盤子，裡面依然放滿了食物。

「別擔心，我等一下上樓，順便拿點東西給她吃。」

「我不懂，她為什麼變得充滿敵意？」

但瑪爾蒂尼心裡有數，克蕾亞當然十分清楚箇中原因，而且他也知道女兒等一下鐵定會悍然拒絕他準備的小食，擺明要給他難看，但她以前不會這個樣子。他以前曾經想要調解這對母女之間的緊張關係，而現在他覺得自己只像是與她們住在一起的彆扭陌生人，過著一男兩女的共居生活，對於日常小事從來不會發脾氣，只是偶爾發表一下自己的意見。對於沉默但一切了然於心的父親角色，莫妮卡一直很吃這一套。不過，到了後來，他們家裡的某種緊密關係卻突然斷裂。

不過，他有信心，一定可以把它修補回來。

他發現克蕾亞快哭了。她要是因為緊張而流淚，他一定看得出來，而此時此刻的淚水，他知道是因為苦痛。

他告訴自己，都是因為那個失蹤的女孩。她覺得我們的女兒也可能會遇到這種事，因為現在的女兒變得好陌生，克蕾亞不認識這樣的她。

瑪爾蒂尼覺得好虧欠。因為他只是個中學老師，因為他薪水數字慘不忍睹，因為他想要給自己摯愛的兩名女子一個更好的生活，卻無能為力，因為他讓全家人被困在深山裡，在阿維卓這個小鎮。

對，他一定會全力補救，他發誓，絕對要扭轉乾坤。

十二月二十五日
失蹤案發生之後的第二天

聖誕節一大早，阿維卓的城中心聚滿了人，大家似乎都有志一同，要拖到最後一刻才採買禮物。

瑪爾蒂尼在某間書店的櫃架裡信步而行，仔細研究各部小說封面摺口的內容摘要，想要為自己找本聖誕節讀物。他還有作業得批改，而且期末報告的撰寫進度也嚴重落後，不過，好不容易才有一點自己的餘暇時光，他不想放棄。其實，他還得搞定許多家事，想必克蕾亞一定會提醒他，得要趕緊完成拖延多時的雜務。比方說，花園裡的涼亭，當初他們決定要在這裡落腳的時候，他的妻子立刻就愛上了屋子後面的那一小塊綠地，她打算要種菜或玫瑰花。涼亭已經破舊不堪，但羅列斯覺得可以把它改造成溫室。也只能算他倒楣，他的提案讓克蕾亞興高采烈，她希望他不要等到夏天來臨前才動手整修，最好是冬天就打點好一切。看來他得冒著寒冷天氣、在外頭待好幾個小時。但要是能看到她充滿感激的笑容，一切都值得了。

就在這時候，克蕾亞走進書店，沿著一排排的走道找尋他的蹤影，她提了個綁著緞帶的小袋子，眼神充滿光彩。

一看到她走過來，他立刻開口問道，「所以妳找到囉？」

她開心猛點頭，「剛好就是她要的東西。」

「很好，」他的語氣讚許有加，「她就不會恨我們了……至少，可以撐個好幾天吧。」

他們哈哈大笑。

「那妳自己呢？」

她伸出雙臂抱住他，「我的禮物就在這裡囉。」

「拜託，妳一定還想要別的東西吧。」

「我沒有意願、也不會去追求其他的歡欣，只要享受你已給我的、定會給我的恩寵就夠了。」

「不要再亂引用莎士比亞的話了，妳想要什麼？趕快告訴我。」

他發現妻子臉上的笑容消失了，克蕾亞發現他的背後有狀況，瑪爾蒂尼立刻轉身。

就在距離他們不遠的地方，書店老闆正忙著在收銀台的後方貼海報，上面印有那失蹤女孩的照片。

「真是無法想像卡斯特納夫婦的心情，」有名客人說道，「這麼多小時過去了，一直不知道自己的女兒發生了什麼事。」

另一名客人也附和，「真慘。」

瑪爾蒂尼輕托妻子的下巴，讓她轉頭看著自己，「要不要現在就離開？」

她點點頭，咬住下唇。

過沒多久之後，他們站在堆得滿滿的購物推車旁邊。趁著聖誕節的特價折扣，他們買了許多食物，至少吃上一個月不成問題。剛才，克蕾亞在先生的百般堅持之下，她終於下定決心到某間服飾店裡挑禮物。他在外頭等待，期盼她出來的時候，絕對不要兩手空空。他趁空低頭望著自己包著繃帶的左手。痛了一整個晚上，逼得他只好吃止痛藥，但藥效不夠強，他依然無法入睡。今天早上，他已經換過繃帶，不過他還得需要抗生素，因為傷口可能會感染。

遠處出現了一張熟悉的臉孔，讓他暫時忘卻了手傷的事。

普莉希拉坐在某個熱狗攤旁的長椅上，周邊都是她的朋友，一夥人出來打屁，雖然有人講笑話，但大家似乎都面露無聊神色。瑪爾蒂尼死盯著他班上的頭號大美女，她在嚼口香糖，三不五時就啃一下指甲。有個男孩在她耳邊不知說了什麼，讓她露出了賊笑。

「我想了好久，才終於在店裡面找到我真正喜歡的東西，」講話的是克蕾亞，她先生也從白日夢當中驚醒過來，「答—答！」她把手中的紅色小袋拿給他看。

「是什麼？」

「高級聚酯纖維圍巾。」

瑪爾蒂尼吻了一下她的雙唇，「我知道妳絕對不會批評自己親手挑的禮物。」

克蕾亞牽起他另一隻沒有受傷的手，然後又把購物推車往前推，看來她十分開心。

「我經常在講嘛，」歐德維斯把撥火棒伸入石面大壁爐裡面、調整火勢，「做生意，看到機會一來，就要緊緊抓住不放。」

羅列斯與克蕾亞坐在客廳的白色沙發，腳邊搭配的是同色的白毛地毯，還有玻璃咖啡桌。後頭的餐桌上依然擺放著豐盛的聖誕節中餐剩菜，而烘托氣氛的紅色蠟燭已經燒得差不多了。而且，屋內還有一棵幾乎頂到天花板的巨型華麗聖誕樹，屋內的一切都十分奢華，品味近乎俗麗。

「我不是要唬爛，」歐德維斯滔滔不絕，繼續闡釋他的理論，「我一直很清楚錢從哪裡來，這跟直覺有關，有就是有，沒有就是沒有。」

瑪爾蒂尼與妻子點點頭，因為他們也不知道該說什麼才好。

「咖啡來了！」歐德維斯太太一臉雀躍，她以銀色托盤盛裝咖啡杯，進入客廳。

瑪爾蒂尼實在很難不注意到她的脖子，上面依然戴著老公送給她的禮物，那條黃金鑽石項鍊，想必她一定也知道此時此地並不適合炫耀，但她才不管那麼多。歐德維斯一家人在午餐前開拆禮物，而且，就在他們的面前，完全不管這種舉動會造成客人尷尬，他們就是想炫示財富。瑪爾蒂尼對此依然很火大，但克蕾亞卻還沒有給他可以準備走人的任何暗示，他實在不明白為什麼，也許他的妻子很珍惜與這些鄉下暴發戶之間的友誼吧。

大人忙著閒聊，而這對夫婦的一對兒女，十歲的男孩與十二歲的女孩，也忙著在大型電漿電視前面玩遊戲機。這款電玩遊戲——戰爭類遊戲——當然，吵得要命，但卻沒有人告訴小孩要降低聲量。莫妮卡則窩在某張扶手椅裡，大腿跨在扶把上頭，全新的紅色戰鬥靴相當顯眼。她父母的聖誕節禮物無法攻破她的心防，她已經三個小時沒講話了，一直在滑手機。

「有些人說礦業扼殺了這個山谷的經濟發展，但這根本是鬼扯，」歐德維斯繼續說道，「我個人認為，大家只是不夠聰明，不知道要怎麼好好把握機會。」他面向克蕾亞，「對了，我聽說妳搬來阿維卓之前在當律師。」

「對，」她勉為其難承認，「我曾在市中心的某間法律事務所工作。」

「怎麼沒想過在這裡繼續執業？」

克蕾亞的目光刻意迴避丈夫，「在一個人生地不熟的地方重新開始，畢竟有難度。」

其實，是因為要重起爐灶的費用太高了。

「那我就給妳個工作機會吧，」他對著妻子微笑，她也鼓勵他繼續說下去，「來幫我工作怎麼樣？我們的法律文件一直需要有人過目，妳來當我們的秘書剛剛好。」

克蕾亞嚇了一跳，沉默不語。她的處境很尷尬，她一直堅持要找工做，而夫妻之間已經為此爭吵過好幾次了。瑪爾蒂尼不希望她去當店員，而做別人的秘書也等於是半斤八兩。「謝謝，」她終於擠出禮貌性笑容，「但目前我想要全心奉獻家庭，還有好多事得忙，家務似乎總是沒完沒了。」

瑪爾蒂尼發現女兒突然沒興趣盯手機了，她一臉不屑，白眼翻得老高，然後，她怒氣沖沖看著他，彷彿把一切都怪罪在他身上。

對方邀她工作，但她立刻婉拒，也讓現場氣氛變得有些彆扭。所幸他們家的電話在這時候響起，轉移了大家的注意力。歐德維斯過去接電話，與來電者聊了幾句之後，他掛了電話，拿起電槳電視的遙控器，「他說我應該要看一下電視新聞。」

兩個小孩的電玩遊戲就這麼突然沒了，拚命抗議，但他根本不理會，開始找頻道。

電視螢幕上出現了瑪莉亞與布魯諾夫婦的悲傷臉龐。

失蹤女孩的父親將女兒身穿白色祭衣、手持木質十字架的照片、高舉在攝影機前面。而母親則直視著攝影機，「我們的女兒安娜．盧個性和善，認識她的人都知道她有一副好心腸：她喜歡貓咪，而且總是信任每一個人。所以我們也要向那些在她的過往十六年當中、從來不認識她的其他人提出呼籲：如果你曾經看過她，或是知道她的下落，請幫幫我們，讓她回家。」

歐德維斯客廳裡的節慶氣氛瞬間消失無蹤，阿維卓其他家戶裡的狀況八成也差不多。瑪爾蒂尼微微側頭、看著妻子，她雙眼恐懼，盯著電視上的那名女子，宛若在凝望自己的鏡像一樣。

然後，當瑪莉亞．卡斯特納直接對女兒喊話的時候，聖誕節的溫暖氣氛瞬間消失無蹤，大家的心裡只剩下一種讓人顫慄不已的預感。「安娜．盧……媽咪、爹地，還有妳的兩個弟弟都好愛妳。無論妳在哪裡，我都盼望妳能夠聽到我們的話語、感受到我們的愛。等到妳一回家，妳一直夢寐以求的小貓，我答應妳，一定讓妳養，安娜．盧……願上帝保佑妳，我親愛的孩子。」

歐德維斯關掉電視，從酒櫃裡拿出威士忌，為自己斟了一杯，「鎮長說警方已經派出某名超級探員進駐阿維卓、負責辦案，那傢伙經常上電視。」

「至少他們總算是做點事了，」他妻子接口，「我覺得這裡的警察先前也沒那麼認真在搜尋女孩的下落。」

「他們唯一擅長的就是開罰單啦。」歐德維斯對這一點十分清楚，因為他已經吃下好幾張保時捷的超速罰單。

瑪爾蒂尼靜靜聆聽，啜飲咖啡，但不發一語。

「反正，」歐德維斯繼續說道，「我才不信大家口中的這個版本，只關心家人與教堂的小聖人？我倒是覺得，安娜．盧一定有什麼秘密。」

克蕾亞忿忿不平，「你怎麼知道？」

「因為這種事層出不窮嘛，搞不好有人搞大她肚子，所以只好離家出走。那種年紀常出這種狀況。上床，然後，等到來不及的時候就慘了。」

「那你覺得她現在人在哪裡？」克蕾亞反問，想要推翻他的這套荒謬版本。

「我怎麼知道？」他攤開雙臂，「反正她遲早會回來，然後她的父母與兄弟會就會想要努力掩蓋一切。」

克蕾亞握住丈夫的手，纏了繃帶的那一隻手，她緊捏不放，完全忘了他的傷口，瑪爾蒂尼只能咬牙忍痛，他不希望妻子與人吵架，與類似歐德維斯這種心胸狹小的人打交道，總是可以從他們身上學到許多東西。果然，歐德維斯現在開始以他的大師級邏輯發表評論。

「如果你問我的話，我覺得倒是要去找那些移民好好查清楚，他們總是來求我，想要在我底下工作。千萬別誤會，我沒有種族歧視，但我覺得政府不該放任那些禁止性事的國家的人民來到這裡，他們一定會把自己的挫折發洩在我們的女兒身上。」

瑪爾蒂尼心想，也不知道為什麼，種族歧視者在發表歧視言論之前，總是要先強調自己沒有偏見。克蕾亞氣得快爆發了，所幸歐德維斯在這時候面向他，「羅列斯，你怎麼看？」

瑪爾蒂尼想了一會兒之後才回話，「幾天前，克蕾亞和我討論過這件事。我告訴她，安娜・盧應該是離家出走，一切很快就會圓滿落幕。不過，我現在覺得時間也拖得太久了……我的意思是，這女孩搞不好出事了，我們不能排除這種可能性。」

歐德維斯打破砂鍋問到底，「對，但到底是什麼事？」

瑪爾蒂尼知道自己接下來講的話一定會讓克蕾亞越來越焦慮，「我也是爸爸，就算是身在困絕處境，當父母的人也總是想要尋覓一絲希望。不過，我認為卡斯特納夫婦應該要有面對最壞狀況的心理準備了。」

他的話讓每個人都陷入沉默。瑪爾蒂尼的話語雖然沉重，但真正撼動大家的是他的語氣，他似乎十分篤定，完全沒有容疑的空間。

歐德維斯摟著妻子的肩頭，站在他們豪華俗麗別墅的大門口，「要不要明年再來一次聖誕聚會？」

「當然啊。」瑪爾蒂尼嘴巴雖然這麼說，但聽起來卻言不由衷。莫妮卡早已先回家了，現在只剩下他與克蕾亞準備與鄰居道別。

「很好，」歐德維斯回道，「那就一言為定。」

瑪爾蒂尼與妻子互摟著彼此、穿越馬路，一聽到鄰居關門的聲響，克蕾亞立刻推開丈夫，動作也未免有點太突兀了。

「怎麼了？我做錯什麼了嗎？」

她一臉惱怒，轉頭看著他，「都是因為他說要找我當秘書，對不對？」

「什麼？我不懂……」

「好啊，」她的語氣彷彿是他在裝傻，「當你提到安娜・盧的事，說什麼卡斯特納夫婦應該要有面對最壞狀況的心理準備……」

「有什麼不對嗎？那的確是我的想法啊。」

「不，你是故意講出那種話。你想要懲罰我，因為當我拒絕歐德維斯好意的時候，態度看起來不夠堅定。」

「拜託，克蕾亞，今天不要吵這個了。」

「別想叫我冷靜！你明明知道這起事件對我造成多大的影響，還是你忘了我們也有個十六歲的女兒？而且這一切就發生在由我們決定搬來、但她卻百般不願的這個地方？」

克蕾亞雙手交疊胸前，全身顫抖，但瑪爾蒂尼知道這反應不只是因為低溫而已，「好，妳說得對，的確是我不好。」

她看著他，發現他是真心感到後悔，隨即走到他的面前，將頭貼在他的胸膛，瑪爾蒂尼伸出雙臂摟住她，為她取暖。克蕾亞抬頭，目光定在他的眼眸，「拜託，快告訴我，你不是故意講出那些話的好嗎？」

「我不是故意的。」這是謊言。

十二月二十七日
失蹤案發生之後的第四天

有人成群結隊而來，也有的是單槍匹馬，甚至還看得到全家總動員。人潮川流不息，但來來往往的秩序卻十分良好。大家的目的地都是那間房子，將各式各樣的小貓咪——絨毛玩具、布娃娃，或是陶瓷塑像——放在地上。蠟燭的微光映亮了大家的臉龐。每個人都站在黑暗清冷曠野裡的這片溫暖光亮綠洲，不發一語，找尋心靈撫慰。

克蕾亞在電視上看到了卡斯特納住家外面這波突如其來的朝聖人潮，立刻央求老公帶她過去。莫妮卡待在家裡，但也貢獻了自己最愛的某個洋娃娃、當作送給失蹤女孩的禮物。粉紅色的絨毛小貓咪。

在過去這幾天當中，克蕾亞與女兒變得更加親近，瑪爾蒂尼心想，這就是別人出事時、惡行所展現的威力。它對於陌生人的生活帶來了療癒效果，讓他們對於自己所擁有的一切、重新找回了真正的價值。大家擔心這些寶貴的東西會被別人奪走，或是發生什麼意外，所以會努力維繫。而卡斯特納夫婦的動作不夠快，接下了這種吃力不討好的任務、擔任這種連鎖反應的第一棒，將這樣的訊息傳遞給其他的人。

瑪爾蒂尼停妥車子，距離安娜．盧自小居住的那間小屋相隔約一百多公尺左右。警方已經拉出封鎖線，不准任何車子繼續前行。大家都是步行前往目的地，克蕾亞也加入了那一小群人當中，而他則留在車子裡等她。

瑪爾蒂尼綁著繃帶的那隻手擱在方向盤上面，雙眼透過擋風玻璃、凝望眼前的場景。

到處都有各家電視台的轉播車、特派記者，每個人面前都有小型聚光燈照亮他們的臉龐。大家談的是過去與現在，因為每個人對於未來都一無所知。不過，只要能讓每則報導留下懸疑性的伏筆，就能靠這種方法抓住觀眾的心。電視台記者、攝影師、平面媒體記者四處奔忙，被悲傷的氣息所深深吸引，這股氣味比鮮血來得更強烈——而阿維卓根本還沒有見血。其他人的悲傷也產生了一股詭異的香氣：濃郁，刺鼻，但也同樣充滿了吸引力。

然後，還有一般社會大眾。許多人純粹是好奇罷了，但也有為數不少的人是特地前來禱告。瑪爾蒂尼一直不信教，所以偶爾看到人們如此盲目信賴上帝的畫面，總是大吃一驚。某個十六歲女孩失蹤了，她的家人在這幾天過著煉獄般的生活，真正仁慈的上帝絕對不會坐視不管，甚至當初也不會容許發生這種事。好，那麼為什麼明明是同一個上帝，當初明明放任出事，而現在又會予以彌補呢？祂真的存在，但祂也不會出手干預，只會讓一切順其自然。既然萬物生滅嬗遞是自然法則，那麼在上帝的眼中，安娜·盧·卡斯特納也可以當成犧牲品。

也許那就是關鍵：犧牲。要是沒有犧牲，就不會有信仰，也沒有殉教者，大家已經開始把她推向封聖之路了。

就在這個時候，一群學生經過了他的四輪傳動車旁邊，瑪爾蒂尼認出了普莉希拉。她駝著背，跟在大家的後面，雙手插在口袋裡，面色悲戚。

瑪爾蒂尼想了一會兒之後，從屁股口袋裡拿出皮夾，將它打開。其中某個夾層放有普莉希拉在放假前寫給他的字條，上面是她的手機號碼，希望能夠讓老師指導一下自己的表演技巧。瑪爾蒂尼盯著那組號碼，隨後拿起手機，開始輸入訊息。等到他打完字之後，他抬頭望著那女孩，靜靜等待。

普莉希拉正在與朋友聊天，突然分神，應該是因為手機的聲響或是震動。瑪爾蒂尼看到她的某隻手從外套口袋裡抽了出來，一直盯著手機螢幕。當她在看簡訊的時候，那表情應該是訝異加上緊張。然後，她又把手機放回口袋裡，但沒有對任何人提起這件事，但看得出來她依然掛記在心。

克蕾亞從卡斯特納家外頭走回停車處，出現在副座車窗前。瑪爾蒂尼彎身為她開門，她一上車就告訴他，「好悲痛的場面，」她繼續說道，「女孩的父母出來答謝大家，的確很感人，你剛才也應該過來才是。」

「還是不要吧。」他態度很閃避。

「沒錯，反正這也和你個性不合，但你還是可以發揮一點用處啊。」

瑪爾蒂尼發現妻子流露出祈求的目光，「妳有什麼想法？」

「我聽到他們在組織山區搜救隊，過去半年你一直在那個區域健行，對吧？所以你可以——」

「好。」他立刻露出微笑打斷她。

克蕾亞摟住他，猛力親了一下他的臉頰，「我就知道你是個好人。」

瑪爾蒂尼發動車子，準備要離開現場，趁妻子沒注意，他又朝普莉希拉的方向偷瞄了一下。

她正與她的朋友繼續聊天，彷彿什麼事都沒發生一樣。

她也沒回他簡訊。

十二月三十一日
失蹤案發生之後的第八天

搜救小隊執行任務的時候，會遵守一套特定流程。

志工們排成長隊、緩步前進，每個小組的人數不超過二十人，每人之間的間隔距離至少有三公尺，就像是搜尋雪崩失蹤者的搜救隊形式一樣。不過，他們並沒有拿著長棒戳入積雪之中，而是被要求在分配的區域之內、以雙眼在模擬格線來回搜尋。

顯然，這樣的搜救目的並非只是為了尋找被掩埋的屍體而已，因為這個任務已經有犬隻負責。他們最主要的工作是尋找線索，能夠追查到受害者所在位置的各種蛛絲馬跡。

瑪爾蒂尼與其他人在某個下坡路面的樹林間前進的時候，不禁想到安娜・盧還不能算是正式的受害者，不過，她已經是了，似乎已經被提升到了這樣的層次。現在，大家都覺得不太可能會有令人振奮的結局，不過，在大家的內心深處，其實都冷眼盼望能夠逆轉。戲劇化收場才是社會大眾的期待，大家都盼望最後一刻被激怒的那種感覺。

瑪爾蒂尼已經參與搜救行動好幾天之久，每個小組都是由警官擔任領隊。為了要在搜救過程中維持高度專注力，義工會輪流執行任務，每隔三十分鐘就換人，而每個班次的搜救時間是四個小時。

在這一年的最後一天，瑪爾蒂尼參加的是中午的那一輪，這是時間最短的班次，因為太陽下山的時間一定是在三點鐘左右，所以沒有夜視設備的義工也只能被迫停工。

一開始的那幾次，進行搜救時幾乎都是鴉雀無聲，大家都小心翼翼，不希望有任何遺漏。不過，義工之間也慢慢醞釀出一種同志情懷，有的人覺得閒聊一下也是無礙，但更糟糕的是，還有人帶食物或啤酒同行，宛若把搜救當成了野餐。但即便如此，也沒有任何人膽敢出面阻止。

當然，完全沒有安娜．盧或是神秘綁架者的蹤影。

瑪爾蒂尼當初向妻子許下全力以赴的承諾，他一定要說到做到，所以他一直沒有跟其他人打屁閒聊。他總是避免與人互動，別人發表意見的時候，他也不會做出任何回應——反正，他覺得那些高見也不過就是鬼扯八卦罷了。

今天，他發現氣氛不太一樣，大家都非常投入，原來是布魯諾．卡斯特納也現身了。失蹤女孩的爸爸先前也參與過搜救活動，但瑪爾蒂尼從來沒遇過他。卡斯特納參加了兄弟會聚會廳的某項活動，一結束就立刻趕過來、參加這最後一個班次。瑪爾蒂尼盯著他，發現他雖然緊張萬分，但內心的堅強力量卻令人刮目相看，雖然有可能會找到女兒已無生機的線索，但他卻毫不畏懼，因為，這對他來說，可能也算是某種解脫吧。

瑪爾蒂尼心想，要是換作他是卡斯特納，自己會作何反應？除非要親身體會那種椎心的喪親之痛，否則他永遠不會知道這個問題的答案。

搜索行動結束之後，志工們回到了基地營。樹林中央的空地已經架起了帳篷，小組領導人都會在這裡進行彙報。他們會在大地圖上面標示出已經搜查過的區域，某些區域，尤其是那些最難到達的地方，需要志工小組進一步勘查，然後，他們會排出隔天的搜查時程表。

志工們的車都停在離這裡不遠的地方，大家準備要回家了。瑪爾蒂尼靠在自己的白色四輪傳動車後車廂，脫去了沾滿泥巴的靴子。

「好，大家聽我說，」小組領隊聲音洪亮，大家也立刻靠到他身邊，「我已經與谷區的專案室聯絡過了，天氣預報狀況不是很好，今晚會開始下雨，至少長達八個小時，所以我們必須暫停搜救工作，等到一月二號再重新開始。」

大家聽了有些不滿。某些義工放下家人，以自掏腰包的方式、千里迢迢來到這裡，這種話是對他們士氣的一大打擊。

小組領隊試圖安撫眾人，「我知道你們認為這不成問題，但接下來這幾個小時的路面狀況，真的沒辦法讓我們執行搜救任務。」

有人講出了重點，「泥巴會掩蓋足跡。」

「也可能會讓足跡現蹤。」小組領隊回道，「反正，要是有天候限制的話，我們也無法發揮最佳戰力。相信我，這只是浪費時間而已。」

最後，他還是說服了大家。瑪爾蒂尼看著他們露出黯然臉色、前往自己的停車處，走到一半的時候，還經過了另一群人的身邊。

布魯諾．卡斯特納就站在那些人的正中央。

每個人經過他身邊的時候，都會向他握手致意，或是輕拍一下他的背。瑪爾蒂尼也可以與大家一樣、對他表達出無限的同情，但他並沒有這麼做。反而只是站在他的四輪傳動車旁邊、動也不動，然後，趁著大家不注意的時候，他悄悄上了車，第一個開車離開現場的人就是他。

他身著睡衣拖鞋、站在走廊，猛敲浴室門，已經足足有十分鐘之久。裡面只傳出搖滾歌曲的扭曲樂聲，但完全沒有聽到回應。瑪爾蒂尼已經快失去耐心了，「妳到底還要在裡面待多久？」就在這時候，他看到克蕾亞拿著一疊剛洗好的衣服準備上樓。「她已經在裡面待了一個小時了，」他繼續說道，「一個女孩子在浴室裡待那麼久是要幹什麼？」

克蕾亞微笑回道，「白癡，當然是讓自己變得美美的啊。」然後，她壓低聲音，「今晚有人邀她去參加舞會。」

瑪爾蒂尼好驚訝，「誰找她的？」

「你管這幹什麼？這是好兆頭啊，你說是不是？她開始交朋友了。」

「這就表示我們兩個要自己過新年了？」

「有什麼計畫了嗎？」克蕾亞對他眨眨眼，走向衣櫃。

「披薩加紅酒，我們還負擔得起。」

克蕾亞從他身旁經過，趁她雙手還拿著東西的時候，他偷掐了一下她的屁股。

莫妮卡在晚上八點鐘左右出門，依然是一身黑，但至少心甘情願換上了裙子。羅列斯．瑪爾蒂尼看到女兒的這副模樣，這才驚覺她馬上就要變成女人了，隨時可能在一夜之間發生，而且完全不會有任何徵兆。以往一聽到暴雷雨就躲在他懷裡的那個小女孩，馬上就再也不需要他的保護了。不過，他知道她永遠需要父親的臂膀，他還是會全力照顧她，只是得找到一個不會引起她注意的方式而已。

趁克蕾亞在洗澡的時候，瑪爾蒂尼去轉角的披薩店、點了兩份外帶的卡布里喬莎。他一回家，就看到妻子身著軟絨睡衣、大腿上披著毯子，整個人躺在沙發上。他開口說道，「我以為今晚的主軸應該是冒險犯難，而不是慵懶。」

他把披薩放在咖啡桌上，以雙手托住她的臉龐，對她深情一吻。兩人纏綿了好久，享受對方的溫暖與氣味，然後，她不發一語，帶他上樓，進入兩人的臥室裡。

當他們躺在一起、盯著天花板的時候，瑪爾蒂尼忍不住心想，他們有多久不曾這樣做愛了？哦，當然，自從發生那件事之後，他們也曾經做愛過，但他們上床的時候、完全不會想起那件事，這還是頭一遭。重拾兩人的親密關係、抑或只是再次燃起慾火，並不容易。起初，他們做愛的風格十分狂暴，宛若在復仇一樣，這是一種不需要開口爭執、就可以痛斥對方必須為過往事件負責的方式，最後，搞得兩個人總是精疲力竭。

但今天晚上很不一樣。

克蕾亞突然問他，「你覺得女兒開心嗎？」

「莫妮卡是十幾歲的孩子，這年紀的小孩活得都很痛苦。」

「不要跟我亂開玩笑，我要聽正經的答案，」她語帶責備，「你有沒有看到她今晚出門的時候有多開心？」

她說得沒錯。屋內出現了一股已經太久不曾出現的明顯歡欣氣氛。「自從那女孩，安娜・盧出事之後，我有了一番新的體悟，」他說出這段話之後，發現她變得更加專注，「我們總是抽不出足夠的時間了解小孩。卡斯特納夫婦現在很可能在想他們是在哪一個階段出了問題？又是出了什麼差錯？害他們必須承受這樣的煎熬？是在什麼時候繞了一小段路？而走到今天這步田地？……其實，我們根本沒有時間自問，子女快樂嗎？因為還有更重要的事：我們應該要問自己是否為了他們而感到快樂，而且必須確保不要因為我們自己犯的錯、而害他們留下陰影。」

過沒多久之後，他們半裸坐在餐桌前，大啖冷掉的披薩，喝光了瑪爾蒂尼為這種場合特地留存的紅酒。羅列斯講了許多同事與學生們的趣事，只是想要逗她開心大笑。現在彷彿又回到了大學時光，每到了月底的時候就沒錢了，只好在同居的一房公寓裡共享一罐鮪魚罐頭。

天，他好愛他妻子，他願意為她做任何事，無論什麼事都沒問題。

他們今晚好親暱，完全沒注意到已經過了十二點，新年已經到來了，都是外頭的急驟雨勢讓他們回到了現實裡。

「我還是打電話給莫妮卡吧，」克蕾亞離開起身，拿起了自己的手機，「雨下得這麼大，你得出門接她。」

那個女大學生消失了，她又恢復成多年來的人妻人母姿態。瑪爾蒂尼看她靜靜等待電話另一頭的回應，發現她臉色變了，然後拉緊了身上那件老舊的開襟羊毛衫，那本來是他的衣服，後來被她偷走，現在純粹當家居服而已。她不是覺得冷，而是害怕。

她十分焦慮，「電話沒辦法接通。」

「才剛過十二點而已，大家都在忙著打電話彼此祝賀。一定是線路流量負荷過大，這很正常。」

但克蕾亞聽不進去，她不斷撥打，卻一直沒有接通，「萬一她出事了呢？」

「妳這是陷入恐慌啊。」

「我要打電話去派對的地點。」

瑪爾蒂尼也就由她去了。克蕾亞找到電話，立刻撥過去，「什麼意思？她沒出現？」她的聲音有些淒絕，心中開始出現各式各樣的劇情，整張臉也迅速浮現出越來越強烈的負面情緒。等到她掛了電話之後，原本的焦慮成了恐懼，「他們說從頭到尾都沒看到她的人。」

「冷靜一下，」瑪爾蒂尼說道，「我們想想看她可能會去哪裡。」

但當他想要靠近她的時候，卻被她大手一揮，悍然拒絕。

「你一定要找到她。羅列斯，答應我，你一定要找到她！」

他上了車，開始在阿維卓四周繞來繞去，不知道該往哪裡是好。暴風雨狂襲谷區，街上早已不見行人。雨水阻蔽了他的視線，而四輪傳動車的雨刷更跟不上急速滂流。

他立刻發現自己也感染到克蕾亞的焦躁。原來，他也一樣，忍不住想到了將莫妮卡與安娜・盧連結在一起的悲劇。

不，他告訴自己，不可能，他想要抛卻心中的念頭。

他才出門了不過二十分鐘而已，但感覺卻像是一生一世那麼久。他知道等一下就會接到妻子的電話，詢問他是不是有任何消息，但他卻什麼都說不出口。

莫妮卡不見了，人間蒸發。警方發出協尋通知，上了電視新聞，搜救小組在山林裡找人。

不，不可能，這種事不會發生在她身上。

但這個世界充滿了惡魔，令人萬萬意想不到的那些惡魔。

他想到了安娜・盧的父親，想起他接受眾人拍背的模樣，以及已有心理準備的神情。因為，無論承認真相有多麼困難，但為人父母者永遠心底有數，那天早上，他曾經想要將心比心，體驗卡斯特納的感受，但完全沒有辦法，為什麼現在卻能夠感同身受？

我一定要找到她，我已經做出了承諾。我不能失去克蕾亞，舊事不能重演。

他必須努力保持頭腦清醒。然後，他突然想到應該要從起點開始，那場派對。

不到五分鐘，他已經到達某間屋宅的外頭，隱約聽得見裡面的嘈雜聲，還有節奏強烈的音樂。他按了電鈴，然後又不斷敲門，頭髮與衣服全濕了。終於有人聽到了，為他開了門，他立刻衝進去。

客廳裡至少有七十名年輕人。有些在跳舞，還有的懶洋洋躺在沙發上。音樂嘈雜，根本不可能講話聊天，但在酒精的催化之下，每個人都變得更加放鬆。昏暗的燈光加上濃濃的菸氣，讓他根本難以找到自己熟識的面孔。

終於，他認出了自己的兩個學生，其中一個是魯卡斯，耳朵後面有骷髏頭刺青的壞小孩。

「老師，新年快樂！」看到瑪爾蒂尼走來，他開口打招呼，瑪爾蒂尼瞬間聞到他的滿口酒氣。

「有沒有看到我女兒？」

那男孩假裝在思考，「我想一下……她長什麼樣子？描述一下好嗎？」

瑪爾蒂尼把手伸進口袋，從皮夾裡拿出莫妮卡的照片。

魯卡斯接下照片，仔細端詳，「長得很正嘛，」他故意刺激瑪爾蒂尼，「今晚好像有看到她。」

但瑪爾蒂尼現在沒心情開玩笑。他抓住盧卡斯的汗濕T恤，猛力把他推向最靠近自己的牆邊，他以前從來不曾做過這種事，至少在大庭廣眾之前是沒有，有好幾個人轉頭看著他們。

「喂！有人要幹架！」某人大吼，許多人立刻聚了過去。

不過，瑪爾蒂尼只是盯著魯卡斯的雙眼，「你有沒有看到她？有？還是沒有？」

顯然這男孩很少被人這樣對待，顯然他應該要好好回答才是，不過，他卻露出猙獰微笑，

「你這樣對我，我可以報警！」

瑪爾蒂尼不鳥這種威脅，「我不會再問你第二次。」

魯卡斯突然甩開他老師的雙手，「我知道她在哪裡，」他終於招了，但又得意洋洋補了一句，「但你知道答案之後一定會很不爽。」

等到瑪爾蒂尼到達那間房子的時候，雨已經停了，屋內燈光全暗，一片寂靜，門鈴聲響迴盪不已，過沒多久之後，走廊出現了燈光。

透過大門的霧面玻璃，瑪爾蒂尼看到了屋內的場景，宛若海市蜃樓，或是一場惡夢。某個一身光滑裸胸年輕人開了門，他打赤腳，只穿了運動褲而已。他後方出現了莫妮卡，她正從某個房間探頭出來，雖然她衣裝完整，但那一頭亂蓬蓬的頭髮卻證明了另有隱情。

他們上了四輪傳動車，在回家的途中，兩人沉默了許久。瑪爾蒂尼已打電話給妻子，告訴她一切安好，馬上就要帶女兒回家了，但至於其他的部分，他覺得還是不要多說比較好。

「派對很無聊，所以我們就離開了，」莫妮卡彷彿在漂白自己的行為，但她父親不發一語，「我們睡著了，完全忘了時間，抱歉。」

瑪爾蒂尼怒氣沖沖，死抓方向盤，完全不顧左手的疼痛，「妳有沒有抽？」

「什麼意思？」

「妳明明知道我在問什麼，那是不是大麻的味道？」

她雖然知道說謊也沒辦法掩飾，但還是猛搖頭，「我不知道那是什麼，但我可以向你保證，真的沒事。」

瑪爾蒂尼拚命保持冷靜，「反正，妳現在得自己向妳媽媽解釋清楚。」

他把白色四輪傳動車停在自家車道上，克蕾亞已經站在門口，開襟羊毛衫拉得好緊。第一個下車的是莫妮卡，瑪爾蒂尼看著她跑過去，而她母親早已張開雙臂迎接她，把她緊緊擁入懷中，那是鬆了一大口氣的擁抱。瑪爾蒂尼透過擋風玻璃、凝望眼前的場景，深恐自己一現身就破壞了這一刻。他想到了六個月前家裡的那一場災難，幾乎快要讓他一無所有。

那件事。

不，再也不會發生了。

一月三日
失蹤案發生之後的第十一天

天氣預報果然準確，足足下了兩天的雨。

不過，到了第三天早上，已經可以看到在一大層灰白薄雲後方、透出了淡淡的陽光。

瑪爾蒂尼覺得今天就是讓自己整理花園涼亭的大好日子。他希望要轉移克蕾亞對那失蹤女孩的注意力，他認為最好的辦法就是趕快把菜園與溫室弄好。他的妻子在家無事可做，每天都在看分析安娜．盧．卡斯特納案情的特別節目，沒有警方代表，也沒有確證，但每個人都覺得自己有權發表獨家版本。現在，這是電視上唯一的熱門話題，而且不只是專家們發表意見，就連小咖明星與其他綜藝圈人士也被邀去上節目，內容齷齪。什麼荒誕不經的理論全都出籠了，最無關緊要的案情內容全被拿出來分析、高談闊論，彷彿講出這些空話就能破案一樣。

這種馬戲團式的閒扯，似乎是永無止境了。

瑪爾蒂尼家裡總是一直開著電視，所以今天早上，他乾脆開車前往居家自助修繕的商店，買了一大捆塑膠帆布以及軟鐵片、準備要固定繫樑位置的螺帽與螺栓、鋼鉗。瑪爾蒂尼忙著把東西放進四輪傳動車的寬敞後車廂，卻突然聽到一陣噪音而停下動作。

滑板在柏油路面的摩擦聲響。

他轉身，看到馬提亞就站在幾公尺之外的地方，他揚手打招呼，「馬提亞！」一開始的時候，馬提亞沒注意，但一看到是瑪爾蒂尼之後，卻出現了奇怪的反應，他放慢速度，然後又加速離開現場。

瑪爾蒂尼嘆了一口氣，他就算想破頭也不明白這男孩到底在想什麼。他上了車，準備回家。他總是避開貫穿村莊的那條路，改走繞行城鎮中心的環狀道路，車流通常會比較順暢，不過，今天早上他的前方卻出現了緩慢移動的車流，也許是因為車禍吧，前頭的十字路口經常會有事故。果然，過了一會兒之後，他看到警車的閃燈，但當他繼續前進的時候，卻根本沒看到受損車輛。

不是車禍，而是攔檢。

阿維卓最近經常可見攔路盤查，都是因為那失蹤女孩的關係。瑪爾蒂尼覺得這種舉措就是擾民而已，實在看不出來有什麼重要性可言，他心想，這就像是馬兒脫韁逃跑之後才關上馬廄的門一樣。不過，他懷疑警方只是必須讓大眾看到他們有在做事而已，畢竟這裡已經成了媒體的聚光燈焦點，而且日子一天天過去了，這個案子卻變得更加撲朔迷離。

這裡沒有小路可以切進去逃避攔檢，而且現在要是迴轉，看起來就太可疑了一點。所以瑪爾蒂尼也就只好乖乖就範，耐心等待盤查。不過，在他緩慢前進的同時，一股奇特的焦慮感也在心中開始醞釀，他的指尖發癢，而且腹部有種詭異的空虛感。

「早安，麻煩看一下證件好嗎？」制服員警彎身，湊近開啟的車窗。

瑪爾蒂尼早已準備好了一切，將駕照與行照遞過去。

「謝謝。」員警講完之後，走向巡邏車。

瑪爾蒂尼坐在駕駛座，盯著眼前的場景。這裡只有兩名員警，另外一名站在路中央，拿著指示牌，示意車主必須停車受檢。而剛才與他說話的那個已經坐在車內，透過無線電報知文件資料，透過警車的後窗玻璃，可以看得一清二楚。不過，過了一會兒之後，他也開始胡思亂想，為什麼需要花這麼久的時間？也許這只是他的主觀認定而已，搞不好每個被攔下來的人都受到同樣的待遇，但值此同時，隱隱覺得狀況有異的那股不安感卻越來越強烈。

終於，那名員警下了車，又走到他面前，「瑪爾蒂尼先生，可以跟我過來一下嗎？」

「怎麼了？」他的語氣可能太過驚恐了一點。

那名員警輕聲回道，「只是例行公事，幾分鐘就好了。」

他們護送他進入阿維卓的小派出所，然後，請他進入類似檔案室的地方坐下來。裡面除了檔案櫃、櫃架上整齊排列的檔案之外，還有一堆亂七八糟的東西：報廢電腦、檯燈、文具，甚至還有猛禽標本。

此外，還有一張桌子與兩張椅子，瑪爾蒂尼一直盯著對面的那張空椅，心想不知道等一下會是什麼人入座。他進來之後，已經過了四十分鐘之久，但依然沒有看到任何人。一片寂靜，再加上灰塵，讓他的元氣逐漸耗竭。

房門突然打開，有個年約三十歲、穿西裝打領帶的男子走了進來，手裡還拿著瑪爾蒂尼的駕照與行照，態度似乎很溫善。「我是波吉警官，」他面露微笑，「抱歉害你久等了。」

波吉向他握手致意，瑪爾蒂尼看到對方這麼有禮貌，也不禁稍微鬆了一口氣，「沒關係。」

波吉坐入那張空椅，將文件放在桌面，迅速瞄了一眼，似乎剛才沒有時間查看，他唸出了姓氏，「所以是……瑪爾蒂尼先生？」

瑪爾蒂尼懷疑這只是警方在耍伎倆，讓他誤以為不需要害怕，因為這名警官明明老早就知道他的姓名了，他回覆對方，「對，我是。」

「我想你一定很好奇，為什麼我們要特地把你攔下來。其實我們只是隨機抽檢，這個過程只需要花幾分鐘而已。」

「是不是與那失蹤女孩有關？」

那名警官突然問他，「你認識她？」

「她與我女兒一樣大，而且正好念的是我執教的學校，但老實說，我真的不記得有這個學生。」

這位年輕警官停頓了一會兒，瑪爾蒂尼覺得對方應該是在仔細端詳自己。然後，波吉又恢復了先前的友好態度，「接下來，我要詢問的是基本問題，」他微笑問道，「十二月二十三日傍晚五點鐘的時候，你人在哪裡？」

「山區，」瑪爾蒂尼立刻回道，「我在山裡待了好幾個小時，回家時剛好趕上吃晚餐。」

「你是專業登山客？」

「不是，我純粹喜歡健行而已。」

波吉露出讚許笑容，「很好。那你在二十三號時的健行路線是？」

「我在隘口健行，然後又挑了一條東向坡的山路。」

「有沒有人和你一起去？好友？認識的山友？」

「沒有，我喜歡一個人健行。」

「有沒有別人看到你？其他登山客，或是採蘑菇的人？可以證實你的確出現在那裡？」

瑪爾蒂尼思索了一會兒，「二十三號那天，我應該是沒有遇到任何人。」

又是一陣沉默。「你的手怎麼了？」

瑪爾蒂尼望著自己左手的繃帶，彷彿他根本忘了這件事一樣。「不小心滑倒了。其實，正好就是那天發生的事。我不小心踩空，為了避免摔落山谷，我出於本能、抓住地上突出的樹枝，看來痊癒得花上好一段時間。」

波吉又仔細端詳了他好一會兒，瑪爾蒂尼覺得渾身不自在。波吉再次露出微笑，「很好，這樣就可以了。」然後又將證件還給他。

瑪爾蒂尼很驚訝，「就這樣？」

「我告訴過你只需要幾分鐘而已，不是嗎？」

波吉起身，瑪爾蒂尼也跟著站起來，兩人互相握手，「瑪爾蒂尼先生，感謝您撥空配合。」

克蕾亞當天煮的晚餐是烤雞與炸薯條，這是一家三口的最愛。只要是出了狀況，抑或是想要犒賞自己的時候，全家人就會享用一頓雞肉大餐。

他不知道今晚妻子為什麼打算要煮雞肉，也許是因為要慶祝與莫妮卡重新修復了母女關係。他沒有告訴克蕾亞元旦那天到底出了什麼事，就只能希望女兒自己說出來了。她還沒那個勇氣吐實，但她的罪惡感卻讓她與母親和好了。

家裡出現一種前所未有的氣氛，終於，餐桌上有了開心閒聊的場景。主題是鄰居，歐德維斯一家人是取笑的話柄。克蕾亞與莫妮卡一直在虧他們，忍不住講個不停。瑪爾蒂尼心想，幸好，如此一來，她們就不會注意到他沉默不語。

離開派出所之後，他抱著輕鬆心情開車回家。不過，隨著時間一點一滴過去，他的心中也開始浮現奇怪念頭，他們為什麼這麼快就讓他離開？波吉警官的和善態度是真誠的嗎？他找不出任何辦法證明當天自己確實「不在場」，是不是會讓他們起了疑心？

吃完晚餐之後，他勉強改了幾份學生的作業，但心思卻飄忽不定。大約在十一點鐘的時候，他上了床，但知道如果真的想要入睡，恐怕還有得等。

不會有事的，他鑽進被窩的時候，告訴自己，對，絕對不會有事的。

「你是專業登山客？」

「不是，我純粹喜歡健行而已。」

波吉露出讚許笑容，「很好。那你在二十三號時的健行路線是？」

「我在隘口健行，然後又挑了一條東向坡的山路。」

「有沒有人和你一起去？好友？認識的山友？」

「沒有，我喜歡一個人健行。」

「有沒有別人看到你？其他登山客，或是採蘑菇的人？可以證實你的確出現在那裡？」

瑪爾蒂尼思索了一會兒，「二十三號那天，我應該是沒有遇到任何人。」

又是一陣沉默。「你的手怎麼了？」

沃格爾按下停止鍵，讓訊問影帶停格在羅列斯．瑪爾蒂尼的臉龐。然後，他面向波吉與梅耶，語氣頗是得意，「沒有不在場證明，而且手上有傷。」

「但他完全沒有任何前科，」梅耶檢察官反駁他，「沒有任何證據顯示他會犯下暴力罪行。」

沃格爾看過了馬提亞拍攝的全部影帶之後，深信這男孩提供的素材正是他們殷切尋找的線索。他是他們的重要證人，現在他與他媽媽已經被安置到了證人保護住所。

然後，他們立刻開始追蹤瑪爾蒂尼。在過去的七十二小時當中，絕不讓他脫離他們的視線範圍，他們在遠方觀察他，偷偷錄影，記錄他的一舉一動。雖然完全沒有異狀，但沃格爾很清楚，他們不可能在這麼短的時間內找到鐵證，而且，這類案件通常需要小小施壓一下，所以他才會安排那天早上的假盤查。不過，他早已事先把馬提亞從庇護所裡帶出來，告訴這男孩遇到瑪爾蒂尼時應該要做出什麼舉動，因為他需要觀察這傢伙的表情。

這男孩在居家自助修繕商店外頭一看到瑪爾蒂尼、就一溜煙跑掉了，他站在街上，百思不解，而沃格爾此時正在無塗裝標誌的警車裡面，一直盯著他不放，分析他的每一個表情。

把他帶進派出所、在滿佈灰塵的檔案室等個四十分鐘，也是為了要對他施壓。波吉的表現十分精采，態度彬彬有禮，似乎對於聽到的答案很滿意。而這些問題倒沒有逼他自打嘴巴，只是讓他開始起疑罷了。

沃格爾很有信心，接下來就會看到成果了。

但梅耶卻沒有這麼樂觀，「在過去這幾天當中，我們以非正式管道訊問了一些人，無法提出十二月二十三號的不在場證明的人有多少個，你知道嗎？十二個，而且其中四個人有前科。」

沃格爾早就猜到這名檢察官會抱持保留態度，但就他看來，羅列斯・瑪爾蒂尼的確符合了嫌犯的剖繪要素，「隱藏自我是一種天賦，」他繼續說道，「需要自我控制與嚴格的紀律，我相信瑪爾蒂尼經常在心中演練各種可怕的犯罪情節，每次都在思索是否能付諸行動……當他遇到安娜・盧之後，他終於了解自己真正的天性，愛上了自己的受害者。」

波吉靜靜聆聽這兩個人你來我往。如果說他的直覺可信的話，那麼，他的確覺得在與瑪爾蒂尼的交手過程當中、對方也未免太冷靜了一點。

「你先前曾經說過，安娜・盧很可能認識綁架者，而且不疑有他，乖乖跟著對方離開，」梅耶繼續說道，「但他們兩個真的認識彼此嗎？我們連這一點都不確定。」

「瑪爾蒂尼正好在女孩就讀的學校教書，至少她一定認識他。」

「安娜．盧當然可能知道他是誰，但會相信這個人嗎？當時天色已經昏暗，一個平常一點也不熟的人想要勸小女孩上車，鐵定得花一番氣力，尤其這女孩的家庭觀是盡量不要與兄弟會之外的人往來，我不覺得瑪爾蒂尼那傢伙會是這團體的成員。」

「那麼妳又要怎麼解釋馬提亞拍到的畫面？」

「那畫面不能算是證據，至少目前不是，你自己也很清楚。」

他又望向螢幕的靜止畫面，那男人的臉龐。

對，絕對就是瑪爾蒂尼老師。

一月五日
失蹤案發生之後的第十三天

淡黃色的暮光，在山廓邊緣營造出一種藍色氛圍。

瑪爾蒂尼開著四輪傳動車，在小鎮裡的主幹道徐徐前行，而妻子則坐在一旁。車內開了暖氣，有點嘈雜，但氣氛卻祥和溫暖。克蕾亞幾分鐘前還在講話，但隨後就安靜了下來，似乎很享受這種輕鬆氣氛帶來的慵懶感。瑪爾蒂尼偶爾會轉頭看著她，她也微笑以對，「你的提議真棒，」她說道，「我們好久沒去湖邊了。」

「最後一次是去年夏天的事了，」他回道，「但我覺得冬天景色應該更美。」

「我想也是。」

他們這一整天都待在高山湖區。必須要健行兩個小時之久，才能到達那個地點。但這條步道與他平常的健行路徑不一樣，一點都不難走。克蕾亞平常很少健行，所以他才會特地挑選這條路線。森林裡可以看到小溪流與步道相互交錯，此一路徑經常有人走動，讓健行者容易循跡到達目的地。此區通常總是白雪皚皚，但今日罕見無雪，讓爬山的過程更加輕鬆愉快。一到達山頂之後，映入眼簾的景觀就是最好的犒賞，在巨型冰河附近、被奇岩峻嶺所包圍的小小村落，谷底有條清澈河流，在金黃色的陽光照耀之下，河面閃閃發亮，而四周是一叢叢的高山杜鵑，到了夏日時光，就成了一大片豔紅。湖邊有座小山屋，可以在裡面用餐，菜單只有三道而已，全都是當地菜餚。瑪爾蒂尼與妻子來到這裡，就是為了店內的蔬菜湯與黑麵包。時光過得飛快，等到他們回到車上的時候，幾乎已經快天黑了。

克蕾亞問道，「你在想什麼？」她的提問似乎完全沒有惡意。

「沒什麼。」這是他的肺腑之言。前一天還在讓他心煩不已的那些思緒，都已經消失無蹤，現在他又恢復了平靜。但他還沒有告訴她攔檢的事，也沒提後續的偵訊——如果可以使用偵訊這種字眼的話——也就是他被問話的那段經過。

「你該剪頭髮了。」

瑪爾蒂尼喜歡妻子關照他的種種細節，讓他覺得她還沒有對他放棄希望，「妳說得對，我明天去理髮店。」

他們今天過得開心，但也十分疲累，兩個人都想趕快回家好好洗個澡。不過，瑪爾蒂尼卻發現儀表板上的油表警示燈在發亮，「我得去加油。」

克蕾亞不希望因此耽擱了回程，她開口問道，「不能等到明天嗎？」

「恐怕是不行。」

他繼續往前開了十公里左右，發現了某間加油站。不過，當他開過去的時候，才發現裡面排滿了汽車與露營車，奇怪——這裡通常沒那麼熱門，他心想，一定是因為那個失蹤女孩，這些人是特地跑來看好戲的。

現場充滿了歡樂氣氛，一群又一群的遊客湧入，大人與小孩的吵鬧聲簡直讓人無法忍受。輪到瑪爾蒂尼了，他選擇的是自助加油，隨後，他走進餐廳裡準備付錢。收銀台出現排隊人龍，櫃檯的年輕美眉只能拚命加快動作。角落某個櫃子的高處，就在靠近天花板的地方，放置了一台電視機，雖然人潮喧譁蓋過了電視的聲音，但仍然可以從螢幕畫面看得出來，新聞台正在不斷播放安娜·盧·卡斯特納的消息。瑪爾蒂尼不以為然，悶哼一聲，把頭別到一旁。

終於輪到他付款了，他告訴收銀台的美眉，「我的加油機是八號車道。」

「我看您是本地人吧？」

「妳怎麼知道？」

「我剛才看到您露出不屑神情，」然後，她開始壓低聲音講話，「我老闆倒是很開心，他說人潮可以帶來錢潮。不過說出來你一定不信，我傍晚回家的時候，雙腳灼燙，而且頭痛得要命。」

瑪爾蒂尼微笑回道，「也許這股熱潮過沒多久就退了。」

「希望如此，但今天很特別：電視頻道似乎全部陷入瘋狂，大家播放的都是一樣的畫面。」

「什麼畫面？」

但收銀員忙著工作，一時分神，沒聽到他的提問，而且後頭的排隊人龍變得越來越長，「抱歉，您剛才說您是八號車道？」

「對，沒錯。」

她望向外頭，透過餐廳玻璃、可以清楚看到他的白色四輪傳動車。然後，她又望向瑪爾蒂尼，臉上充滿困惑。

「有什麼問題嗎？」

收銀員檯抬頭看了一下電視，瑪爾蒂尼也是。

螢幕上出現了某名業餘者拍攝的影音檔，全都是安娜．盧：揹著她的亮色肩包與溜冰鞋袋、一個人在走路；與某個朋友在一起——瑪爾蒂尼立刻認出了那是普莉希拉；與弟弟們一起從家中出來。而每一段影片當中，畫面都會停格、拉近到一定會出現在背景的某台四輪傳動車，距離安娜．盧不過只有幾公尺之遠。

瑪爾蒂尼這才驚覺電視台已經播出這畫面播了一整天，也難怪引來這麼多人湧入阿維卓。終於，出現了線索，與他的白色四輪傳動車十分相似的某台車。

不對，不是「相似」，根本就是他的車。

著名電視台記者史黛拉．阿納挖出了這條內幕。螢幕上還出現了明顯標題，「案情大突破：有人跟蹤她。」

瑪爾蒂尼把五十歐元大鈔直接丟在櫃檯——遠遠超過了他所必須支付的油錢——也不管收銀員瞠目結舌的表情，迅速離開現場。他還沒到門口，就已經看到窗外有人指著某個東西。

有另外一個人大喊，「喂，就是那台車！」

就在這個時候，有一小群人聚集在外頭，就站在那台四輪傳動車的後面，正在查看車牌號碼。所幸依然坐在車內的克蕾亞正忙著發簡訊，根本渾然無覺。瑪爾蒂尼加快腳步，那些人也轉頭看著他，他一走過去就立刻開門上車。

「發生什麼事了？」克蕾亞看得出他氣急敗壞。

「我等一下再告訴妳。」他不浪費一分一秒，立刻插入鑰匙、發動車子。他雙手顫抖得好厲害，車子根本發不動。而大家也在此時圍了過來——有男有女也有小孩，他們的目光充滿了驚訝與恐懼，就像是那個收銀員一樣。瑪爾蒂尼心想，要是他們其中有哪個人決定要出手，其他人也會跟進，太可怕了。終於，他發動車子，開了出去，立刻駛進大馬路，然後透過照後鏡瞄了一下，他們依然站在那裡，擺出虎視眈眈的態度，死盯著他。

克蕾亞驚覺狀況不對，再次問他，「為什麼不肯告訴我出了什麼事？」

他沒有勇氣轉頭看著她，「我們先回家吧。」

在回家的路上，妻子的問題如連珠炮一樣對他不斷轟炸，他躲也躲不掉。他想要解釋狀況，但就連他自己也不是很明瞭。

「他們攔下你？這句話什麼意思？」

「兩天前的事，路邊攔檢。」

「你為什麼不告訴我？」

「因為我覺得不重要。他們攔下一堆人，不只是我而已，而且我也認識那些人。」他只能撤謊。

他們終於到家了，瑪爾蒂尼本來以為會看到警察在等他，不過，他們屋外的街道上卻出奇空荒，放眼望去，根本看不到人，不過他還是匆忙趕妻子下車，「快，我們趕快進去。」

他們剛踏入家門，就看到女兒站在客廳正中央，盯著電視螢幕，「媽媽，發生什麼事了？」她一臉驚恐，「他們說那失蹤女孩……有人跟蹤她……電視上一直在播某台車的畫面，很像是我們家的車子……」

克蕾亞抱住莫妮卡，不知道該怎麼如何向女兒啟齒，然後，她又望向老公，希望他講點什麼話。但瑪爾蒂尼站在走廊，雙腳根本動不了，「我不知道，我也不明白這是怎麼回事，」他喃喃自語，「一定是搞錯了。」

電視螢幕出現了那台四輪傳動車。

「但那是我們的車！」克蕾亞不相信這句話，而且勃然大怒。

「我知道，真是莫名其妙，」莫妮卡開始哭了，瑪爾蒂尼繼續解釋，「我告訴妳們：我進了派出所，他們問了我一些問題之後，就放我走了，我確定沒問題。」

「你確定？」克蕾亞的語氣滿是指責。

瑪爾蒂尼似乎越來越惱怒，「對，他們問我女孩失蹤的時候我人在哪裡，差不多就是那類的問題。」

克蕾亞安靜了好幾秒鐘，彷彿在努力追憶當時情景，「你那天去爬山了，傍晚才回來。」現在她似乎已經冷靜了下來，而仔細一想之後，也開始明白為什麼丈夫沒有不在場證明，「對，他們搞錯了。」她態度果決，因為她也想不出其他的可能性，「你現在趕快打電話給警方，要求他們解釋清楚。」雖然她態度篤定，但也可以聽得出她欠缺信心。

最後，瑪爾蒂尼還是勉強拖著腳步、走進客廳，拿起了話筒，撥打那支號碼。才響了一兩聲，立刻就有人應答電話。

「我是羅列斯・瑪爾蒂尼，我想與前幾天看到的那名警官說話，他應該是叫波吉。」

在等待對方找人的空檔，他轉頭看著妻女，她們緊摟著彼此，充滿了疑惑與恐懼。看到她們陷入這種狀態，讓他好心痛，但讓他最受傷的還是看到她們互擁；自己卻被排拒在外的感覺，彷彿她們已經下定決心，要與他保持距離。

過了好幾分鐘之後，電話的另外一頭有人開口，「我是波吉。」

瑪爾蒂尼好不容易平撫激動情緒，開口問道，「可不可以告訴我這是怎麼回事？為什麼我的車子會出現在電視上面？」

「抱歉，」波吉的語氣平淡，「有人洩漏案情，不該出這種紕漏才是。」

「洩漏案情？我成了嫌犯？」

電話另一頭出現了短暫的沉默，「其他就無可奉告了。我們會再打電話給你，但我的建議是，你就趕快去找個律師吧，晚安。」

波吉就這麼突然掛了電話，瑪爾蒂尼站在原地不動，話筒依然貼在耳邊，雖然克蕾亞與莫妮卡正殷殷企盼他給個說法，但他卻不知如何是好。

就在這時候，客廳裡出現一陣閃光。

那不是幻覺。他們三個人四處張望，不明就裡。閃光再次出現，幾秒鐘之後，又來了，宛若暴風雨來襲一樣，不過，閃光之後卻沒有出現雷聲。

瑪爾蒂尼走到某扇窗戶前面，向外張望，他的妻子也跟了過去。

閃光來自街道。有好幾個宛若影子一樣幽黑的人形，在房子附近晃動，三不五時就按下閃光，他們像是火星人一樣，鬼鬼祟祟，心懷不軌。

全都是攝影記者。

一月六日
失蹤案發生之後的第十四天

電視台轉播車在當晚佔據了瑪爾蒂尼住家外頭的街道。率先到達的那幾家獨佔最佳位置，正好可以拍到那間靜悄悄的屋子，而這個畫面已經出現在電視新聞了，每天二十四小時，不斷播放。

除了工作人員、攝影記者與文字記者之外，還有一群又一群的圍觀者站在警方的安全封鎖線外頭。大約在早上九點鐘的時候，瑪爾蒂尼向外偷瞄了一會兒，萬一群眾想要執行鄉民正義，那樣的封鎖線絕對無法保護他或是他的家人。

整夜都是煎熬，沒有人闔眼。莫妮卡在天光破曉之前終於不支昏睡，而克蕾亞則瑟縮一旁，沉默不語的姿態令人好心疼。瑪爾蒂尼再也無法忍受了，他必須要有所作為才是。「波吉說他們會主動聯絡我，但我不想再等下去了，」他告訴妻子，「我什麼都沒做，而且他們也沒有任何對我不利的證據，不然老早就逮捕我了，妳說是不是？」

克蕾亞想到這一點，似乎又恢復了些許信心，「對，你應該要主動去找他們，把你的狀況解釋清楚。」

瑪爾蒂尼刮了鬍子，換上最稱頭的西裝，甚至還打了領帶，下定決心要走到外頭，展現出認識他的人所對他的一貫印象：大家敬重的老師。他一步出家門，一堆閃光燈就對他照個不停，四面八方都有，宛若轟炸一樣。他伸出一隻手擋臉，但只是為了不要被他們閃瞎而已。然後，他走向那台四輪傳動車，但又有了別的念頭。在那些影帶公布之後，要是還讓大家看到自己與那台車在一起的畫面，實非明智之舉。而且，有那麼多人擠在那裡，也很難把車開走。所以，他決定還是走路去警局。

某名警官看到了他，立刻大聲呼喊，「瑪爾蒂尼先生，你還是趕快回到屋內比較好。」他不是在下令，純粹就是對他提出忠告，不要與群眾正面衝突，因為可能會有危險。

瑪爾蒂尼沒理他，繼續往前走，穿越了封鎖線。攝影記者與拿著麥克風的文字記者立刻一擁而上。

「為什麼安娜．盧去的那些地方都會看到你的車？」

「你跟她很熟嗎？是不是在跟蹤她？」

「警方找過你問案了嗎？」

「你覺得她是不是已經遇害了？」

瑪爾蒂尼不發一語，拚命想要繼續往前走，但卻被這些人拖慢了速度。值此同時，圍觀的民眾也開始怒吼，瑪爾蒂尼聽不見他們到底對他在叫囂什麼，但在他周邊的那些人當中，他看到了好幾張憤怒的面孔。他們並沒有節節逼近，但意圖甚為明顯。有人開始對瑪爾蒂尼丟東西，而他甚至根本看不清楚那到底是什麼，他只聽到東西掉落在距離他不遠的柏油路面上頭、發出了碰響。其他人也立刻跟進，越來越多的物品飛過來：啤酒罐、錢幣，什麼都有。記者們怕自己被波及，趕緊退了好幾步，他的周邊也出現一小塊淨空區，讓他成了脆弱的攻擊目標。

瑪爾蒂尼舉起雙臂護衛自己，但這一招完全派不上用場。待在現場的警察絕對不會採取任何行動、壓抑公眾的怒火。此時，傳出一陣輪胎急煞聲，瑪爾蒂尼彎身躲避宛若雨下的攻擊物，但還是稍微抬頭了一下，看到有台深色玻璃賓士車停了下來，就在他前方幾公尺的地方。後座車門大敞，有個身著優雅細紋西裝的男子伸手，大聲呼喚，「快進來！」

雖然瑪爾蒂尼不知道那男子是誰，但也不得不接受對方的好意。他進去之後，車子立刻開走，讓他免除了私刑之苦。

那個西裝革履的男子先遞給他一包面紙，「趕快把自己擦一擦。」然後，他又開口吩咐司機，「把我們載到可以安靜講話的地方。」

瑪爾蒂尼發現自己的衣服上有個黃色的污漬，從那股氣味判斷，一定是芥末。「他們不管手邊有什麼東西，反正朝我丟過來就是了。」

「你不該與群眾起正面衝突，要是你做出那種事，等於是在挑釁他們，懂嗎？」

瑪爾蒂尼反問，語氣充滿憤怒，「那我又該怎麼辦？」

「比方說，你可以放心信任我啊，」那男子哈哈大笑，然後向他握手致意，自我介紹，「我是律師喬吉歐・李維。」

瑪爾蒂尼一臉狐疑，「你不是本地人。」

那男子再次哈哈大笑，笑聲低沉而真摯，「對，我不是。」他的臉色轉趨嚴肅，「你知道嗎？這種猜疑氣氛在小鎮裡蔓延的速度，就和傳染病一樣，過沒多久之後，就會一發不可收拾。大家尋求的不是司法正義，他們只想要找出一個罪犯而已。他們需要找到一個名字、為自己的恐懼定調，才能覺得心安。總是得找出方法，才能維持一切平安無恙的幻象。」

瑪爾蒂尼回道，「那我也許應該要控告媒體與警方才是。」

「我不建議。」

「所以我該怎麼辦？」

他大刺刺回道，「也不能怎麼辦。」

他不可置信，怒氣都上來了，「換言之，我應該讓他們摧毀了我的一生，但我卻不能做出任何反擊？」

「那將是一場你註定落敗的戰爭，所以反抗沒有意義。你要是能早點明白這個道理會比較好。不需要與他們打對台，我們應該要全力經營你的形象，個性正直，是個好老公，好爸爸。」

「但電視上卻說我早在那女孩失蹤前的一個月就開始跟蹤她，真是莫名其妙！」

「不是你，而是你的車。從現在開始，你一定要小心自己的措辭，現在看到的畫面也只是你的四輪傳動車而已。」

「記者們還說那段影音檔的拍攝者是我的學生。」

「對，他叫作馬提亞。」

瑪爾蒂尼似乎嚇了一跳。

「我們就先假設那些影帶內容純粹只是莫名其妙的巧合罷了，」李維繼續說道，「你與安娜・盧住在同一個地方，所以這假設的確有可能。不過，我還有別的事得先警告你一下。」

賓士車停了下來。瑪爾蒂尼向外張望，認出了這是墓園後面的空地，阿維卓的年輕人有時候會來這裡玩車震或是吸大麻。

「正在追查你的那位警察，名叫沃格爾，」他講出這名字的時候，語氣有些焦慮，「我不敢說他是什麼特別優秀的探員。他對於犯罪學所知不多，對於法醫學或是DNA之類的東西也不是特別有興趣，他是那種會為求遂行目的而操弄媒體的人。」

「我不懂。」

「沃格爾知道那些影音檔不代表任何證據。而且，拍攝者是迷戀安娜・盧的小癡漢，曾經有過暴力犯罪前科，而且他正在服用精神科藥物，接受治療，主治醫生是當地的精神科醫師，名叫佛洛。所以呢，這個馬提亞提供的證據並不可靠，沃格爾沒辦法利用他當證人，這也正是你為什麼還能維持自由之身的原因。」

「他們不怕我會逃跑嗎？」

李維再次哈哈大笑，「你能跑去哪裡？瑪爾蒂尼先生，你已經上了全國性電視台，現在，整個國家的人都認得你的臉。」

瑪爾蒂尼湊前仔細端詳那男人，對方比他老，但看起來卻比實際歲數年輕。應該是因為他的頭髮吧，依然豐盈，而且還是原生髮色，女人應該會覺得他魅力四射。他的身上散發出一股怡人的古龍水氣味，但重點是他那冷靜又自信的態度，也逐漸讓瑪爾蒂尼產生了信賴感。「所以你來這裡是為了要幹什麼？」

律師微笑回道，「我當然是來為你辯護的！」

「但我得花多少錢請你？」

「一毛都不用，」李維攤開雙臂，「這個案子給我的曝光度，就等於是我的報酬，但還有其他費用，」他開始一一細數，「目前，我們需要找個私家偵探，與警方展開同步偵查。還有，這個案子上法庭的時候，我們得找各方面的專家，還有法務研究人員。」

瑪爾蒂尼對於這樣得花多少錢根本毫無概念，「我必須和我太太討論一下。」

「當然。」那律師把手伸入擱在腳邊的真皮包包，拿出一個白色的盒子：全新的手機，依然包裝完整。「從現在開始，你就用這支手機跟我聯絡，因為你的電話八成已經被監聽了。還有，除非確定行動安全無虞，否則絕對不要隨便出門。」

沃格爾在飯店房間的鏡子前面、調整自己的喀什米爾大衣。這是他在來到阿維卓之前特地購買的衣物，現在，他想要先享受一下那種時刻——以及那種場合——等一下，這件衣服就會派上用場。

底下有一群記者正在等他，就讓他們等吧，他樂得很，畢竟在過去這幾個月當中，他被他們害得痛苦不堪。

他想起了「斷手魔」一案。

他早已為此付出了代價，但他現在又爬了起來，那些混蛋再次趴在他的腳邊，期盼他能夠丟點麵包屑、暫時滿足一下他們貪婪無厭的胃口。

他必須老實承認，「斷手魔」的案子的確是一大錯誤，但他絕對不會再犯下那樣的錯。現在時間也拉得夠久了，足以讓他能夠重振名聲、再次成為媒體偶像。

現在，距離他重新取回自己曾經擁有的權力，也只有一步之遙而已，所以他必須要小心翼翼。

史黛拉將馬提亞的影帶素材發揮得淋漓盡致。將鏡頭拉近到老師四輪傳動車的那一段畫面，的確是精采傑作。而波吉警官也是表現可圈可點的隊友，沃格爾當初萬萬沒想到他的確有兩把刷子。這年輕人有前途，接下來的案子，他一定會把波吉繼續帶在身邊。不過，問題在於梅耶檢察官，自以為是的臭女人。最可怕的莫過於充滿理想性格的檢察官，但他還是會想辦法馴服她的，他只需要誘導出她的自我意識，確定她能夠體驗到聚光燈之下的那股溫暖感受。雖然有時候會溫度過高、慘遭燙傷，但沒有人能夠抗拒那種誘惑。

在「斷手魔」的那個案子當中，他自己就受到了灼傷，但最難熬的時候已經結束了。

有人敲門，是波吉，「長官，你得趕快下來，我們已經擋不住他們了。」

過沒多久之後，沃格爾進入飯店的用餐區、站在焦急等待新聞的吵鬧群眾前方，所有的椅子都坐滿了，還有些人得站著，而後頭則是一大排攝影記者。

「很抱歉，我能透露的訊息不多，」他挨著一大叢麥克風，講出了開場白，「我想幾分鐘之內就可以講完了。」某些記者立刻開口抗議，但沃格爾面對聯訪早已駕輕就熟，不會被這些人牽著鼻子走，他只會講出自己想講的話。

某名報社記者問道，「你們為什麼還不逮捕瑪爾蒂尼？」

「因為我們想要遵守法律保障他的各種權益，就目前來說，他只是嫌犯而已。」

一名身著精緻訂製套裝的女記者發問，「除了那台白色的四輪傳動車影片之外，還有沒有發現與安娜．盧．卡斯特納有關的線索？」

「事屬機密。」這是沃格爾最喜歡的措辭之一：沒有給予肯定答覆，但也不算否認，他希望媒體誤以為警方手中還有王牌。

「我們知道瑪爾蒂尼先生與家人剛搬到這裡沒多久，」這次開口的是史黛拉．阿納，「他的妻子放棄了原有的律師工作，跟先生一起過來阿維卓，你覺得他們是不是在躲避什麼事情？」

沃格爾聽到這個問題，十分欣喜：不論是什麼樣的新聞，只要到了史黛拉的手中，她總是能挖出令人意想不到的面向，「我們目前正在調查瑪爾蒂尼先生的過往紀錄，不過，我只能告訴妳，就目前的紀錄看來似乎十分清白。」這番為瑪爾蒂尼的辯護之詞，其實是出於他的精心考量：對於心中早已有了成見的社會大眾來說，這等於是牴觸了他們的判斷，一定會讓他們更加惱怒。「其實，都是因為各位洩漏案情而害他名譽掃地，」他大言不慚，「其他的部分，我就不便透露了。」

有人出聲抱怨，「那幹嘛叫我們過來？」

「目的是為了要譴責各位。我們無法阻止你們發新聞，但各位必須知道，任何一條未經警方同意公布的線索，都可能會妨礙偵辦作業，而且，可能會引發更嚴重的後果，安娜．盧．卡斯特納的安危也會受到威脅。她不在我們的身邊，並不表示我們可以對她置之不理。」他刻意直視攝影機、講出了最後那兩句話。然後，他起身離開了麥克風，走向出口，記者們依然拚命發問，但沃格爾已經懶得理會他們了。他注意到自己的手機正在震動，他拿起來一看，螢幕上出現了某則簡訊。

我有事找你，打這支電話給我。

想必是某個要挖八卦的記者。他決定不予理會，怒氣沖沖，立刻刪除訊息。

「其實我們看到他們的機會不多，太太跟女兒似乎人不錯，但這個人我從來就沒喜歡過他，」歐德維斯的面孔，出現在瑪爾蒂尼家裡廚房的隨身型電視機螢幕，那張臉大得幾乎出框，「老實說，我總覺得他的態度有點……怪怪的。比方說，可憐的安娜．盧失蹤的那天早上，他從家門口出來，我們剛好遇到。我對他打招呼，但他卻不太理會我。他把背包放在那台老舊四輪傳動車的後車廂，然後，對，十分匆忙，我的意思就是呢，似乎是想要隱藏什麼秘密似的。」

瑪爾蒂尼聽到鄰居講出這種天大的謊言，真想伸手捶牆。但他想到了自己纏滿繃帶的那隻手，還是趕緊打消了這個念頭。

坐在餐桌前的克蕾亞拿起遙控器、關掉了電視，「那道嚴重的傷口到現在還沒好，我早就告訴你要去看醫生嘛。」她的語氣有股淡淡的無奈。

瑪爾蒂尼依然怒火中燒，「那傢伙真是混蛋。」

「何必這樣？不然你覺得他應該要怎麼回應？」

瑪爾蒂尼努力想要平復情緒，坐到了妻子身邊。現在是十一點多了，屋內沉靜，被主燈照亮的餐桌，宛若被幽暗包圍的光之綠洲。桌面上堆滿了帳單與收據，還有最近一期的扣繳憑單。克蕾亞已經拿計算機算了至少十遍以上，但結果還是一模一樣。

「我們的錢不夠，沒辦法支付李維提案的費用。」瑪爾蒂尼語帶淒涼。

「那我們就拖欠房租吧。」

「好啊，沒問題，那等到我們被趕出去的時候，又該住在哪裡？」

「萬一真遇到這種事的時候再想辦法吧。而且，你可以開口向我娘家借錢。」

瑪爾蒂尼搖搖頭，彷彿是在凸顯他們自身處境何其荒誕，而且這一切也來得太快了，「我們只能在沒有李維的狀況下、靠自己搞定了，現在也別無選擇。」

「家裡也沒食物了。」

「怎麼會這樣？」

「我今天去了超市，有些人認出了我。我嚇得半死，趕緊離開，什麼東西都沒買。」克蕾亞看到丈夫臉上又出現怒火，趕緊握住他的手，她壓低聲音，語氣痛苦不堪，「莫妮卡在網路上被別人霸凌，大家逼她關閉了臉書帳號。」

「全都只是想要尋求他人注目的小混混罷了，我覺得不需過慮。」

「對，我知道……但過沒幾天之後，她就得繼續上學了。」

她說得沒錯。瞬間出了這麼多事，害他居然完全沒想到這一點。

「你不能任由他們這樣恣意欺凌，而你卻不做任何反應，只要是針對你的控訴，也都會影響到我們。」

瑪爾蒂尼長嘆一口氣，「好吧，那我就告訴李維，請他幫忙處理了。」

有人在按電鈴。瑪爾蒂尼與妻子互看一眼，兩人都沒講話，不知道有誰會挑這種時候造訪。然後，他從餐桌前起身，過去開門。

「晚安，瑪爾蒂尼先生。」站在門口的是波吉，而他後面至少有五台警燈閃個不停的警車，還有警用廂型車以及拖吊車各一台。這是擺給媒體欣賞的一場盛大表演，攝影師與平面攝影記者正在猛拍現場畫面，波吉拿出了文件，「這是搜索票與拘票。」

克蕾亞走到丈夫背後，但一看到屋外的那些警察，立刻停下腳步。

「我們也得採指紋與其他的檢測樣本，」波吉繼續說道，「你是否願意在這裡進行採樣？還是要去其他更合適的場所？」

瑪爾蒂尼六神無主，「不用了，沒關係，在這裡做就好。」

波吉面向那些在一旁等候的警察，示意他們進入屋內。

瑪爾蒂尼坐在自家客廳的正中央，三名身著白袍、戴著橡膠手套的法醫鑑識科技師圍在他身邊、忙得團團轉。其中一個拿棉花棒採集唾液樣本，另一個則以擦拭法在他的右手指甲裡面取樣、找尋屬於安娜．盧的生物跡證，第三個則忙著處理左手，他拿掉了繃帶，從尚未痊癒的傷口取得組織樣本，最後，他以某種特殊型號的單眼相機對傷口拍照，藉此取得解析度極高的影像。

瑪爾蒂尼沒有任何反應，只是任由他們處置，他似乎是被嚇傻了。

周邊還有許多警察忙著搜索他的物品，一生的種種回憶。他們不斷來來去去，某些警察離開的時候，手中拿著透明塑膠袋，裡面裝的物件什麼都有：菜刀、鞋子，就連園藝用具也不放過。而拖吊車也準備拖走住家車道停放的那台四輪傳動車，全部的鄰居都被吵醒了，大家都是冬衣外套加睡衣的打扮，駐足觀看，討論起現場狀況的時候，更是一臉嫌惡。

克蕾亞站在客廳角落，看著她的丈夫，而莫妮卡則是雙臂環胸，在這種時候，她也只能硬是把女兒從床上挖起來，兩人看起來都嚇得半死，瑪爾蒂尼湧起一股愧對妻女的感覺，這到底是第幾次？他已經記不清了。

一月九日
失蹤案發生之後的第十七天

他們挑選了刑事鑑定的第一好手、處理瑪爾蒂尼的座車。

他是個頭矮小的中年男子，模樣很有意思。這傢伙之所以看起來這麼獨特，原因有二，雖然幾乎快禿頭了，但還是把剩髮紮成了馬尾，還有，實驗室白袍之下、露出的所有肌膚部位都佈滿了刺青，他名叫克洛普。

「只要能做的測試，我們都做了，」他向沃格爾與梅耶解釋拖遲緣由，「所以才得花這麼久的時間。」

警方徵用了阿維卓的某間車庫，就是要讓這組團隊能夠在最理想的狀況下執行任務。裡面鋪滿了塑膠帆布，地板有大片防水布，那台車也已經放置在起降機上面。技師們依然忙個不停，將那台四輪傳動車的零件逐一拆卸下來。所有的零件都被分門歸類，以精密儀器仔細檢測。

「好，那發現什麼了嗎？」沃格爾語氣不耐，「到底有還是沒有？」

但克洛普從容不迫，以極為冷靜的態度解釋一切，「首先，我可以告訴你，車子最近剛清理過了，但只有裡面而已。」

顯然，沃格爾覺得這段話十分中聽。

「有殘留的清潔劑與溶劑，」克洛普繼續說道，「我覺得某人想要刻意去除某種東西的遺痕。」

沃格爾面向梅耶，「當然的。我的意思是，為什麼只清理車子裡面？除非是想要掩蓋什麼吧？」

「有沒有血跡或其他體液的反應？」顯然梅耶對於目前的結果不是很滿意。

克洛普搖頭，馬尾也在肩胛骨之間不斷擺盪。

梅耶問道，「所以你的意思是，沒有任何證據顯示安娜．盧曾經上了這台車，對嗎？」

沃格爾反問，「妳覺得我們能找到血跡嗎？」

「DNA，我希望找到的是那女孩的DNA。」

沃格爾真想問她怎麼會這麼死腦筋？這是她的真心話？抑或只是為了要激怒他？

「難道你不覺得我們一無所獲是件好事嗎？」

「怎麼可能？你得向我解釋清楚。」

「未必是具體事實才能成為線索。比方說，什麼都沒有的空間，也是條線索，因為這表示那個空間裡曾存在了某個東西，但現在已經消失不見了。我們必須要追問瑪爾蒂尼先生，為什麼只清理車內空間。」

「你說的這些話不是事實，只是意見——更精確一點的說法，只是你的個人意見。一個正常人不打算清洗汽車外體的理由有千百種，尤其他住在山區，經常跑郊外，泥巴加上下雪下雨，車子不到幾天就髒了。清理車子內部反而比較合理，因為裡面得載人。」

梅耶無所不用其極、反正就是要讓沃格爾發火就是了，不過，他必須承認，他十分欣賞她的固執。而他萬萬無法理解的是她為什麼總是想要摧毀證據，這種行為對她自己沒有好處。目前他們只找到了這個老師而已，而這起調查案已經花了納稅人數百萬元，而社會大眾在不久之後就會要求梅耶必須為這樣的龐大支出給個交代，「我們啟動了這樣的運作機制，就必須要看到成果，無論是什麼都好，」沃格爾努力維持平和語氣，「我們的任務不是要去評斷證據與線索，而是要把這些東西交給法官與陪審團。」

「你說得對，」梅耶態度堅決，「我們的任務不是去判斷證據，而是要尋找證據。我重申一次：我們需要DNA。」

克洛普聆聽他們的對話，一直表現出某種事不關己的態度，但他現在決定要出手了，「其實，我們的確找到了某些DNA。」

他們立刻轉頭看著他，不知道他為什麼不早點講出來。

「車內有種東西，非常詭異，」他繼續說道，「貓的DNA，或者，更精確的說法是，貓毛。」

沃格爾不可置信，「貓毛？」

「虎斑貓，棕紅相間的花色，座位與地毯上沾了一堆貓毛。」

梅耶說道，「瑪爾蒂尼家裡沒有養貓。」

沃格爾想告訴她，安娜．盧好愛貓咪，但他卻來不及開口，因為波吉在這個時候進入車庫，他正在講手機，面露憂色，而且到處在找沃格爾。

「失陪一下。」沃格爾講完之後，立刻走到那位年輕警官的面前。

波吉正好講完手機，他低聲說道，「我們有麻煩了。」

安娜．盧的母親，光著腳丫子，身著睡衣，正忙著收拾屋外那一排貓咪玩偶周邊的字條，清除花屍。當找到嫌犯的新聞播出之後，幾天前的朝聖人潮也戛然而止。變態的好奇心取代了憐憫，再也沒有人真心在乎失蹤女孩的命運。就連媒體也一樣，跟著群眾一起消失不見了。沃格爾與波吉到達現場的時候，只剩下幾名攝影記者依然在無情獵取現場畫面。

沃格爾立刻命令波吉，「把東西清乾淨。」隨即走向安娜．盧母親的面前，「卡斯特納太太，我是沃格爾探員，記得我嗎？」

她轉身看著他，一臉茫然。綿綿細雨已經讓她全身濕透，看得出她睡衣裡面什麼都沒穿。

沃格爾脫下自己的外套，披在她肩頭，「這裡太冷了，我們何不進屋去呢？」

「我必須把這裡打掃乾淨。」聽她回答的那種語氣，彷彿把這當成了全世界最重要的事。

沃格爾特地讓她看了一下安娜．盧的手做串鍊，聖誕節那天，他第一次到卡斯特納家拜訪，她親自把那條手鍊戴入沃格爾的手腕裡面。「妳記得當初請我許下的那個承諾嗎？好，我有最新消息要告訴妳……但我們還是進去裡面說話比較方便吧？」

瑪莉亞．卡斯特納想了一會兒，「那男人，那個老師……你真覺得是他嗎？我的意思是，他看起來不像是那種人，我覺得他是無辜的……因為要是他真的擄走了安娜．盧，你一定也早就發現了我小女兒的下落吧，是不是？」

沃格爾努力思索該如何回答是好，顯然這女人不肯面對現實。他回道，「我們一直在監控他。」

「但都過了這麼多天，安娜．盧可能會餓肚子，要是這男人一直被監控的話，又有誰給她送東西吃？」

沃格爾當警察當這麼久，也活到了這把年紀，還真是第一次讓他無言以對。他運氣不錯，就在這個時候，布魯諾．卡斯特納正好回來，沃格爾也把剛才屋外的狀況告訴了他，「抱歉，我剛才在工作，」他抓住妻子的手臂、把她拉向大門口，「一定都是因為心理醫生給她開的那些安眠藥。」

「卡斯特納先生，我希望您太太要盡量保持神智清醒比較好，也許應該要檢查一下用藥的劑量。」這女人處於恍惚狀態，他擔心媒體可能會利用這一點、從她口中問出毫無事實根據的說詞。

布魯諾．卡斯特納已經轉身過去，他開口請沃格爾可以放心，「我一定會告訴佛洛醫生。」

沃格爾凝望這男人溫柔攙扶妻子進入家門，然後，又盯著自己手腕上的小手錶。

史黛拉．阿納坐在某間樸素但雅緻的住家客廳裡面，沙發鋪有一大片布罩，可能是為了要掩蓋早已壞掉的原裝扶手，不然就是愛惜沙發，不希望出現任何磨損。史黛拉一如往常，衣裝無懈可擊，灰色套裝，脖子圍了條紅色絲巾，手裡拿著麥克風。

攝影機往後拉，鏡頭出現了坐在她身旁的那個人。

普莉希拉的打扮和平常不一樣，今天刻意走樸實風格。無破洞的牛仔褲熨燙得十分平整，搭配的是潔白上衣。三個耳釘也不見了，黑色眼線讓她看起來神情肅穆。她今日素顏，看起來充滿青春少女的氣息，手裡還緊掐著手帕。

「好，普莉希拉，可不可以告訴我們到底發生了什麼事？」史黛拉發問的語氣好溫柔。

那女孩點點頭，好不容易才鼓起勇氣，「我當時站在卡斯特納家外面，與眾人一起祈禱。我事先準備了給安娜．盧的絨毛小貓，還有好幾個朋友和我在一起，大家都對於她的遭遇感到十分傷心。突然之間，我發現自己收到了簡訊……是瑪爾蒂尼傳給我的……」女孩突然中斷，說不下去了。

史黛拉知道自己得出手幫忙，「妳為什麼這麼驚訝？」

「我……我十分敬重瑪爾蒂尼老師，我覺得他這個人不錯……但發生了這種事之後……」

史黛拉刻意不接話，讓觀眾能夠好好咀嚼這女孩所說出的字句，她是製造懸疑的高手。「那簡訊寫了什麼？」

在現場直播之前，他們已經指點過她該怎麼做了，普莉希拉從牛仔褲口袋拿出手機，手與聲音一樣顫抖，「明天下午想不想來我家一趟？」

又是一陣停頓，完全是史黛拉刻意主導的效果，因為他看到女孩左眼出現了一滴淚，但她沒有要哭的意思，還沒有而已。所以，給她一點時間，讓她撫平激動情緒，史黛拉動作輕柔，從普莉希拉手中取出手機，拿到攝影機面前、展示給觀眾看，「大家經常指控我們只揭露部分事實，篡改內容，目的就是要操弄社會大眾。但這絕對沒有新聞干預，請各位看清楚了：這的確是真實事件。」她給予觀眾充分的時間閱讀那封訊息，然後，又面向她的來賓，「普莉希拉，那妳當時有什麼想法？」

「一開始的時候，什麼都沒多想，只是很怪而已。不過，後來電視上說瑪爾蒂尼老師是嫌犯，我就想到了安娜．盧，我可能也會遇到同樣的事……」

史黛拉神情嚴肅，點點頭，握住普莉希拉的手。果然不出她所料，這個動作觸發了普莉希拉的反應：她哭了。史黛拉不再提問，而是讓攝影機巧妙停留在那女孩的臉龐，久久不去。

「那只是某個想上電視的小女孩的幻想罷了。」瑪爾蒂尼的語氣流露出絕望。但他太太卻憤怒異常，「現在，這個小女孩也讓你丟掉了工作！你覺得我們該怎麼辦？」

聖誕節假期結束的兩天之後，新學期正準備要開始，校長卻在此時打電話給瑪爾蒂尼，告訴他目前必須接受停職——而且沒有薪水。

「要怎麼籌錢支付訴訟費用？我們早已被債務壓得喘不過氣來，你居然還在戲弄學生？對方還是個小孩欸？」

「我太清楚普莉希拉了。那種低聲下氣的模樣、還有那種衣裝打扮——都是在演戲！」

沃格爾聽到這一段對話，心滿意足，他舒舒服服坐在學校體育館更衣室的臨時辦公室裡面，頭戴耳機，腳擱在桌面，雙手交疊大腿上方，整個人在椅子裡晃啊晃的。截至目前為止，竊聽瑪爾蒂尼的住家還沒有任何斬獲，但最後應該還是會出現爆點。

對於這對夫婦的爭吵內容，沃格爾頗為得意，當初是他說服學校校長要在史黛拉．阿納舉行訪問之前、率先對瑪爾蒂尼開鍘，等到訪問普莉希拉的那一段新聞播出之後，一定會引發家長與學生的公憤——而部分的怒火顯然也會轉嫁到校長身上，這傢伙是那種沒肩膀的行政官僚，說服他自然是易如反掌。

克蕾亞問道，「當初為什麼要傳給她那種簡訊？」

「她之前請我幫她上表演課。妳想想看好嗎——要是我真的想要佔她便宜，我會笨到請她來家裡嗎？妳說是不是？」

克蕾亞沒接腔，她似乎搖擺不定了好一會兒，然後，她恢復鎮定，聲音裡充滿了椎心之痛，「我認識你也半輩子了，所以我知道你是好人……但我不確定你是不是百分百清白。」她的話宛若炸彈一樣，短暫停頓之後，她繼續說道，「就算是好人，有時候也會犯錯……依你的聰明才智，你一定能夠了解這一點與純粹的好人之間還是有其差異。現在我無論到什麼地方，都會有人對我投以敵視的眼光，我一直提心吊膽，很怕有人會傷害你或是我們一家人。莫妮卡沒辦法出門，寥寥可數的那幾個朋友也沒了，她再也受不了這種打擊。」

沃格爾知道接下來會出現什麼發展，他佈局多時，等的就是這個。

「無論你犯了什麼錯，大錯或小錯都一樣，」克蕾亞繼續說道，「我會支持你一輩子。我許下的誓言，一定做到。但你的女兒不需要做出任何承諾，所以我打算帶她離開這個地方。」

沃格爾喜不自勝，但還是按捺住興奮之情。

「妳的意思是要離開我。」瑪爾蒂尼的回應不是質問，而是苦痛的結論。

克蕾亞沒接腔，一片沉默，只聽得到開門與關門聲響。沃格爾把腳放下來，傾身向前，雙手緊緊貼住耳機，凝神聆聽現場是否有其他動靜。

瑪爾蒂尼依然待在裡面，沃格爾聽得見他的呼吸聲，某名被追捕者的吐納節奏，他是個還沒有鋃鐺入獄、卻已經被自囚而無法逃脫的人。

沃格爾已經在他的周邊營造出一種空虛感。現在就連他自己的妻女也放棄他，現在的他徹底崩壞，已經是窮途末路。

不過，接下來卻出現了沃格爾萬萬沒料到的狀況，詭異，完全不合常理。

瑪爾蒂尼開始唱歌。

歌聲輕柔，幾乎聽不見，那種輕快的態度與剛才所發生的事根本是扞格不入。沃格爾仔細聆聽那首超現實的歌曲，困惑不解，是首搖籃曲，他只聽出了幾個字而已。

那是一首有關小女孩與小貓咪的歌。

一月十日
失蹤案發生之後的第十八天

李維撥打自己幾天前交給瑪爾蒂尼的那支「安全」電話，要求見面一談。然後，他派出自己的司機，到他家門口接人，記者們立刻跟追在那台賓士後面，但當瑪爾蒂尼下車進入某間私人宅邸之後，大家也只好宣告放棄。

這是律師為了要緊盯案情而特地租下的房子。

瑪爾蒂尼一走進去，萬萬沒想到迎面而來的會是這種場景。客廳已經變成了辦公室，好幾名李維的同事已經在認真工作，某些人在研讀法律書籍與檔案，其他人則忙著講電話，討論辯護策略。他們甚至還弄了公布欄、貼出目前的工作成果。大家都忙得焦頭爛額，根本沒有人注意到他。

李維在廚房裡等他。

「有沒有看到我已經搞定了一切？」他得意洋洋，「這都是為了你啊。」

瑪爾蒂尼只想到這種手筆一定會讓他傾家蕩產，而且他已經丟了工作，「老實說，我已經不抱希望了。」

「不需要這樣，」李維指了指某張椅子、示意瑪爾蒂尼坐下，而他自己則繼續站著，「我聽說你太太與女兒昨天離開了。」

「她們待在我丈人家裡。」

「老實說，相信我，這樣好多了。現在緊張氣氛不斷升高，我想接下來的這幾個禮拜一定會越來越恐怖。」

瑪爾蒂尼忍不住苦笑了一下，「你居然還敢叫我不要放棄希望？」

「當然不能放棄，我早就料到會這樣了。」

「都是那個沃格爾，對不對？他就是幕後主使者。」

「沒錯，就是他，但這也可以讓我們預測到他接下來會搞什麼步數。他純粹就是照慣常的劇本演出，這傢伙根本沒有創新的能力。」

「不過大家依然相信他的說詞。」

李維走到冰箱前面，拿出一小瓶礦泉水，旋開瓶蓋之後，交給了瑪爾蒂尼。「想要自救，只有一個辦法，就是要保持頭腦清醒，隨時維持警覺。所以，請你冷靜下來，一切就交給我了。」

「那個警察毀了我的一生。」

「但你是清白的，不是嗎？」

瑪爾蒂尼低頭望著水瓶，「有時候連我自己都覺得很懷疑了。」

瑪爾蒂尼絕非說笑，但李維卻哈哈大笑，他把手放在瑪爾蒂尼的肩上，「就算是沃格爾也有缺點，而那就是我們要迎頭痛擊之處……一定會讓他受傷——而且傷得慘不忍睹。」

瑪爾蒂尼抬頭望著李維，眼眸裡似乎流露出一抹希望。

律師問道，「你有沒有聽過德格的案子？」

「沒有。」

「曾經造成媒體喧騰一時的大案，差不多就在一年前左右。不過，要是講出報紙為德格所取的綽號，你可能就有印象了：『斷手魔』。」

「哦，對，我聽過這號人物……但我平常對於社會新聞沒有太大興趣。」

「好，警方花了許久的時間、一直在追緝這名男子，他會將小型爆裂裝置放在超市陳列架的商品裡面：盒裝早餐穀片、管狀美乃滋、罐頭食物等等。許多人在裝置爆炸時受傷，有的人沒了手指，還有某名受害者整隻手都沒了。」

「天哪，他有沒有殺過人？」

「沒有，但這也是遲早的事：『斷手魔』一定會逐漸厭倦，然後想要來點特殊體驗，大家都已經有了心理準備。不知道你還記不記得？當時出現了大恐慌。在還沒有鬧出人命之前，沃格爾抓到了一個不像是惡人的書店店員，他喜歡製作模型與鑽研電子學：這位仁兄正是德格先生。說來還真巧，德格在小時候斷了右手食指，當時大家都說那只是一起普通的居家意外，其實是他母親為了處罰他，拿了去骨剪、截斷他的手指頭。她精神狀況有問題，經常虐待兒子。」

瑪爾蒂尼驚呼，「啊，天哪……」

李維指了他一下，「你看，你的想法就和其他人一模一樣，罪犯鐵定就是德格。」

「沒錯，」瑪爾蒂尼也招認，「既然他在童年曾經發生過那樣的遭遇，那麼長大成人之後當然很可能會犯下暴行。」

「禽獸就是這樣被創造出來的。在德格的這個案子當中，也沒有證據——只有可疑的蛛絲馬跡而已。沃格爾在媒體前作秀，還說服檢察官起訴德格。不過，到了最後，這名書店店員卻無罪開釋。」

「怎麼會這樣？」

「『斷手魔』所使用的是初階爆裂物，任何一個業餘玩家都可以靠當地小五金行裡面的材料組製完成。不過，問題來了：只要是動手處理過之後，一定會留下殘留化學物質，但德格身上卻完全找不到……」

「光是這一點就讓他能夠無罪開釋？」

「不，當然不行。在某次警方的搜索行動中，找到了起訴他的最重要線索。德格的公寓裡有個餅乾盒，『斷手魔』也曾利用一模一樣的東西藏放他的爆裂裝置。最重要的是，從它的序號可以看出來，這正好是在那瘋子曾經犯案的某間超市裡所購得的商品——但德格一直否認自己曾經造訪過那家店。」

「所以到底是——」

「這一點就有意思了。想要栽贓他的那個人，居然沒有先檢查那盒餅乾的製造日期。那是在德格關押等候聽審時所生產的餅乾，也就是說，那不可能是他買的。結果，他無罪獲釋，起訴案立即撤銷。」

瑪爾蒂尼想了一會兒，「那沃格爾呢？」

「沃格爾把過錯推給自己的下屬，某名被開除的年輕警官，終於保住了顏面。他老是用這一招：如有必要，就會找個代罪羔羊當他的犧牲品……不過，在德格案之後，媒體開始懷疑沃格爾所提供的情報，慢慢把他打入冷宮。」

「現在出現了逆轉的機會，」瑪爾蒂尼接口，「我成了讓他重新奪回聚光燈焦點的大好機會。」

「不過，那一刻要是真的出現的話，我們就會讓大家看到他的真面目：大騙子。」

瑪爾蒂尼似乎恢復了一點信心，「那麼，我一定會順利脫身。」

「對，但代價呢？」李維的語氣又變得好嚴肅，「德格在牢裡待了四年，等候審理終結，在那段時間當中，他得了中風，而且也丟掉了飯碗，失去了朋友與家人。」

瑪爾蒂尼聽出李維的這一番話其實意有所指，「那我又該怎麼避免重蹈覆轍？」

「忘記你是無辜的。」

瑪爾蒂尼不懂他到底在說什麼，但這位律師已經與他握手、示意他該離開了，而且不再多作解釋。

「我馬上就會再找你。」

波吉一晚沒睡，翻來覆去，腦中不斷浮現他在卡斯特納家外頭親眼目睹的場景：那個一臉茫然的可憐女子，身穿睡衣，在大家為她女兒送來的那些貓咪之間遊晃，想要為自己的悲傷找到答案。

他告訴自己，貓咪就是答案。

瑪爾蒂尼那台四輪傳動車裡居然有棕紅相間的貓毛，太不合理了。當波吉第一次聽到這些話的時候，腦中也立刻浮現與沃格爾一樣的想法。

瑪爾蒂尼家沒有養貓，而安娜．盧一直渴望能養貓。

波吉在失眠狀態下左思右想，終於做出結論，那就是解開失蹤女孩謎團的關鍵。不過，目前大家還沒有對她喪失興趣，他們不再追問她出了什麼事，媒體、社會大眾，以及警方的疑問已經轉移到了另一個方向，這老師是怎麼殺害她的？是不是先姦後殺？大家都理所當然認為她早就遇害了，而且，雖然沒有人敢公開承認，但其實都忙著在腦中編織噁心的犯罪細節、滿足自己的淫穢想像。

不過，卻沒有人提出這個問題，「他為什麼要殺她？」

貌似和善的山城小鎮老師的殺人動機為何？這就與安娜．盧的下落一樣，依然是個沒有被拿出來公開討論的問題。

他為什麼要殺她？

天光即將破曉之際，波吉發覺一切的起點必須從她開始，安娜・盧・卡斯特納。他們對她的了解究竟有多少？只有朋友與親人的說法而已，但這樣夠嗎？他在警校念書的時候，曾經學到了這麼一課。

那些受害者，也有話要說。

那些受害者再也沒有辦法提供自己的事發經過版本——大家隨隨便便就做出這種推論，自屬稀鬆平常。不過，受害者還是可以講話，通常是由他們的過往幫忙代言，只不過，需要有人專心聆聽罷了。

所以，自從波吉發現安娜・盧就讀的學校有防堵霸凌與破壞的錄影監控系統之後，他就把自己關在堆滿老舊錄影機的小房間裡，花了好幾個小時尋找這女孩的畫面。他看到了安娜・盧每天一派純真的模樣，監視器涵蓋的範圍並沒有包括教室，但餐廳、體育館、走廊都有，而只要她出現在這些地方，表情都一模一樣，害羞，矜持，但只要有人對她講話，她總是微笑以對，她的行為舉止看來毫無異常之處。

監控系統每兩個禮拜會重置一次，也就是說，先前的錄影已經洗掉了，帶子繼續重複使用。所幸，聖誕節假期到來，打亂了這個節奏，目前保留的影帶紀錄，超過了兩個禮拜。

也就是大約在她失蹤之前的那兩週。

不過，接連觀看每一個小時的畫面，也未免太工程浩大了。波吉一開始就決定採用隨機方式、搜尋那女孩曾經出現的畫面。他坐在黑白螢幕前的摺疊椅裡面，身邊的保溫瓶裡裝了早已冷掉的咖啡。他看了許多段落，但都沒看到安娜・盧與瑪爾蒂尼同框的場景。現在，波吉正在研究聖誕節假期之前最後一天的畫面，也是失蹤案發生的前一天，而他的手機也在此時響起。

卡洛琳怒氣沖沖，「你昨天晚上為什麼沒有打電話給我？」

「抱歉，我大半的時間都在工作。」

「工作比你懷孕的老婆還重要嗎？」這不是問題，而是責難。

「當然不是，」他回道，「我不是要為自己辯護，這真的就是事實。如果我在忙，當然沒辦法打電話給妳，但我時時刻刻想念著妳。」

電話另外一頭傳來卡洛琳的嘆氣聲。也許今天正好是她的「順心」日，不會因為賀爾蒙的作用而抓狂。但波吉萬萬不能把這些話告訴她，否則她一定會氣得半死。

「有沒有收到我寄給你的東西？」

「有啊——謝謝，我真的很需要換洗衣物。」

「我爸爸昨天晚上看到你上電視了。」

波吉可以想見她正在微笑的模樣。難怪她今天沒生氣，因為她以他為傲。「哦？看起來帥不帥？」

「我只能這樣講，希望我們的女兒長得像我。」他們兩人都笑了，「我媽媽說，等到小孩出生之後，她希望我們能搬回來住一陣子。」

他們先前已經仔細討論過這件事了。卡洛琳說她母親可以在一開始的時候幫忙，但這就牽涉到他也得搬進去的問題，還有，就算波吉與老婆的家人相處愉快，但他也不希望冒險入住，最後想搬也搬不走。「能不能等我回去再說？畢竟寶寶出生是好幾個月以後的事。」

卡洛琳沒理他，「爸爸已經把走廊的最後一間房整理好了，那是我哥先前的房間，他現在已經搬出去了。那間房間在最角落，所以我們還是可以保有自己的隱私。」

從卡洛琳的語氣聽起來，她已經為他們兩人做出了決定。波吉本想要立刻開口回應，但他卻在這時候發現螢幕上出現不尋常的畫面，瞬間挺直腰桿，「抱歉，卡洛琳，我等一下再回電話給妳。」

「我真不敢相信我們難得可以好好講話，你居然這樣打發我。」

「我知道是我不對，請妳原諒。」他沒等妻子回答就掛了電話，隨即專心盯著螢幕。

安娜．盧與那個老師終於出現在同一個景框裡。

學校走廊裡除了女孩之外，空無一人，她徐步而行，手裡還拿了好幾本書，而瑪爾蒂尼則出現在她對面的方向。

他們錯身而過，差點就碰觸到了對方。

波吉迴帶，又仔細盯著那個場景。他突然想到某件事，心頭一驚，要是媒體拿到這段畫面的話，一定會大呼過癮，他得趕快通知沃格爾才行。

當晚十一點鐘，瑪爾蒂尼坐在客廳沙發上，屋內沒開燈，一片漆黑。擠在他家外頭的那些媒體工作人員的話語聲響，屋內也可以聽得到，他聽不清楚他們到底在說些什麼，但偶爾會聽到笑聲。

他心想，自己的生活陷入停滯，而其他人卻繼續過日子，感覺總是很詭異。現在的他就是這種感覺，彷彿人生卡住不動了，

他早已關掉了所有的燈光，以免外頭那些人透過窗戶窺視這禽獸到底在做什麼。他也不想看到克蕾亞與莫妮卡的目光，無論他走到屋子裡的哪一個角落，相框裡的她們總是如影隨形跟著他。她們已經從他身邊逃走了，而現在輪到他想要從她們身邊逃走。雖然他很惱火，但他能夠諒解她們的想法，這樣還是對她們比較好。

突然傳來震動聲響，出現了一道弱光。是李維先前給他的那支手機，他把它擱在某個書架上面。瑪爾蒂尼從沙發起身，看了一下，螢幕上出現了簡訊。

半小時之後，墓園見。

瑪爾蒂尼不知道律師為什麼不願在那棟當成工作總部的租屋裡見面？反而挑選的是這麼特殊的地點？李維在今天早晨講的那些話依然迴盪在他的耳際。

忘記你是無辜的。

也許他會找到答案。所以他精心規劃了一套計謀，可以順利出門，絕對不會被人發現。他到

樓上翻出舊外套與鴨舌帽，他覺得這套打扮很適合偽裝。只要從後門離開、翻越花園的圍籬，就可以避開那些記者。

為了要確定沒有人跟蹤他，他一路上走走停停，抵達墓園時所花的時間遠超過了半小時。大門半掩，他推開之後，跨步進去，在墓碑群之間穿梭前行。

淡灰色滿月高掛天際。瑪爾蒂尼繞了一會兒，相信李維隨時可能會出現。他發現遠方出現忽隱忽現的紅點，立刻朝那方向走過去，宛若把它當成了指引的燈塔。等到他走過去之後，才發現是有人在點菸，菸頭突然一亮，又慢慢褪光，史黛拉·阿納正在吸菸。

她立刻開口，語氣促狹，「冷靜一下，我是以朋友的身分來到這裡。」她雙腿交疊、坐在某個墓碑上面，宛若待在某人家裡的客廳一樣。

「妳想要幹什麼？」他的聲音充滿慍怒。

「羅列斯，我想要幫你。」

聽到有人擺出如此熟悉的口吻對他講話，他火氣就上來了，「阿納小姐，我不需要妳幫忙。」

「是不是要我證明我的確是你的好朋友？嗯……六個月之前，你太太差點因為另外一個男人而離開你。你們之所以搬到這裡，就是為了要打算重新開始。」

那件事，瑪爾蒂尼心想，她怎麼會知道？

「看吧，我們的確是朋友，」史黛拉繼續說道，她看出瑪爾蒂尼的情緒是驚訝大於憤怒。當初沃格爾將這條情報告訴她的時候，他早就預期到瑪爾蒂尼會出現這種反應。「我當然可以拿這一點大作文章，但我並沒有……我知道克蕾亞離開了你，而且還把女兒一起帶走了。如果你盼望她們能夠回到你身邊，一定要把照子放亮一點。」

「等到一切水落石出之後，她們就會回家了，我們也能夠過著和以前一樣的生活。」

史黛拉側著頭，仔細盯著他，「親愛的小可憐，你真覺得會有這種事？」

「我是無辜的。」

「你根本搞不清楚狀況，」這句話從她口中說出來，簡直像是威脅一樣，「誰管你是不是清白的啊？大家早已有了定見，而且警方絕對不會放過你，他們投入大筆經費想要破案，已經沒有資源另起爐灶重新調查——更不可能去追查另外一名兇嫌。」

瑪爾蒂尼好不容易才嚥了一下口水，但依然強作鎮定，「所以妳是說，一定是我幹的，不可能有別人。」

「沒錯。你之所以還能維持自由之身，只有一個原因：他們還沒有找到屍首，要是沒有尋獲屍體，他們沒有辦法以謀殺罪起訴任何人。不過，遲早總會出現什麼其他的事證。羅列斯，到了最後，一定會上演這種結局。」

「要是我已經死路一條，阿納小姐，那我還需要妳幹什麼？」他再次以正式頭銜稱呼對方，因為這是建立彼此界線的重要守則。

她沉默了一會兒，隨即露出微笑，在月光的照耀之下，她的深沉眼眸露出了一抹微光。「如果你想要好好利用這個案子所製造的機會，就得靠我了。你反而可以從對你充滿敵意的媒體得到豐碩的收割成果。現在，要是能夠訪問到你，可說是價值連城，而且我願意出錢……當然，如果你不是自由之身，這項提案就自然失效，等到你入獄之後，你就根本一文不值了。」

「這次的面會是李維安排的嗎？他在早上發表的那場小小演說……」瑪爾蒂尼露出充滿憎惡的苦笑。

「你的律師個性很實際。要是你還抱持希望能夠全身而退，你必須要有足夠的錢支付律師的調查費用，包括了延請專家與私家偵探。」

「對，他是這麼告訴我的。」

「那你覺得你要怎麼弄到這筆錢呢？你有沒有想過等到你坐牢的時候，家人怎麼辦？他們該怎麼撐下去？」

聽了這段話，他應該要生氣才是，不過，他反而開始哈哈大笑，這樣的反應讓史黛拉嚇了一大跳，但瑪爾蒂尼似乎笑得不可遏抑。「抱歉，」他終於開口，勉強恢復了一點鎮定，「這真是太詭異了，雖然沒有任何證據，但大家都認為我是禽獸，就連我太太也對我沒信心。但妳想知道我的答案嗎？」他深呼吸，現在的神情相當嚴肅，「我非常清楚自己是什麼樣的人。所以要靠某個失蹤女孩與其家人的悲痛來發財、卻只是為了挽救我自己或是妻女，這是絕對不可能的事，妳可以把這番話告訴我的律師。」他說完之後，轉身就走。

史黛拉．阿納回他，「你知道嗎？你真是個大白癡。」

瑪爾蒂尼扭頭就走的背影，等於是給了她答案。

當天晚上，沃格爾在飯店房間點了輕食當晚餐，在就寢之前拿出了平常的筆記本開始寫東西。他穿著睡衣，坐在扶手椅裡面，自顧自微笑。他相信李維這隻老狐狸已經開始在走棋佈局了。

當他聽到那個律師出現在小鎮的時候，並不是很意外。李維總是喜歡搭順風車，隨時可能都會看到他，但他行動的細節卻總是令人難以捉摸。當獅子將獵物撕咬成碎肉的時候，他可能是讓大家驚呼連連的魔術師，或是分散觀眾注意力的小丑。想必李維一定已經聯絡了史黛拉·阿納，讓她去說服這位老師自願投入狼群的懷抱裡。

瑪爾蒂尼一定會答應的，因為到了最後，大家都會同意配合。德格也是，他曾經有段時間一直戴著禽獸面具——他也拖得夠久了，足足讓他賺了不少錢，隨後，他又開始聲稱自己是清白的。

要是瑪爾蒂尼上電視的話，對沃格爾來說，事情就簡單許多。這白癡一定會尋求大眾的憐憫，但反而只會讓大家更加惱怒。然後，每個人都會要求取下他的人頭——不只是一般鄉民，就連警界高官，甚至部長也不例外，梅耶檢察官自然無法抵抗這股壓力。

沃格爾的手機發出震動聲響，害他嚇了一跳。他發現是四天前記者會結束後傳訊給他的同一名神秘客。

我有事找你，打這支電話給我。

他不假思索，再次刪除簡訊。就在這個時候，正好有人敲門，沃格爾忍不住心想，這兩起事件搞不好有關聯，想必一定是那名神秘客站在外頭，他猛力拉開房門。

是波吉，手裡拿著筆記型電腦包，「有重要的事找你，有空嗎？」

「不能等到明天嗎？」沃格爾語氣惱怒，「我要準備上床睡覺了。」

「我有東西要給你看，」波吉拍了拍電腦包，「我覺得你應該要馬上看一下。」

過了一會兒之後，筆記型電腦已經攤開在沃格爾的床上，兩人站在一起盯著螢幕。

「我在學校的錄影監視系統裡找到了這個，」波吉說道，「有重大發現……」

他自己早已看了二十多遍，但這還是沃格爾第一次看到這段畫面。安娜．盧一派文靜、獨自走在空無一人的走廊，然後，羅列斯．瑪爾蒂尼從對面朝她走來。兩人交錯而過的時候，十分貼近彼此，最後，兩人都出框，消失無蹤。

波吉按下暫停鍵，「有沒有看到？」

沃格爾依然很不爽，「看到什麼？」

「他們根本沒看對方……如果你需要的話，我可以倒帶，讓你再看一次。」

正當波吉把手伸到電腦前、準備要再次播放的時候，沃格爾突然抓住他的手臂，「不需要。」

「為什麼不需要？」他大感意外，「這項指控的重要根據之一，就是安娜．盧認得綁架犯，記得嗎？這就是她為什麼信任他，願意跟他走，而且鄰居們完全沒有看到或聽到任何動靜的原因，這些全都是你自己說過的話。」

沃格爾藏不住笑意，這小伙子的天真可愛還真是讓人感動。「所以你覺得這段畫面證明了安娜．盧不知道瑪爾蒂尼是誰？」

波吉思索了好一會兒，「這個嘛，其實——」

「其實，她當然有可能知道他是誰，而她之所以不看他，純粹就是害羞罷了。」

但波吉卻很難信服，「但這種說法還是有風險。」

「對誰？我們嗎？你擔心萬一媒體拿到這段畫面的話，就會對瑪爾蒂尼改觀？」

當然不可能，但波吉直到現在才恍然大悟，一切都早已成了定局。除非發生戲劇化的大逆轉，否則大家絕對不會改變對瑪爾蒂尼的態度，這種線索對他們來說純粹就是干擾罷了。

「你搞這個搞了一整天？」沃格爾語帶責備，但態度溫善，「你忙著在研究這些東西，我也查看了某些影帶。」

波吉好意外，「是什麼內容？」

「卡斯特納鄰居們的監視攝影機畫面。」

「但你說過你對這些內容沒有興趣，因為鏡頭對著屋內，而不是街道。」沃格爾在第一次簡報會議的時候，還講出了各人自掃門前雪這句話，他現在手中到底握有什麼線索？

但沃格爾卻不打算講出來，他只是把手擱在波吉的肩上，陪他走到房門口，「波吉，快去休息吧，我得繼續工作。」

十一月十一日
失蹤案發生之後的第十一天

「我不想發拘票。」

梅耶的語氣聽起來斬釘截鐵，已經沒有商量的餘地，沃格爾得繼續與這位頑固檢察官糾纏下去。

「妳搞砸了一切，」他開始滔滔不絕，「我們必須要逮捕瑪爾蒂尼，不然大家都會說我們無緣無故在折磨一個無辜之人。」

「難道不就是這樣嗎？」

沃格爾已經帶來了某項重要線索、當作是給她的贈禮——卡斯特納鄰居監視錄影帶的擷取畫面放大圖——期盼能讓梅耶改弦易轍，但顯然她依然不為所動。

「我需要確切的證據，你到底是哪一個字聽不懂？」

「妳需要的應該是能將人定罪判刑的證據，不過，妳只需要線索就可以逮人，」沃格爾回道，「要是我們現在逮捕瑪爾蒂尼的話，他很可能會決定認罪。」

「你明明是想從他口中挖出自白。」

他們兩人待在沃格爾的臨時辦公室裡面、針對類似的議題你來我往已經不下二十分鐘之久。

「等到瑪爾蒂尼發現自己一無所有，而且無路可退的時候，他一定會供出一切，不想繼續愧對良心。」

他們兩人都站在置物櫃之間，但梅耶卻頻頻以高跟鞋底敲打地板，流露出緊張情緒，「沃格爾，我不是笨蛋，我早就知道你在玩什麼把戲。你想要把我逼到死路，強迫我做出我難以苟同的決定。你根本是在威脅我，想要讓我在大庭廣眾之下醜態盡出。」

「我要達成自己的工作目標，根本不需要威脅妳，」他繼續說道，「我官階夠高，而且我經驗老到，那些證據足以讓我的理論更站得住腳。」

「就像是『斷手魔』那起調查案嗎？」

梅耶蓄意提起了這個案子，其實，沃格爾正覺得奇怪，她怎麼會拖到這時候才講出來？他微笑以對，「妳對德格那個案子一無所知。妳以為妳很清楚，其實根本不是這樣。」

「哦，抱歉，那我是有哪裡不清楚？某人之所以會鋃鐺入獄，純粹就是因為精心設計的莫須有指控。他在小小的單人牢房裡關了四年，失去了一切——家庭，還有健康，而且差點死於中風。為什麼呢？都是因為有人誤導偵查方向，刻意製造偽證。」從檢察官的語氣可以聽出她相當不齒，「誰能保證不會再出這種事？」

沃格爾拒絕回答，反而拿起他剛才攤在桌上的那些放大圖，也就是他剛才自以為是的一手好牌，走向門口，打算立刻離開這裡。

「沃格爾探員，還記得你的正直精神是什麼時候消失無蹤的嗎？」

他在門口聽到梅耶的話，突然停下腳步，既然聽到了這種話，他可不能一走了之。他回頭，望著那檢察官，準備下戰書，「德格是被法庭宣判無罪，而且被關的那四年冤獄也獲得了豐厚的賠償……但如果他不是『斷手魔』的話，為什麼在他被捕後就再也沒傳出攻擊傷人事件？」他沒等對方回答，直接走了出去。

他的手下，顯然都聽到了剛才那一段爭執內容，大家都怒氣沖沖盯著他，不知道前二十天努力工作的成果是否會就此付諸流水。

不過，沃格爾卻面向波吉，開口說道，「我們也該去找那老師好好談一談了。」

不尋常的一月豔陽日，感覺完全不像冬天。羅列斯．瑪爾蒂尼一早就醒了。其實，應該說是紛擾的思緒讓他驚醒。他的焦慮，總歸只有一句話。

時候到了，他們馬上就要來逮捕你。

但他並不想要浪費這種難得陽光普照的美麗天氣。他既然答應了克蕾亞，一定要說到做到。所以他拿起工具箱，走入花園，這是記者與好奇的鄰居無法打擾他的地方。在高聳圍籬的遮蔽之下，他開始動手將破敗的涼亭改建為溫室。

他拿著鐵鎚、認真敲釘，可以感受到陽光正在親吻他的頸後，小小的汗珠慢慢從額前滑落而下，施力的過程讓他的肌肉與內心變得更加堅強，他似乎恢復了一點活力，但憂愁卻三不五時就籠罩而來，悄悄落在心頭，不禁讓他想到自己為什麼會落到這般田地，為什麼會一無所有。

事情的源頭，要從搬來阿維卓之前說起。這個位於山間的小鎮似乎是重新開始的好地方，不過，在這裡卻上演了難堪鬧劇的續集。

那件事，就連史黛拉．阿納也知情。

瑪爾蒂尼好疑惑，不知道她是怎麼挖出來的。

當然，一定是克蕾亞以前的情人出賣的消息，想也知道。其實，答案就擺在眼前，只是他一開始渾然不覺罷了。天真的男人通常都神經大條，那種妻子在外頭偷情、自己卻根本沒察覺異樣的丈夫，這種個性更是特別明顯。

先前他還對這男人有些敬意啊什麼的，現在全沒了。也許當初是因為克蕾亞曾經選擇了這男人，而他相信妻子的判斷力。他知道這種想法很荒謬，但這也是一種在自己心目中提升她的地位的方法，因為他沒辦法忍受克蕾亞居然如此膚淺。

他心想，我們總是拚命想要拯救別人，而真正的目的卻是為了救贖自己。也許，扮演一個諒解妻子的老公，可以幫助他逃避面對事實的責任。

要是克蕾亞曾經出軌，那麼他一定也有錯。

在那個遙遠的六月初早晨，某個學生的無聊惡作劇逼得學校只能提早放學。每次一到了學期末的時候，接到匿名電話指稱學校有炸彈，已經是家常便飯，因為總有學生會擔心期末考不及格。大家都知道那是騙人的把戲，但還是得執行必要的安檢程序，所以當天大家都早早回家了。

瑪爾蒂尼走進自己的公寓，迎接他的是一股意外的寂靜。通常他回家的時候，克蕾亞與莫妮卡都已經在家了，電視或音響的聲響證明了她們的存在。不然，光憑氣味也已經足夠，克蕾亞是山谷百合的香氣，而莫妮卡則是口香糖的草莓氣味。不過，那天早上，卻什麼也沒有。

在搭公車回家的路程中，瑪爾蒂尼一直在想要怎麼運用這意外多出來的幾個小時。他應該要準備期末考考題，而且他也決定要立刻處理。不過，等到他一進入公寓之後，他才發覺自己不想出考題，他走到冰箱前面，為自己弄了義大利臘腸加起司三明治，然後坐在某張扶手椅裡面，打開電視，但調低了音量。有個頻道正在播出某場經典籃球賽事，他真不敢相信自己能夠享受如此悠閒的時光。

他不太記得到底發生了什麼事，到底有沒有吃完三明治？或是最後的比數為何？

不過，他依然記得在球評講話與籃球彈跳噪音之間的短暫空檔之間、悄悄滲入背景的那個聲響。

宛若拍翅，某種沙沙作響的聲音。

一開始的時候，他只是轉過頭去，想要知道聲音到底是從哪裡冒出來的。然後，他突然冒出一股直覺，決定起身查看。那聲音已經不再出現，但他還是進入了走廊。四扇緊閉的房門，左右各有兩間房。也不知道為什麼，他選擇了臥室，慢慢開了門，看到了他們兩人。

他們完全沒注意到他，就像他之前完全沒發現他們兩人搞上了一樣。在那間小小的公寓裡面，他們彼此依偎，沉浸在兩人世界裡，長達好幾分鐘之久，要不是因為有外力介入他們的好事，乾柴烈火的場面應該還會繼續上演。

克蕾亞全身赤裸，只靠被子遮住了大腿與骨盆，她緊閉雙眼，而她現在躺擺的那種姿勢，他再清楚不過了。羅列斯死盯著在她下面的那個男人，他拚命想要說服自己，眼前的那個人，就是他自己，不過，其實是另外一個人，而現在所發生的一切，與他毫無瓜葛。

除此之外，他什麼都不記得了。

克蕾亞說她聽到了房門被重重關上的碰響，就在那個時候，她才驚覺出事了。

幾個小時之後，他再度回到家中，她身著寬鬆的白色毛衣與尺寸過大的運動褲，也許她想要掩飾自己的身體曲線——還有身上沾染的罪惡。她坐在他一早觀看比賽的那張扶手椅裡面。她彎曲雙腿，膝蓋貼在胸前，不斷前後搖晃。她頭髮蓬亂，臉色蒼白，無神的雙眼呆望著他。她沒有找任何藉口，「我們離開這裡吧，」她劈頭說道，「馬上，明天就走。」

剛才他在市區裡漫無目的亂繞，一直在思索該跟她說什麼，但沒有找到答案。現在，他只回應了一個字，「好。」

自此之後，他們就再也沒提過那件事。兩個禮拜之後，他們舉家搬到了阿維卓，她放棄了自己熱愛的工作與一切，讓他以沉默寬恕她的過錯。而羅列斯這才發現她有多麼害怕自己會失去他，而她卻不知道其實他更害怕失去她……

不過，真正難堪的是發現了他老婆偷情對象的身分。他和她一樣，都是律師，他有錢，也有各種資源，可以讓她逃離老公卯盡全力卻依然拮据不堪的生活。

羅列斯必須接受殘酷事實：克蕾亞理應要過更好的生活才是。

所以他們搬到了山上避難，以免再次想到這段過往。不過，背叛的殘留惡氣卻依然沒有消退，而且逐漸侵蝕了彼此之間的剩餘情分。

所以他才會做出那樣的承諾，再也不會發生了。

此時此刻，在一月早晨的奢侈陽光之下，他又想到了那件事，期盼已經真的落幕了。屋內電話響起，他把鏟子丟在因冬日而枯乾的草地上，進入廚房，接起電話。

「好的，我會過去。」他講完這兩句話之後就掛了電話。

他打開冰箱，裡面只有一顆皺癟的蘋果，還有一盒四瓶包裝的啤酒。他拿出其中一瓶，又回到了花園，以螺絲起子開了酒瓶。然後，坐在枯乾的草地上面，背貼涼亭的其中一根樑柱，靜靜啜飲啤酒，半閉著雙眼。

等到他喝完之後，他望著自己的手，打從安娜·盧·卡斯特納失蹤的那天開始，他就每天纏著繃帶。他把它拆開，檢視傷口，幾乎已經快要癒合了。

他拿起剛才打開啤酒的螺絲起子，對著傷口做出同樣的事，將尖端刺入肉裡、用力劃開。從頭到尾，他的唇間都不曾迸出痛苦的呻吟。過去他一直是個懦夫，所以他知道此刻的痛楚也只是罪有應得而已。

鮮血汩汩流出，弄髒了他的衣服，也緩緩滴落在光禿禿的地面。

溫暖豔陽天，如今只剩下了回憶。夜晚厚實雲層籠罩山谷，行經之處帶來了驚人豪雨。

馬路邊那家餐廳窗戶的外頭，依然可以看到敬祝駕駛「佳節愉快」的那塊招牌。聖誕節與新年已經過了一段時間，但卻沒有人能夠抽空拆除，大家最近都忙壞了。

不過，當天晚上十點鐘的時候，餐廳卻空無一人。

沃格爾先前曾拜託那位上了年紀的餐廳老闆，要留個包廂區座位給他，因為他有一場特別的面會。這幾個禮拜以來，餐廳生意蒸蒸日上，沃格爾並沒有藉此邀功，但老闆就是覺得欠他一份人情。

玻璃大門開了，也觸動了通知鈴。瑪爾蒂尼在門口跺地、甩去外套上的雨水，然後，脫掉了鴨舌帽，四處張望。

餐廳裡一片昏暗，只看得到牆邊包廂區的某個座位有燈光。沃格爾早已入座，好整以暇在等他到來。瑪爾蒂尼走過去，他的克拉克牌鞋碰觸塑膠地板，發出吱嘎聲響。最後，他坐在淡藍色塑膠桌前，面對沃格爾。

沃格爾一如往常，依然精心打扮，而且也依然不肯脫下那件喀什米爾外套。桌面前方擺有一份薄薄的檔案，他的十指如鼓催，一直對它敲打個不停。

這是他們第一次見面。

沃格爾連招呼也沒打，直接問道，「相信諺語嗎？」

瑪爾蒂尼問道，「什麼意思？」

「諺語以簡單至極的方式區分是非，一直讓我十分動心，它們與法律截然不同。法律總是搞得很複雜，應該要把它們改寫得像諺語一樣才對。」

「你覺得是非對錯很簡單？」

「不，但一想到也有別人抱持那樣的想法，就讓我覺得很欣慰。」

「我一直認為，真相沒那麼簡單。」

沃格爾點點頭，「也許你說得沒錯。」

瑪爾蒂尼的雙臂擱在桌面，態度平靜，「你為什麼要在這裡見面？」

「這裡總算沒有攝影機或麥克風，也沒有討人厭的記者，不需要玩什麼把戲，只有你和我……我要給你一次說服我的機會，證明我錯了，你涉入此案純粹只是誤會一場。」

「沒問題，」瑪爾蒂尼佯裝出一派自信，「要從哪裡開始？」

「安娜．盧失蹤當天，你並沒有不在場證明，除此之外，你的手也受傷了，」沃格爾指了指他的染血繃帶，「我看是還沒有痊癒，搞不好得縫個幾針。」

「我太太也是這麼說，」瑪爾蒂尼表明態度，他根本沒把它放在心上，「只是一場意外，我先前就說過了。只是不小心滑倒，出於本能反應，立刻抓住樹枝以免墜谷。」

沃格爾低頭看著檔案，但沒有打開，「怪了，鑑識組的人發現傷口的兩側很對稱……似乎是被刀子劃傷。」

瑪爾蒂尼沒接腔。

沃格爾也沒打算針對這一點窮追猛打，但還是繼續發問，「馬提亞的影帶中，一直看到你的車。你要跟我說這只是巧合嗎？反正也看不到駕駛的臉，而且你的家人也可能會用車……對了，你太太有沒有駕照？」

「開車的人只有我而已，我不讓老婆碰車子。」他已經違反了李維當初的叮囑，但他根本不管了，就算能夠讓他的艱難處境獲得些許緩解，他也不希望讓克蕾亞捲進來。

「我們已經分析了車內的狀況，」沃格爾繼續說道，「沒有安娜．盧的DNA，但說來奇怪，裡面卻有貓毛。」

「我們家沒養貓。」瑪爾蒂尼的語氣帶有幾分率真。

沃格爾傾身向前，聲音親和溫柔，「如果我告訴你，根據這些貓毛，我就可以認定你曾經出現在女孩失蹤的現場，你怎麼說？」

瑪爾蒂尼似乎聽不懂他在說什麼，但可以看出他的表情充滿了好奇與恐懼。

沃格爾嘆了一口氣，「一開始的時候，有件事讓我十分吃驚，為什麼安娜．盧被擄走的時候完全沒有任何抵抗？為什麼沒有尖叫？沒有任何一個鄰居聽到異狀。我本來的結論是，她是自願跟著綁架犯一起離開……因為她信任他。」

「也就是說，她跟這個人很熟了，好，那就洗刷了我的嫌疑。她就讀的是我服務的學校沒錯，但你絕對找不到任何人可以出面作證我曾經和她交談過，更別說有什麼互動交際。」

「其實，」沃格爾語氣平靜，「安娜．盧不認識那個綁架她的人，但她認得他的貓。」沃格爾終於打開了檔案，拿出早上想要說服梅耶逮捕瑪爾蒂尼的放大圖，「我們已經查看了女孩鄰居的監視器畫面。很可惜，沒有任何一台攝影機的鏡頭對準街道，大家是怎麼說的？『各人自掃門前雪』吧。不過，似乎在安娜．盧失蹤的前幾天，有隻野貓開始在這個區域四處閒晃。」

瑪爾蒂尼看著照片，有隻體格巨大的虎斑貓，棕紅相間的毛色，懶洋洋躺在草地上。

沃格爾伸手指著某個東西，「麻煩你看一下牠的脖子好嗎？」

瑪爾蒂尼湊近看仔細，有一串彩色小珠串成的手鍊。

沃格爾將瑪莉亞．卡斯特納先前送給他的那條手鍊、從手腕上脫下來，將它放在照片旁邊，「安娜．盧習慣將自己的手做串鍊送給她所愛的人。」

瑪爾蒂尼似乎嚇得不知如何是好。

沃格爾下定決心，使出致命一擊的時候到了。「綁架的歹徒利用這隻貓當作誘餌。他在數天前弄到這隻貓，放生，他信心十足，喜歡貓咪卻一直沒辦法養貓的安娜．盧，遲早會發現這隻貓……她不只是看到了而已，還把手鍊套進貓咪的脖子。親愛的瑪爾蒂尼先生，所以，從此刻開始，我不會再對你緊追不捨，反正，要是我能夠找到那隻貓的話，你就完蛋了。」

兩人沉默了好一會兒，沃格爾知道這招已經逼死對方。他死盯瑪爾蒂尼，靜靜等待這傢伙做出反應，證明自己判斷無誤。但瑪爾蒂尼卻不發一語，反而站起來，一派冷靜，朝出口的方向走去。就在他準備離開之前，他最後一次轉頭，面向沃格爾，「既然提到了諺語，」他繼續說道，「曾經有人告訴過我，惡魔愚蠢至極的罪行就是虛榮。」他步出餐廳，再次觸動了門口的通知鈴。

沃格爾坐著不動，享受此刻的沉靜氣氛。他確定自己已經搶下重要的一分，但梅耶依然是個大麻煩，他必須找出方法消解她的阻力。

惡魔愚蠢至極的罪行就是虛榮。

瑪爾蒂尼這句話到底是要表達什麼？應該算是羞辱吧。但沃格爾沒那麼脆弱，被痛毆一頓之後，自然就會反擊，他太清楚不過了，而這個老師的自由之日已經進入倒數計時。

他起身準備離開，正當他把照片放回檔案夾的時候，動作卻突然停了下來。他發現桌面上有東西，他立刻挨低身子，想要看個清楚。

在那淡藍色的塑膠桌面上頭，也就是瑪爾蒂尼綁繃帶的那隻手的位置，有滴微小的新鮮血漬。

一月十六日
失蹤案發生之後的第二十四天

小男孩里歐·布蘭卡在五歲生日的前一個禮拜，突然人間蒸發。

那時候，並沒有現代警察的那種精密配備，依照他們的習慣性說法，也就只能進行「地毯式搜查」而已。這個案子只能靠熟悉當地環境與人口的老鳥警察，只有他們才知道該怎麼獲取線報，不需要鑑識小組或DNA的協助。這項任務十分艱鉅，每天辛勤辦案，進度緩慢，只能累積一丁點成果，慢慢拼湊，才能建立出調查的基本方向，而最需要的就是耐心。

媒體時代來臨，大家也變得越來越沒有耐心。社會大眾想要立刻得到答案，不然他們就轉台了，所以新聞網開始對警方施壓，逼得他們只能草率完成調查工作。在這種狀況下，犯錯也是稀鬆平常。不過，真正的重點是，絕對不能讓這場表演無疾而終。

里歐·布蘭卡，他那讓人傷痛的故事情節，加上短暫的一生，也在不知不覺當中，成為了新舊時代交替的重要分水嶺。

某天早上，他的媽媽蘿拉·布蘭卡，丈夫車禍身故的二十五歲寡婦，跑進她居住的小鎮派出所。她焦急萬分，她說有人打破了她家的窗戶、擄走了她的里歐。

那時候的沃格爾還是低階警員，剛從警校畢業而已。所以他承接的是最無聊的基本工作，除此之外，他就只能盯著資深同事辦案——當然，同時得好好學習，而當初寫下蘿拉筆錄的人就是他。

根據她的說詞，當天早上，她驚覺前一晚在便利商店買的牛奶居然放在車裡。她趕緊衝出去，以免兒子等一下醒來就吵著要吃早餐，反正她停車的地方距離家裡也不過只有五十公尺而已。也許是因為她一時大意，或者可能是因為小鎮居民都彼此熟識，甚至經常夜不閉戶，所以蘿拉只是輕輕掩門，還留了一點縫隙。事到如今，她根本沒有辦法原諒自己。

沃格爾依循標準程序，將筆錄交給了負責訓練他的警官，兩人一起去了那女子的住家。現場看不到闖入的痕跡，但小里歐的房間卻被翻得亂七八糟。他們推測當時小孩應該是已經醒了，看到陌生人出現而害怕不已，拚命反抗，但最後綁架犯還是順利得逞。

蘿拉．布蘭卡驚魂未定，但還是努力在警方面前重建了完整的事發經過。從她出門到回家，也不過只有八分鐘的時間而已，在這短暫的空檔當中，她還和鄰居聊了一會兒。不過，對於闖入住家、擄走小孩的綁架者來說，這樣的時間已經是綽綽有餘。

他們立刻展開了追捕行動。要不是因為剛好有組電視工作人員待在那個區域、拍攝附近沼澤地帶候鳥活動的影片，也絕對不會出現這種大逆轉。某名小隊長想出了這個點子，請求他們幫忙發蘿拉的新聞，社會大眾也看到了她懇求提供失蹤小孩線索的影帶。

呼籲協尋的消息傳出之後，案情熱度急遽升溫。

警方接到如潮水般湧入的電話。許多人信誓旦旦自己看到了小里歐，而且還提供了確切的位置與現場狀況細節。還有的人宣稱看到某個男人與小男孩在一起、還買冰淇淋給他吃。有人說看到他與一對男女坐火車，甚至還有人提供了確切的姓名，大部分的目擊證詞都是空穴來風，不過，反正他們本來就不可能去追查所有線報。其實，宛若落雨而來的大量訊息，反而嚴重拖延了警方的偵查速度。但真正令人驚訝的是打電話來詢問案情進度的人數相當可觀，而類似的電話也癱瘓了電視新聞台，讓他們決定要派遣工作人員到達現場，依照他們的說法，就是要「追蹤報導」。

沃格爾見識到諸此種種都在極短的時間內迅速發酵。身為一名年輕的菜鳥警察，他還沒有那種目睹過程、就能領悟這場革命之精髓的老練功力。一切看起來都太不真實了，媒體改變了一切，就連真相的面貌似乎也變得不一樣了，蘿拉．布蘭卡立刻成了悲劇女英雄。沃格爾第一次看到她的時候，她只是個普通女子，而且長相甚是平庸，不過，她的模樣也在一夕之間變了。化了妝，再加上恰如其分的打光，她開始收到熱情仰慕者的來信，想要好好照顧她一輩子。她的兒子里歐也成了全國所有母親心中的典範，五歲小孩居然成了偶像，他的照片成了眾人家中的珍藏，還有許多新生兒父母將自己的小孩取名為里歐。

就在這起懸案陷入渾沌之際，警方又到布蘭卡家中發動搜查，找到了一枚指紋。

他們花了兩個禮拜的時間搜尋資料庫，終於有了成果。

指紋的主人名叫湯瑪斯．伯恩寧斯基，四十歲的工人，曾經有騷擾未成年的前科，而且，他工作的那間公司也正好在這個區域興建工業區倉庫。

過沒多久之後，他們就順利追捕到了伯恩寧斯基，在他的住所找到了小里歐的染血睡衣。伯恩寧斯基坦承自己注意那小孩有好一陣子了，而且還帶引偵辦案件的警官、到達他的埋屍地點，某間廢棄垃圾場。

這起刑案的恐怖結局震驚了社會大眾。不過，也有好些警界與媒體的高層嗅到了改變，而且，不可能回頭了。

新世紀已經到來。

正義不再是法庭的專屬事務，而是每一個鄉民的重責大任。從這種看待事物的全新角度而言，情報是一種資源——情報就是黃金。

可憐又無辜的小孩死了，也因而建立了一套完整的產業。

沃格爾當時還是個年輕熱血的警察，完全不知道自己將會成為這個邪惡機制的一份子，靠著別人的不幸、建立了自己的璀璨未來。還有，他也想出了某項驚人的結論。蘿拉．布蘭卡宣稱自己出門是為了拿前一個晚上買的牛奶，而她家被警方翻了數十遍之後，才終於找到伯恩寧斯基的指紋。

但為什麼沒有人找到那個眾所周知的牛奶盒？

累積了多年經驗之後、如今已成熟男的沃格爾，迄今依然對此充滿疑心，而且，可能的答案不禁讓他全身一陣顫慄，蘿拉．布蘭卡在悲劇發生前認識了某名男子，破案之後沒多久，兩人就立刻展開新生，也許這個人並不想承擔養育別人小孩的責任。搞不好她老早就察覺到駑鈍的伯恩寧斯基心懷不軌，乾脆製造漏洞，讓他更方便下手，這樣的故事版本一定很難讓媒體買單。沃格爾十分篤定，蘿拉·布蘭卡是蓄意離家不歸門，不過，他知道某些秘密永遠不能戳破，所以他從來不曾對別人說出這個疑點。但只要遇到哪個案子出現了不尋常的情節，他就一定會想起當年的案情。

那天，一大清早的破曉時分，波吉開警車衝去旅館接他，他坐在副座位置，腦中又浮現小里歐一案。

他們當然得狂速急奔，因為潛水伕在排水溝裡發現了安娜·盧·卡斯特納的亮色肩包。

有時候，這間房子簡直令人喘不過氣來，逼得他必須往外逃。現在，瑪爾蒂尼想要甩掉那一群駐守在外頭的記者，已經越來越駕輕就熟。比方說，他知道在早晨五點到六點的時候，工作人員正忙著準備當日的第一節新聞，正是偷偷從後院溜走的最佳時機。

離開阿維卓，還是有一套「安全」的迷宮路徑，然後，他會走入森林裡，享受大自然的空荒之美，他知道自己在不久之後就會喪失這種自由之身的特權。他與沃格爾在餐廳會面已經是五天前的事了，一想到這位探員要全力追查某隻棕紅相間的貓咪的下落，就不禁讓他覺得十分荒謬。其實，瑪爾蒂尼根本不在乎接下來可能會遇到的劫難，雖然他外表看來邋遢，但他從頭到尾都沒有放棄。許久未剃、長得亂七八糟的鬍鬚，再加上體味，他覺得這多少算是讓別人避而遠之的擋箭牌吧。但克蕾亞鐵定會看不下去，她總是非常注重他的外貌，三不五時就會給他建議，打從大學時代，也就是羅列斯身著藍色西裝配好笑啾啾、邀她共進晚餐的那一天開始，她就一直如此。對於他的妻子來說，形式與外貌都是重要指標。

瑪爾蒂尼好想念克蕾亞與莫妮卡，但他知道自己必須為了妻女而保持堅強。自從她們離開之後，一直沒有與他聯絡，就連簡短的問候電話也沒有。其實，他也沒打算打電話給她們，他想要保護妻女——以免被他連累。

早晨的露珠緩緩從葉面滑落而下。瑪爾蒂尼好喜歡撫觸晨露，感受它們在掌心的冰涼濕意。他伸開雙臂，半閉著雙眼，一路前行，享受這片刻的喜樂，然後，他深呼吸，嗅聞芳香的空氣。夜色褪去，天光漸漸亮起，他的心靈也盈滿綠意。森林裡的小動物紛紛出巢，鳥兒嗚囀，牠們因為逃離了幽暗而歡欣不已。

瑪爾蒂尼腕上的石英錶發出了短促的連續聲響，他知道遠離媒體、自由自在的這兩個小時即將結束，該是回家的時候了。不過，今天當他走回阿維卓的時候，卻看到馬路的另一頭出現人影、朝他走來，他很想要迴避，但這裡沒有小路可以閃人，因為四周都是田野。他只好硬是往前走，但一直低頭，而且還拉下了鴨舌帽，幾乎蓋住了整張臉。他雙手插在口袋裡，微微彎身，決定要沿著腦中的假想線專注前進。不過，他卻忍不住想要偷瞄這名神秘路人，當他認出對方身分的時候，他嚇得倒抽一口氣。

過了幾秒鐘之後，布魯諾・卡斯特納也注意到瑪爾蒂尼了。對方的反應也一樣，覺得突兀，猶豫不前，因為他放慢了腳步。

兩人都想要停下腳步，但似乎都在等待另一個人先站定不動。卡斯特納的神情看起來高深莫測，但十分鎮定。瑪爾蒂尼倒是沒去想他會有什麼反應，對於這個疑似綁架他女兒的禽獸到底會做出什麼樣的事。說也奇怪，他只想到要是兩人角色互換，自己可能會有什麼舉動，而這個念頭把他嚇得半死。

兩人踩踏在柏油路面的步伐一致，彼此的腳步聲融為一體，兩人交會之前的倒數計時似乎永遠無法歸零。他們終於錯身，彼此之間的距離只有兩公尺而已，但兩個人都沒有轉頭看著對方。先停下腳步的是瑪爾蒂尼，無論等一下出了什麼事，他都已經有了心理準備。

但卡斯特納卻沒有放慢腳步，反而稍微加快速度，消失不見。

瑪爾蒂尼站在原地，無法移動雙腳前行。他只聽得見自己胸膛裡的劇烈心跳聲，一直覺得布魯諾·卡斯特納悄悄跟在自己背後。他還一度覺得那男人會回頭攻擊他，但一切平靜。當他回頭張望的時候，卡斯特納已經成了遠方的一個小黑點，就在森林邊緣。

瑪爾蒂尼永遠忘不了那次的偶遇，也就是在那個當下，他做出了決定。

安娜·盧·卡斯特納的亮色肩包被放在阿維卓小小殯儀館的驗屍台上面，但一旁並沒有屍體。話雖如此，但沃格爾似乎看到了那個紅髮雀斑女孩躺在那裡，全身赤裸，冰冷，僵直不動，上方的頂燈大亮，讓周遭的一切陷入昏暗。

沃格爾心想，有時候運氣就是這麼好。丟棄包包的人先是清空了裡面的東西，然後又塞滿了大石頭，但那樣是不夠的。這次找到的東西絕對是鐵證，躲在幕後的那個瘋子不再只是假設而已，而是活生生的人。

此時此刻，這個肩包就是安娜．盧。彷彿這女孩張開了雙眼，轉頭，望向已經待在那裡至少半小時之久、仔細評估這項物證各種可能性的沃格爾，一綹紅髮落在她的額前，她的雙唇在顫動，講出了一句無聲之語，只向這位探員透露的訊息。

我還在這裡啊。

沃格爾想到了聖誕節前往卡斯特納家中的情景。他記得那棵掛滿裝飾品的聖誕樹，根據女孩母親的說法，他們會一直讓聖誕樹亮燈，等到女孩回家——就像是黑夜裡的燈塔一樣。綁著紅色緞帶、等待拆封的那份禮物，又浮現在他的腦海裡，現在，那個禮物盒已經消失不見，取而代之的是一具白色棺木。

他柔聲說道，「我們永遠找不到妳了。」此刻，他已經對此深信不疑。

惡魔愚蠢至極的罪行就是虛榮。

這就是為什麼行動的時刻到了，他必須避免憾事再度發生。

大約在早上九點鐘的時候，羅列斯．瑪爾蒂尼進了淋浴間，熱水帶走了他積累的疲憊。過沒多久之後，他全身赤裸，站在鏡前，再次望著自己的映影，在過去這幾天以來，他一直小心翼翼，避免看到自己的模樣，現在，他開始刮鬍子。

他在衣櫥裡翻找自己為數不多的那幾件衣物，挑出最符合他目前心境的穿搭組合。米色燈芯絨外套，深色混紡長褲，藍棕相間的格紋襯衫，再加一條鴿灰色的領帶。等到他綁好那雙克拉克牌鞋子的鞋帶之後，穿上了外套，將帆布包揹上肩頭，走出家門。

記者與攝影師看到他出現在門口，全都嚇了一大跳。立刻將鏡頭對著他。而他步履悠閒，從家中車道走向大馬路，穿越封鎖線，進入阿維卓的街區。

他在大馬路上信步而行，人們停下腳步，深覺不可思議，而且還對他指指點點。商店裡的客人還衝出來爭相目睹，但沒有人多說什麼或做些什麼。

瑪爾蒂尼刻意迴避眾人目光，但他依然能夠感受到從四面八方湧來的壓力。

等到他到達學校的時候，後頭已經聚集了一小撮群眾。他環顧校園，除了被警方徵用為專案室的體育館之外，一切都沒有任何改變。

他步上大門口階梯，知道後頭的那些禿鷹不會再跟過來了，的確。等到進去之後，他聽到了熟悉的鈴響，根據課表，文學課是十點鐘開始，所以他走向自己那一班的教室，而走廊上的師生們全都死盯著他。

現在出現了課堂交替時分的例常喧譁，校長指派的代課老師不久就會到達教室，而學生們也利用老師遲到的空檔繼續嬉鬧。

普莉希拉恢復了平日穿著，又看到了她濃濃的眼妝與耳釘，她一臉興奮，對著一群女生朋友宣布，「我今天要去參加實境秀的試鏡。」

「妳媽媽覺得沒關係哦？」其中一個問道，「她真的不介意嗎？」

「誰管她介不介意啊？」普莉希拉不以為然聳肩，「這是我現在的生活，我已經找到了自己的方向，她只能接受而已，我看我得找個經紀人了。」

那個有骷髏頭刺青的壞學生魯卡斯，轉頭對著教室後面的某人嚷嚷，「那你呢？可憐鬼？有沒有人要簽你呢？」

這番話引來了哄堂大笑，但馬提亞假裝沒聽到，繼續在作業本裡面亂寫亂畫。

教室門開了，大家沒有立刻轉頭過去，少數幾個看到的學生立刻陷入沉默，等到瑪爾蒂尼走到講台前的時候，大家全都安靜了下來。

「小朋友，早安。」他露出微笑，向大家打招呼，但沒有人回應他，每個人都嚇了一大跳，當然也包括了臉色驚恐的馬提亞。在接下來的那幾秒當中，瑪爾蒂尼依然站著不動，仔細端詳一張張的面孔。然後，他裝出若無其事的模樣，繼續說道，「好，我們在上一堂課當中，曾經提到小說的敘事技巧。我曾經告訴你們，所有的作家，甚至連最傑出的也不例外，創作之初都是在模仿前人的作品。第一條守則就是『抄襲』，記得嗎？」大家依然沒有回應，瑪爾蒂尼心想，他沒差，反正這些學生總是上課不專心。

教室門又開了。這一次，全部的學生都轉頭過去，走進來的是沃格爾。他看到大家的反應，趕緊舉手，近乎是抱歉的姿態，示意大家千萬不要理會他。然後，他挑了張無人座位坐下來，望著瑪爾蒂尼，彷彿是在請他繼續講課。

「正如我先前所告訴大家的一樣，」瑪爾蒂尼一派鎮定，繼續滔滔不絕，「所有小說的真正驅力來自於壞人。英雄與受害者只是工具，因為讀者們對於日常生活沒有興趣，他們自己就過著這種日子，他們需要的是衝突，因為只有靠這個方法，才能夠讓他們轉移對平庸自我的注意力。」他刻意望向沃格爾，「千萬要記得：都是靠這樣的壞人，才能讓我們更坦然接受自己的平庸，他才是成就故事的主角。」

突然之間，沃格爾開始大力拍手，他覺得這番話很有道理，不但熱情鼓掌，而且還點點頭，頗感滿意。他環顧全班同學，彷彿在慫恿大家效仿他的動作。起初，這些學生彼此互看，不知該如何是好。然後，某些人開始怯生生跟著拍手，這場景實在荒謬又弔詭。沃格爾起身，一邊拍手，一邊走向教師講台，等到走到瑪爾蒂尼前方、距離他的臉只有兩三公分的時候，他停下腳步，「真是精采的一堂課。」然後，他傾身靠過去，在他耳邊低語，「我們找到了安娜・盧的肩包，還沒有找到屍體，但不需要。瑪爾蒂尼先生，因為肩包上面有你的血。」

瑪爾蒂尼沒有回話，不發一語。

沃格爾從喀什米爾外套口袋取出了手銬，「現在，我們真的得離開了。」

二月二十三日
失蹤案發生之後的第六十二天

一切就此變貌的那一夜，從佛洛醫生辦公室的窗戶往外望，唯一清晰可見的也只有礦場而已。通風塔頂端不斷閃滅的紅色燈光，宛若在緊盯四周的小眼，它們是濃霧裡的哨兵。

「沃格爾探員，你有家人嗎？」

「我結婚四十年了，」雖然對方沒有問他，但佛洛還是自己講了出來，「蘇菲亞將我們三個漂亮的小孩撫養長大，現在她全心照顧我們的孫子，她是個了不起的女人。要是沒有她，我真不知道自己這一生該怎麼過。」

「阿維卓的心理醫生都在做什麼？」沃格爾是真心好奇，「在這麼小的一個地方，我萬萬沒想到會有人在這裡執業。」

「自殺，」佛洛臉色沉重，「根據人口比例來看，這個地區的自殺率居於全國之冠。每個家庭都有隱情，爸爸啊、媽媽、兄弟姊妹，有時候是兒子。」

「為什麼會這樣？」

「一言難盡。外人來到這裡總是很羨妒我們，大家誤以為在這麼寧靜的地方，舒適又安全的山中小城，日子一定是十分祥和。但也許真正的病源就是太過寧靜了。這種條件稱不上是快樂生活——反而成了某種牢籠。為了要逃離，他們只能自求了斷，而且總是選擇最激烈的手段。吞藥或是割腕都不夠，他們經常做出更恐怖的自戕行為，宛若在處罰自己一樣。」

「你救了很多人吧？」

佛洛笑了一下，「我想我的病人需求的重點不是藥物，而是能夠解除他們重擔的人。」

「看來你很清楚該怎麼運用適當的語彙讓他們吐露心事。你認識他們這麼久了，他們能夠對你坦承一切，想必深覺輕鬆自在。」

他說得沒錯，佛洛的確擅長探索別人的內心世界，因為他知道該如何傾聽，而且從來不會擺出高高在上的姿態。他總是充滿耐心，也不會在爭執的過程中對人大小聲，就連他自己的小孩，他也不曾喝斥過他們。他喜歡自己在大眾心目中的形象，思慮清明，他把自己當成了行走山林之間的醫生，就像那些古時候的醫生們一樣，認為病人的心靈與身體一樣重要，也因此成為妙手良醫。

「也許問題不只是不快樂而已，」沃格爾繼續說道，「搞不好在這種太過寧靜的狀態下，也帶走了他們對死亡的恐懼。你有沒有想過這一點呢？」

佛洛承認，「是有這個可能，」他趁勢發問，「沃格爾探員，你怕死嗎？」佛洛故意問出這個挑釁的問題，他希望能把沃格爾拉回到染血衣物的現實之中，以及他之所以會回到阿維卓的真正原因。

「當你的身邊充滿了他人的死亡事件的時候，已經無瑕去思索自己斷氣的那一刻。」沃格爾語氣尖酸，「那你呢？經常想到死亡嗎？」

「過去三十年，天天都想到這件事，」他指了指自己的胸膛，「三重繞道手術。」

「那麼年輕就得了心臟病？」

「那時候我已經有了小孩。當你必須肩負重責的時候，就算是年少力壯，這樣的本錢也不夠用。感謝老天，我撐過了十二個小時的危險手術，現在我只需要記得按時服藥，定時做身體檢查就是了。」佛洛對於這一段過去總是輕描淡寫，可能是因為他不想承認它所留下的烙印有多麼深沉。而一切就此變貌的那一夜，他所有的前塵往事都只不過是浮光掠影，就連那件事也不例外。

有人敲門，佛洛沒有請對方進來，反而自己起身，離開了診療室。顯然這是事先說好的暗號，但沃格爾似乎一點也不在意。

梅耶檢察官在走廊上來回踱步，甚是不耐，一看到佛洛，她就開口問道，「怎樣？」

「他有時候頭腦很清楚，但其他時候似乎都在恍神。」

「但他到底是不是裝的啊？」

「要回答妳這個問題，沒那麼簡單。他一開始的時候滔滔不絕，談的都是安娜・盧・卡斯特納的案子，我就讓他暢所欲言，因為我認為我們遲早會碰觸到昨晚的那場意外。」

沃格爾講出的話比較像是懺悔，但佛洛倒是沒提這一點。

「要小心，」梅耶提醒他，「沃格爾這個人很會耍心機。」

「如果他說出的話句句屬實，也不需要耍什麼心機。而且，截至目前為止，我覺得他沒有撒謊。」

不過，梅耶卻不是很相信這種說法，「沃格爾知道瑪莉亞・卡斯特納在三天前自殺了嗎？」

「他沒有提起這件事，我不確定他是否知情。」

「你應該要直接告訴他。畢竟，會發生這種事，基本上都是他的錯。」

佛洛老早就發現瑪莉亞承受不了喪女之痛的壓力，但他卻無能為力。自從她自殺之後，兄弟會的成員就不想與瑪莉亞有任何瓜葛，譴責她這種行為是褻瀆聖靈，甚至拒絕為她舉行宗教儀式的葬禮。「我認為現在提起這件事沒有任何意義，其實，反而可能會引發反效果。」

梅耶走到佛洛的面前，在距離他只有幾公分的地方站定不動，直視他的雙眼，「千萬不要被他給唬了。我曾經犯下了這樣的錯，而且到現在都無法原諒自己。」

「別擔心，要是他在演戲，一定會露出馬腳。」

他帶著兩杯熱氣蒸騰的咖啡、回到診療室。沃格爾早已離開了扶手椅，站在牆前，凝神細看先前引發他濃厚好奇心的虹鱒標本。

「我弄了點提神飲品。」佛格露出微笑，並將其中一杯擱在桌面。

沃格爾沒轉頭，「你知道嗎？我們永遠記不得受害者的姓名。」

佛洛坐下來，開口反問，「抱歉？」

「泰德・邦迪、傑佛瑞・丹墨、安德烈・齊卡提洛……我們大家都只記得這些殺人魔的姓名，但卻沒有人記得這些受害者叫什麼名字。你有沒有想過為什麼？而且，事實應該相反才是，我們總說自己充滿憐憫與同情，但大家卻忘了他們。您注意到了吧……」

「那你知道原因嗎？」

「大家都會告訴你，基本上這得要怪罪媒體，他們拿那禽獸的名字不斷轟炸我們，搞到每個人都受不了。媒體很壞的，您不知道嗎？」他的語氣聽得出諷刺，「但媒體其實也沒有殺傷力，我們只要按下遙控器的某個按鈕，就可以完全消解他們所造成的影響。只不過，沒有人會關電視，大家的好奇心都太強烈了。」

「也許我們最在乎的並不是那些殺人魔，而是正義。」

「少來了，」沃格爾大手一揮，對於這種想法很不以為然，簡直天真得可以，「談正義不會有觀眾，大家都對正義無感。」

「就連你也沒興趣嗎？」

沃格爾陷入沉默，這問題把他考倒了，「我知道瑪爾蒂尼有罪……有些事是當警察的人沒辦法解釋的，比方說，直覺。」

「這就是你追捕他、逼他無法繼續過日子的真正原因？」佛洛覺得他們已經進入了轉捩點階段。

「當我在驗屍台看到安娜・盧的肩包的時候，我心中某道防線崩潰了，梅耶檢察官一定會撤銷起訴，」他再次陷入沉默，然後，低聲說道，「我沒辦法坐視不管。」

「沃格爾探員，你到底想要告訴我什麼？」

沃格爾抬頭看著他，「這絕對不會是第二個德格案。到了最後，『斷手魔』逍遙法外，每個人都向他道歉，他甚至還賺進了數百萬元的冤獄賠償金。」

佛洛坐著不動，宛若全身癱瘓了一樣，但他不想逼促沃格爾。

「那一晚，我們約在馬路邊那間餐廳、首次正式會面，瑪爾蒂尼的手纏著繃帶。這白癡根本沒去縫針，傷口還在流血。」沃格爾對於那一刻記憶猶新，他將照片收回檔案夾的時候，在藍色塑膠桌面上發現了那一滴鮮紅血漬。

「肩包上的那個血跡，」佛洛不可置信，「原來真的是你搞出的偽證。」

一月十七日
失蹤案發生之後的第二十五天

十二點剛過沒多久，一台無塗裝標誌的警車穿過監獄安檢門，停在某個六角形中庭裡面，四周都是灰色高牆，讓這裡看起來簡直像座水井。

兩名便衣警察從後座出來之後，扶著瑪爾蒂尼下車。由於戴了手銬，他的行動也變得有些遲緩，等到他站在柏油路面之後，他才終於抬頭仰望。

整片星空只剩下令人窒息的狹小區塊。

波吉坐在副座，這次他終於不用當司機了。他手裡拿了一份檔案，裡面有梅耶簽發的拘票，還有瑪爾蒂尼整個下午待在檢察官辦公室的偵訊筆錄。他依然全盤否認，但證據的確不容置喙。

波吉走在那兩名警察與瑪爾蒂尼的前面，進入了C區。然後，他把文件交給獄卒組長，這是移送流程的其中一部分。「羅列斯．瑪爾蒂尼，」波吉開始敘述嫌犯背景資料，「起訴罪名為綁架與殺害未成年人，再加上惡行重大的藏屍罪。」

顯然這位組長知道瑪爾蒂尼是何許人也，也很清楚他為什麼會出現在此，但基本程序就是得確實遵守。所以，他直接請波吉在入監表格上簽名。

等到辦完了所有手續之後，波吉在離開之前、最後一次盯著瑪爾蒂尼，他似乎很困惑，不知如何是好，他面露乞求，望著這位年輕警官，很想要知道接下來會發生什麼事。但波吉不發一語，反而轉向另外兩名員警，一點也不囉唆，「我們走吧。」

瑪爾蒂尼看著他們離開。然後，有兩個人抓住他的兩側手肘，硬是把他拖走。那兩名獄卒把他帶進某個狹小的房間，牆面結滿了潮濕的壁癌。房內有張小鐵凳，斜坡型地板的正中央有個排水孔塞蓋。

他們解開了他的手銬，「脫衣服！」

他乖乖照做，脫到一絲不掛，他們命令他坐在矮凳上，隨即打開了他正上方的蓮蓬頭——先前他並沒有注意到有這東西——又交給他一塊香皂。瑪爾蒂尼為了要更容易刷洗，一度想要站起來，但卻立刻被他們阻止，因為這違反了規定。水溫只有微熱，而且還有氯氣的味道。終於，他們給了他一條小到不行的毛巾，幾乎是立刻就濕成一片。

其中一名獄卒說道，「站好，雙手貼牆，身體盡量前傾。」

瑪爾蒂尼在發抖，因為低溫，也因為懼怕。他不知道後頭會發生什麼事，不過，當他聽出橡膠手套的劈啪聲響的時候，他也猜到了。針對身體的這項安檢過程持續了數十秒，瑪爾蒂尼全程閉眼，彷彿在消抹自己的屈辱感。等到獄卒確定他肛門內沒有夾藏任何東西之後，他們命令他再次坐回小凳。

時間分分秒秒過去，沒有人講話，寂靜無聲，瑪爾蒂尼只能枯等。然後，有腳步聲傳來，身著白袍的醫生走了進來，手裡拿著小小的檔案夾。「有沒有慢性病？」他連自我介紹都懶得說，劈頭就開始發問。

瑪爾蒂尼氣若游絲，「沒有。」

「有沒有在服藥？」

「有沒有感染過性病？現在有沒有罹患什麼性病？」

「沒有。」

「有沒有使用毒品？」

「沒有。」

醫生記錄完最後一句之後，不發一語離開了。獄卒抓住瑪爾蒂尼的雙臂、逼他站起來。其中一個交給他監獄制服，淡藍色，粗糙帆布材質，另外還有一雙塑膠鞋，足足比他的腳小了兩號。「穿上！」然後，他們又銬住他，帶他進入某條似乎永無盡頭的長廊，一連穿過了好幾道門，開啟，又迅速闔上。

雖然現在是晚上，但監獄卻是徹夜不眠。某間牢房裡傳出了節律式的低沉金屬噪音，過沒多久之後，也感染到其他人。這股聲響伴隨著他與獄卒的腳步，宛若眾人在大張旗鼓迎接罪犯報到，而且，他還聽到了鐵門後方的各種邪惡低語。

「畜牲！」

「你的好日子沒幾天了，我們一定給你好看。」

「歡迎進入地獄之門。」

這是專門針對犯下侵害未成年人重罪者的歡迎詞。根據犯人之間的道德律法，這種人的罪行根本連進入大牢的資格都沒有。對於這類罪犯來說，他們還多了額外的刑罰：成為被痛宰的目標。

瑪爾蒂尼一路低頭，他的制服尺寸過大，一直往下掉，但被銬住的雙手實在很難拉住褲頭。他們走到某個厚重的鐵門前面，其中一名警衛打開門之後、把他推了進去。裡面光塞一個人都嫌擠了，更不要說站三個人。裡面有張行軍床，角落放置了鋼製便盆，牆邊有洗手台。月光透過小窗流瀉而下，還有一股冰寒的氣息也跟著流竄進來。

第四個人進來了，年約五十歲左右，體格健壯，制服袖身快被二頭肌撐爆了，「我是艾維斯組長，」他繼續說道，「專門負責監管單人囚房。」

瑪爾蒂尼原本以為艾維斯準備要開始介紹這裡的運作模式，但沒想到卻直接把褐色羊毛毯交給他，還有餐盒與湯匙——兩個都是矽膠製品，所以沒辦法拿來自戕或是傷害別人。

「這些物件，就與床上的床墊一樣，均屬監獄財產，」他宛若在背書一樣，「給你的時候都完整無缺，要是遺失或毀損，你都必須負全責。好，在這裡簽名。」

他把手中的寫字板遞過去，瑪爾蒂尼也在清單的下方簽名，他覺得好納悶，這些東西究竟有什麼價值？必須這麼大費周章？他現在才了解到監獄最恐怖的一面：對於官僚系統的偏執。鐵窗生涯的每一個面向，就連最微不足道的部分，也必須靠形式與法令予以規範。每一項決策都是出於別人的安排。為了要把個人的主動權限縮到最小範圍，每一個動作都被轉化為法制化的某種標準，而且，完全剝奪了人性。正因為如此，自然也不會有投射感情、憐憫或是同理心的空間。

你的共處對象只有自我，以及自身犯下的罪行。

獄卒與艾維斯組長離開了牢房，瑪爾蒂尼站在原地，手裡拿著褐色毛毯、餐盒與湯匙。他們關上沉重的鐵門，鑰匙插入了鎖孔。

囚牢變得一片靜寂，瑪爾蒂尼自言自語，嗯，被痛宰的目標。

沃格爾等了二十四個小時之後，才正式發表聲明。他希望昨天逮捕行動所引發的喧譁之聲能夠先行冷卻，才能讓自己成為鎂光燈之下的唯一焦點。

在沒有被害人屍體的狀況下、依然能夠成功將某人以謀殺罪起訴的警官。

現在，他站在依然被當成專案室的學校體育館裡面，面前是堆得宛若樹林一般密集的麥克風，仔細享受被媒體關注的快感。為了與記者見面，他今天特地挑了一套新裝，深色絲絨外套、灰色長褲、斜紋領帶、白襯衫、一對星狀的白金袖扣。他依然戴著安娜·盧的珠鍊手環，就是想要把它當成炫耀的戰利品。

「警方一絲不苟、鴨子划水式的辦案，終於達到了我們眾所期盼的成果。各位看得很清楚，付出決心與耐力，一定會得到回報。雖然媒體與社會大眾的壓力排山倒海而來，但我們卻沒有因而迷失方向，我們秘密辦案，避開鎂光燈，就是為了要完成一開始所自我設定的目標：一定要找出安娜·盧·卡斯特納失蹤的真相。」

警官波吉站在一旁，冷眼旁觀，心想這人講出悖離事實的話，卻臉不紅氣不喘，也未免太弔詭了。雖然沃格爾講的話完全沒有提到那個紅髮雀斑女孩出了什麼事，但他的確很有一套，能夠說服大家相信他所說的話。因為，就連沃格爾自己也深信不疑。

「現在，我們在阿維卓的工作已經結束，接下來就交由司法系統接棒，我相信梅耶檢察官一定會充分利用我們追查得來的鐵證。」

站在他身邊的梅耶，一看到直接對著她的那些攝影機，立刻微微側頭。這雖然是個小動作，但對波吉來說，這個動作的意涵卻很明顯，她跟沃格爾不一樣，她沒辦法對自己撒謊。

某名記者問道，「卡斯特納一家人知道嫌犯被捕的事嗎？」

「我想他們是從電視上得知了消息，」沃格爾回道，「但我會盡快去探望他們，向他們解釋事發經過以及現在的狀況。」

「你是不是放棄搜尋安娜·盧了？」發問的人是史黛拉·阿納。

沃格爾早就料到會有此一問，他採取的是迂迴戰術，「當然不會，」他立即向大家做出保證，「我們一定會拼湊出案情的全貌，沒找出最後一個疑團，絕不罷休。這個可憐女孩到底出了什麼事？一直是我們的辦案要點。」

波吉心想，但是，那幾個字——「可憐女孩」——等於正式承認他已經完全放棄尋找她了。萬一警方任務失敗，這是可以讓他們全身而退的某種話術。而且，等到媒體再也不願跟追這條新聞之後，當局就會立刻大幅削減搜索經費，看不到鑑識小組、搜救犬或是蛙人，當然也不會出現直升機在群山之間盤旋的景象。

義工們會陸續返家，但率先放棄阿維卓的那群人一定是記者。再過個幾天，馬戲團就會拆棚，只留下一塊堆滿廢紙的空地。電視台工作人員撤了之後，這座小鎮與居民會再次浸淫在那種令人昏沉的日常氛圍之中。大家又開始過著以前的那種生活，幸運擁有螢石土地的那些人，以及那些因為礦產而變得相對赤貧的另一群人——他們之間的懸殊差異終將再次浮現。臨時重新開張的飯店與餐廳將會慢慢流失顧客，而那些「追求恐怖體驗的觀光客」會挑選其他目的地，發生可怖罪行的地方，好讓他們能在星期天的時候帶著家人一起出遊。也許馬路邊的那間餐廳可以再撐個一年吧，但就連那裡的老闆到了最後也不得不棄守，終究會體悟到最佳方案就是關門。

對阿維卓這地方來說，偶爾叫人生厭的意外人潮終於畫下句點，但不會有人忘記那個冬天。

沃格爾正打算要就此結束，因為他必須要盡快趕到市中心，趕去參加某個知名的晚間談話性節目。就在這個時候，史黛拉．阿納再次舉手，「沃格爾探員，我還有最後一個問題，」雖然他沒有示意她開口講話，但她還是直接發問，「在歷經了這場漂亮勝仗過後，我們是不是可以歸納出這樣的結論？在你的警察生涯當中，唯一的不堪插曲也只有德格案而已？」

史黛拉撕裂傷口的技巧簡直跟野獸一樣，沃格爾對她恨得牙癢癢的，他勉強擠出微笑，「好，阿納小姐，我知道從妳與妳同事的角度來看，區分成敗極其簡單，不過，對我們當警察的人來說，還是有灰色地帶。『斷手魔』——這都是你們媒體給他的稱號——再也不曾犯案。他可能會繼續出手，也可能就此收山。但我寧可抱持這樣的想法，他被我們嚇破了膽，想要繼續搞炸彈，都得要考慮再三。」

他漂亮搶分，現在也該是撤退的時候了。他趕緊離開麥克風，以免又有人提出討人厭的問題、害他無法抽身。

這場大戲的主角走向出口，相機鎂光燈對他閃個不停。原本靠在後方牆面的波吉警官立刻起身，跟了過去。一切終於落幕，他固然開心，但心中不免有些揮之不去的小小惆悵，因為他很難接受這樣的結果。他一度真心以為自己成為了某種史詩、某種正邪大戰裡的一角，不過，在瑪爾蒂尼被逮捕之後，他卻完全沒有如釋重負之感。總而言之，他們之所以能夠偵破這起案件，靠的是運氣。

往正面想，他現在終於可以回到卡洛琳的身邊，兩人一起等待女兒出生。但他一定會想念工作，想念阿維卓。

波吉在體育館外面追到了沃格爾，他開口問道，「要不要我開車送你回旅館？」

沃格爾抬頭望著天空，「不用了，謝謝。我想趁這種好天氣散散步。」然後，他又拿出了平日帶在身邊的那本黑色筆記本。

在這次的偵辦過程當中，波吉看到沃格爾做出這個動作不下數十次之多。他到底寫什麼寫得這麼認真？波吉實在十分好奇，想必那些內容一定有許多可供學習之處。

「好，波吉警官，我們得道別了，」沃格爾居然把手擱在他的肩頭，這種宛若慈父的動作，一點都不像是他的風格，「等到出現下一個案子的時候，我會請你加入我的工作團隊。」

沃格爾心想，這次的場合，和樂融融，因為這一次完全不需要把失敗的責任推給下屬。不過，波吉倒是證明了自己的用處：這小男生真的很嫩，不管講什麼他都深信不疑。

「長官，能在您手下工作，的確是我的榮幸，」看來波吉這番話出於至誠，「我學到了很多。」

沃格爾不免有些存疑。他的調查方法綜合了策略與投機主義，旁人很難可以學到真髓，而且他也不打算與別人分享他的秘密。他微笑回道，「嗯，太好了。」

他正準備要離開，波吉卻開口，「長官，抱歉，有件事我一直想不透……」

「請說。」

「你有沒有想過瑪爾蒂尼為什麼要綁架殺害安娜．盧？而且還要藏匿她的屍體？我的意思是……你覺得他的動機究竟是什麼？」

沃格爾假裝在嚴肅思索這個問題，「波吉警官，人們有恨。恨意是某種難以捉摸的東西，很難具體展現，而且也沒辦法把它當成呈堂證供，不過，很不幸的是，它的確存在。」

「抱歉，但我真的不懂，為什麼瑪爾蒂尼會恨安娜．盧？」

「不是針對她，他憎恨的是全世界。其實，這個老師過著卑微的生活，他的老婆背著他偷人，他差點就失去了自己的家人——後來，也真的發生了這種事。怨恨長期累積，必須要找到出口，我認為瑪爾蒂尼心懷報復其他人的想望。而殺死安娜．盧這種青春天真的少女，正好是懲罰我們眾人的完美方式。」

不過，波吉卻不是很服氣，「奇怪了，因為我們在警校的時候學到的不是這樣，憎恨不是殺人的主要動機。」

沃格爾又露出微笑，「讓我給你一個忠告吧，你絕對不會從別的警官口中聽到這種話。忘了你在學校所學到的一切，要練習思索每個案子的獨特之處，不然你永遠也無法培養出抓出惡徒的本能。」

波吉目送沃格爾離去，雙眼一直盯著那件喀什米爾外套。他心想，這種抓出惡徒的本能，就像是與殺人截然對立的另一種本能。

在走回飯店房間的路途中，沃格爾不斷在心中重複那句話，憎恨不是殺人的主要動機。那個臉上還掛著兩條鼻涕的臭小孩哪懂得殺人犯的心理？而且居然膽敢挑戰他所說的話？不過，他絕對不會讓這股怒氣掩蓋了一整天的喜樂心情。波吉不會有前途的，這一點他十分篤定。

這些日子吊掛在衣櫥裡的衣服，已經全部被攤放在床上，每一件都裝進了專屬的防塵袋，全部就和他的鞋子一樣，也早已收入棉布袋裡面，領帶、襯衫、內衣也一樣。這些衣物鋪滿了整個床，構成了一幅十分整齊又五彩繽紛的完美拼貼圖。過沒多久之後，沃格爾就會把所有的東西收入行李箱。不過，當他走到床邊的時候，卻發現了先前從未見到的某個物品。

電視旁的床邊桌上面，放了一份包裹。

他滿心狐疑，拿起東西。一定是某個飯店工作人員趁他不在的時候把它放進來的。但卻沒看到任何字條。他覺得有異，遲疑了一會兒，決定還是打開這份禮物。

他打開盒子，裡面是一台破舊的筆記型電腦。

這是在開哪門子的玩笑？他打開螢幕，鍵盤上放了一張小卡片，極為工整的鋼筆字跡。

他是無辜的。

在這幾個字的下面，還有一支手機號碼，與他先前收到的那兩封神秘客簡訊的來電號碼一樣——我有事找你，打這支電話給我——他覺得對方一定是某個想跑獨家的記者，所以立刻刪除。

沃格爾覺得一肚子火，他實在無法忍受別人侵入他的私領域。不過，他也必須老實承認，自己對於這台電腦的確產生了某種好奇心。依照常識判斷，他應該要就此打住，但老實說，看一下也無礙。

他伸手打開了筆記型電腦。

過了一會兒之後，它才悠悠醒轉過來。純黑螢幕轉為藍色，正中央，只有一個小圖示，某個網路瀏覽器。沃格爾正打算點開，但電腦卻自動連接開啟，螢幕上出現了某個網頁，只有粗糙的基本圖像。他心想，這一定是多年前建置的舊網站，根本沒有人造訪的那一種，但依然像是碎渣一樣、漂浮在網路的表層。

這網頁甚至還有個名稱。

霧中男子。

標題下方有六張面孔，一字排開：全都是年輕女孩，長得都很像，紅髮，雀斑，最重要的是，她們都酷似安娜・盧・卡斯特納。

電話另外一頭，響了好久，終於有個聲音沙啞的女子接起電話，「沃格爾探員，我等你等好久了。」

沃格爾立刻起了戒心，「妳是誰？又想要向我證明什麼？」

那女子依然一派鎮靜，「我總算讓你注意到我了，」她講完這些話之後，又連續短咳了好幾聲，「我是碧雅翠絲・蕾曼，我是記者，或者，應該說我曾經當過記者。」

「我不會對我剛才看到的那些東西發表任何評論，不管那是什麼都一樣。所以妳就不需要作白日夢了：想要靠這個成名？門都沒有。」

「我的目的不是要訪問你，」蕾曼回道，「我要給你看某個東西。」

沃格爾想了好一會兒，他餘怒未消，但心中的直覺告訴他，必須要聽這女人的話才是正道，「好，我們就見個面吧。」

「你要過來找我。」

沃格爾爆出不爽大笑，「為什麼？」

「你來了就知道。」

他還來不及回話，那女子已經掛了電話。

一月二十一日
失蹤案發生之後的第二十九天

碧雅翠絲．蕾曼不良於行，困坐在輪椅裡。

沃格爾足足花了四天的時間才下定決心去找她，不過，在這段時間當中，他已經仔細收集了有關她的資料。她從事記者多年，主要是處理地方新聞，但她某些文章的確讓政客與位居高位者臉上無光。她曾經是難纏的記者，但風光時代早已過去了，現在，她已經嚇不倒任何人。

一開始的時候，沃格爾本來打算對她置之不理。充其量就是個想重振旗鼓、再博取一點名聲的過氣記者罷了。不過，他又想到她可能會去找史黛拉．阿納之類的記者。史黛拉絕對不會拒絕的，這是對卡斯特納這案子吃乾抹盡的大好機會，除了他的辦案成果之外、她還能將精采刺激的另類案情版本提供給社會大眾。要是有人相信這種胡言亂語，那就糟了，尤其他為了要將瑪爾蒂尼繩之以法，還搞出了偽證。沃格爾不希望在此時此刻看到有人好事插手此案。所以，他最後還是決定要與那女人會面。

蕾曼住在阿維卓邊郊的小農舍。她一直未婚，唯一的伴侶就是一窩貓，全都擠在她的屋內。她迎接沃格爾的時候，那苦怨絕望的模樣讓他嚇了一跳，她的臉上佈滿了褐色深紋，一頭灰髮梳成髮髻，身上的毛衣沾了許多菸灰，而到處都看得見塞滿菸屁的菸灰缸。屋內散發出一股陳年尼古丁的臭氣，還混雜了刺鼻的貓尿味，成堆的文件與舊報紙如果不是堆在書櫃、就是直接擱在地板上面。

「沃格爾探員，歡迎歡迎。」她一邊打招呼，一邊引領他入內。在這一片狼藉之中，還是有某種通道能讓坐在輪椅裡的蕾曼前行，而且出奇順暢。

沃格爾把喀什米爾外套拉得好緊。他不想碰任何東西，很怕沾到屋內的灰塵，最可怕的是，搞不好有什麼病菌。「老實說，」他講出了自己的開場白，「我不知道我為什麼要來這裡。」

蕾曼哈哈大笑，「不過，我覺得真正重要的是，你終於來了。」然後，她退到了書桌後面，向他指了指桌前的椅子，請他入座。

沃格爾百般不願，但還是坐了下來。

「我發現你沒帶我寄給你的那台筆電。那是我唯一的電腦，我非常需要拿回來。」

「我以為那是禮物，」沃格爾語氣充滿譏諷，「我會盡快歸還。」

蕾曼點了菸。

沃格爾問道，「一定得抽菸嗎？」

「由於某名婦產科醫生的疏失，害我一出生的時候就雙腳癱瘓，所以我才不鳥自己做的事會不會傷害別人。」

「好，我們趕快切入重點吧，我沒有時間跟妳虛耗。」

「我創辦了一份小型的地方報，擔任總編四十年。一切都由我自己來：無論是新聞還是訃告都由我自己動手。而網路出現之後，就讓我的多年心血被時代所淘汰了。由於欠缺讀者支持，我只好關報。現在，大家會知道世界另外一頭的即時新聞，但卻對於周邊發生了什麼事一無所知。」碧雅翠絲講完了簡短的開場白之後，從某個書櫃取下一個厚重的檔案夾，還引發好幾份文件與報紙崩落而下。她把檔案放在大腿上，但並沒有打開。「身為記者，這一路走來也經手了數百個案子，」她繼續說道，「但總有某些案子如影隨形：你忘不了那些受害者的面孔，你一直記掛在心，宛若寄附罪惡感而生的寄生蟲，也許你們當警察的人也一樣。」

「有時候的確如此。」沃格爾敷衍稱是，純粹想要趕快聽她把故事講下去。

「好，凱蒂亞·希爾曼失蹤案發生的時候，我自己的那隻心蟲開始為自己鑽洞，」她再次拿起檔案，讓它重落桌面，「她是第一個。」

那聲碰響在狹小空間裡發出了短促回音。沃格爾不發一語，望著那份厚重的檔案。他知道自己一旦打開了它，就很難脫身了。但他別無選擇，只能打開了紙板封面、開始逐頁閱讀。

第一個映入眼簾的是凱蒂亞·希爾曼的舊照。他已經在網路上看過了，但現在他可以看個仔細，那女孩身著藍色罩衫：學校的制服，她對著鏡頭微笑，有雙真誠的藍色眼眸。接下來的其他照片，全都是紅髮雀斑青少女。沃格爾一張接著一張仔細端詳，這些女孩簡直像是姊妹一樣，臉上都有同樣的天真神情。他心想，這是宿命，對於天真無邪的詛咒，全在她們身上應驗了，

他仔細翻閱檔案，蕾曼則一直盯著他，她靜靜抽菸，香菸夾在指尖，緩緩深吸，也不管菸尾的積灰已經顫顫巍巍、隨時可能落下來。

沃格爾發現除了這些可能受害者的個人資料之外，還有許多蕾曼自己寫的新聞，以及某些來自警方的敷衍筆錄。

「這些女孩來自不同的家庭背景，」碧雅翠絲打破沉默，「會施暴的父親，被痛毆卻從來不曾報案的妻子。也許這正是阿維卓與其他村鎮從來不曾認真調查失蹤案的原因。青春少女想要逃離那種宛若地獄的家，也可以說是合情合理。」

「但妳卻看出這些案子之間的關聯性，妳覺得很可能是同一人所為。」

「全都是十五到十六歲的女孩，紅髮，長雀斑，顯見這是某種癡迷症。我覺得這真是太明顯了，但卻沒有人相信我的說法。」

沃格爾正在看某份報告的日期，「最後一起失蹤案的發生時間是三十年前。」

「沒錯，」碧雅翠絲回道，「而你的這個瑪爾蒂尼，當時還沒搬到阿維卓。其實，當時他根本還是個小孩。」

沃格爾心想，對，史黛拉．阿納一定會愛死這種新聞。雖然他覺得這與卡斯特納一案的相似度只是巧合，但他不能只是聳聳肩，一走了之。首先，他必須點醒蕾曼，這些案子其實並沒有關聯性，只是她多想罷了。所以，他必須要了解更多的案情才是。「安娜．盧失蹤的時候，為什麼除了妳之外，沒有人提起這件事？」

「因為大家很健忘，難道你不知道嗎？多年前，我創設了我先前給你看的那個網站，希望可以讓記憶回魂，但再也沒有人關心那些可憐的女孩了。」

「為什麼要稱他為『霧中男子』？」

蕾曼是老菸槍，聲音本來就低沉，現在變得更加嘶啞，「有人消失在迷霧之中，我們心裡有數，但卻根本看不見。沃格爾探員，無論那些女孩的下場有多麼悲慘，無論是生是死，她們依然存活在大家的心中。基於某種令人費解的理由，這個霧中男子帶走了她們——我非常確定，我們要找尋的兇手只有一個人而已。我們知道那不是瑪爾蒂尼，我只能假設他依然躲在某處，尋找新獵物。」

「不合理，」他開口問道，「為什麼收山三十年之後，又再次犯案？」

「也許他搬到別處，現在又回來了。或者他在其他地方犯案，但我們永遠不知道，我們只能尋找有相同特徵的女孩而已。」

沃格爾搖頭，「抱歉，但我實在聽不下去了。卡斯特納這個案子引發這麼大的騷動，當然會有人想要拿類似的案件吸引警方或媒體的注意力。」

蕾曼本來打算要立刻應答，但卻突然忍不住咳嗽，「我要給你看的東西不只是檔案而已，」「我拿到這東西已經有一陣子了，不過，你看一下郵戳，就會發現寄件日期是安娜·盧失蹤的那一天。」

沃格爾對那份檔案興趣盡失，立刻拿起包裹。

「你也看到了，寄件地址是這裡，但收件人卻是你的名字。不過，你一直沒有回我簡訊，所以兩天前我就自己拆開了。」

沃格爾拿起信封、透過撕口瞄了一下裡面的東西，然後，他伸手進去，取出了一本粉紅色記事本，封面是小貓咪的照片。

他馬上就猜到了，安娜．盧的真正日記本。

不讓母親看到的那一本，他們一直找不到的那一本。想必她一直把它藏在那個最後被丟棄在水溝的肩包裡。

沃格爾望著日記本上的心形小掛鎖。

現在他想要釐清狀況。把日記寄給蕾曼的那個人，動機只有一個，就是想要吸引大家對於霧中男子的興趣。他是誰？瑪爾蒂尼在這整起事件中又是什麼角色？他心中有一股越來越強烈的不祥預感，他搞錯了，這個老師不是兇手，而且，當初處理德格案時的相同感受又回來了，那案子也一模一樣，他十分確定自己已經找到了真兇，他也逼不得已、搞出了偽證。只不過，他沒有弄錯，德格的確就是「斷手魔」，所以這傢伙才不敢繼續犯案。

他搖了搖日記本，詢問那女人，「妳想要我怎麼回報妳？」

蕾曼毫不遲疑，「真相。」

「妳是不是想要獨家新聞？」

「這位朋友，你想太多了，其實，我只是個心思單純的女人而已。」

沃格爾再次想到了瑪爾蒂尼的話，還有自己的處境，惡魔愚蠢至極的罪行就是虛榮，也許他真的犯下了虛榮之罪，現在受到了懲罰。

「如果我想要你給獨家。那我直接找電視台、把日記本賣給他們就可以了，還可以海削一大筆錢。」

她說得沒錯。他怎麼這麼蠢，居然沒想到這一點？不過，既然她不想要名也不想要利，那麼她的目的究竟是什麼？「我答應妳，要是這裡能夠挖出任何線索、重啟調查，並且擴大到其他六個失蹤女孩的話，我立刻義無反顧。」他的語氣宛若做出了鄭重的許諾。

「這是抓到霧中男子的最後機會，」蕾曼回道，「我相信你絕對不會浪費這個機會。」

顯然，她是完全信以為真了。

會客室的鋼製桌椅全被拴固在地板上面。天花板很低，講話時會產生惱人回音，所以幾乎無法談話。不過，現在除了在遠方靜靜監看的四名獄卒之外，裡面只有羅列斯·瑪爾蒂尼與李維律師而已。

雖然瑪爾蒂尼在牢裡待了只有幾天，但看起來卻十分疲憊。「我在這裡是話題人物，他們讓我住單人牢房，但晚上的時候，依然可以聽到其他犯人在對我叫囂威脅。他們沒辦法動我，但卻想盡辦法讓我睡不著覺。」

「我去找典獄長談一談，讓你換牢房。」

「最好不要，我不想繼續樹敵。當監獄明星已經夠辛苦的了。」他開始苦笑，「有個獄卒暗示我最好不要碰監獄廚房端出來的食物。我覺得就連獄卒也對我深惡痛絕，他這麼說只是為了嚇唬我而已。哎，我是真的被他嚇到了，因為自此之後，我就只敢吃餅乾而已。」

李維本想要開口鼓舞自己的當事人，但現在反而似乎十分擔心他的狀況，「你不能這樣下去，一定得吃東西，必須要維持體力。不然的話，你會受不了審判的壓力。」

「你知道什麼時候開始嗎？」

「他們說大約再過一個月，也許會再拖個幾天也不一定。檢方已經掌握了充分證據，但我們準備要逐一反駁。」

「我又沒有錢，該怎麼繼續進行下去？」

李維壓低聲音，以免被獄卒聽到他講的話，「所以我才安排你與史黛拉・阿納見面，你居然拒絕她的提議，真笨哪。」

「所以你打算放棄我了？」

「少給我胡說八道。我還是覺得我們有機會，能夠起訴你的關鍵在於DNA證據，如果我們能夠推翻的話，他們就沒戲唱了。我已經找到了某名遺傳學家，會再做一次血跡的DNA比對測試。」

瑪爾蒂尼似乎半信半疑，「有人告訴我，你跑去上電視，在節目裡大談我這個人以及案情。」

這聽起來像是指控，但李維卻不以為意，「我們必須讓大家聽到你的說詞，這一點非常重要，你沒辦法出席，所以我只好代勞了，」

瑪爾蒂尼沒辦法出言批評，畢竟李維的酬勞就是曝光機會，所以利用他的案子上電視也沒差了。「有沒有聽到我家人的消息？我太太和女兒都還好嗎？」

「她們很好，不過，因為你待在單人囚房，所以她們不能過來探視你。」

瑪爾蒂尼心想，反正她們也不會過來探監。

「等著看吧，我們進入審判程序之後，將會一一駁斥所有指控，真相終將水落石出。」

□

沃格爾離開碧雅翠絲・蕾曼的住處之後，整個下午都在山區小路四處開車亂晃。他必須要靜心思考，釐清頭緒。他原本打算在幾天前就離開阿維卓，但現在反而被困在這裡，逼得他必須做出以前從來沒有做過的事，而且他也不確定自己能不能辦到。

調查辦案。

霧中男子毀了他的計畫，現在，這傢伙安心隱身在他的白色煙幕之中，盯著他，大笑不止。

據稱是安娜・盧的那本日記，就擱在他身旁的座位。沃格爾還沒有打開，因為他不確定這個舉措是否恰當。首先，他必須評估各種優缺點，搞不好真正的解決之道就是把它扔了或燒了，就此忘掉一切。也許霧中男子不想再現身，他的目的也許只是嚇唬沃格爾而已，是有這個可能。但對他來說，這就夠了嗎？沃格爾心想，這傢伙一定也早就想到了這一點，所以他還不敢毀棄這個有機會讓瑪爾蒂尼無罪開釋的證據。他心中甚至曾經閃過一個念頭，也許可以靠這本日記讓他們放了那個老師，他也會被記上一筆大功勞，不過，可能會有人懷疑他在這個案子提供的是偽證，就和他先前在德格案搞出的紕漏一樣，這種懷疑論很可能會毀了他的前途。他根本沒想到現在有個無辜之人正在坐牢，他不在乎這種事，早就不管了。他真正恐懼的是，霧中男子在三十年之後決定再次犯案，如此一來，就會證明沃格爾作假，因為發生了安娜．盧的案子之後，他鐵定會繼續出手。另一個紅髮雀斑女孩，某人的女兒。不過，對沃格爾來說，這件事的重要性同樣是零。他必須先把自己放在第一位，這並非是他憤世嫉俗，而是因為這攸關自己的生死存亡。

外頭的陽光已經開始黯然退位，沒入幽暗之中。

沃格爾開了將近三個小時的車，最後是油表快要見底、才逼得他只好停車。他把車停在礦場沉砂池旁邊的空地。他下了車，聞到了充滿粉塵的氣味，前方有一堆堆的螢石，在一片黑暗之中，這些礦物散發出淡綠色的光芒，類似極光，但少了那股生命力。沃格爾往前走了幾步，拉開拉鍊，開始撇尿。在這段過程中，他覺得似乎有人在連續輕敲他的肩膀，顯然這是他的憑空想像，但他真的覺得有人想要喚起他的注意力。

那本躺在汽車座位裡的日記正在呼喚他。它彷彿在講話，不能就這麼抛下我不管。

他解放完之後，回到車內，坐好，拿起日記本，仔細凝望，彷彿把它當成了某種遺物。然後，他突然湧起一股衝動，硬是扯斷了那個心形小掛鎖。他覺得忽冷忽熱，緊張萬分。

他隨意翻頁，立刻認出了那是安娜．盧．卡斯特納的字跡。

「媽的！」他喃喃自語啐了一句，隨即開始閱讀內容，希望能找到指向羅列斯．瑪爾蒂尼的線索——證明他就是殺害這名失蹤女孩的兇手，而不是什麼霧中男子。顯然，不可能是那個老師把日記寄給碧雅翠絲．蕾曼。而寄件日期是安娜．盧失蹤的那一天，所以寄件者的意圖絕對不是要證明瑪爾蒂尼無罪，因為他當時根本還不是嫌犯。不，這個舉動一定還有其他意涵。

這是兇手的簽名。

所以沃格爾沒有發現安娜．盧與瑪爾蒂尼之間的任何關聯，她拚命想要隱藏的日記秘密，其實根本是另外一件事。

八月十一日：在海邊認識了一個超好的男孩。我只遇過他兩次，我覺得他想要吻我，但他一直沒有動作，天知道明年還會不會看到他。他名叫奧立佛，這名字好好聽！我決定每一天都要把他名字的第一個字母寫在我的左臂上，最靠近心臟的那隻手臂，冬天到來，也會持續下去，我會一直寫到明年我再見到他的那一刻。這是我的秘密，宛若我們終將會再度相遇的象徵。

沃格爾迅速翻閱其他部分，還有許多段落提到了這位神秘奧立佛，安娜．盧純真少女懷春、想望卻永遠不可能實現的那個對象。

「奧立佛……」沃格爾自言自語，他又想到了現在安娜．盧．卡斯特納屍體手臂上的那個大寫字母，原子筆墨色的一個小O，與她一樣，逐漸腐爛消蝕，而且不會有任何人發現。

她的秘密與她一起消失在人世了。

不過，日記裡還有其他的線索。沃格爾一開始並沒有注意到原本夾在日記本裡面、滑落而下的那張紙。後來，他才從座位下方的地墊撿起來，他打開之後，仔細閱讀，發現這張紙並非是女孩塞進去的。

此一遊戲的新線索是張地圖。

一月二十二日
失蹤案發生之後的第三十天

他一夜無眠。

地圖就放在床邊桌。沃格爾將棉被掖到下巴，整晚動也不動，盯著天花板。腦中累積的問題與疑慮不斷累積，害他完全無法思考。全新遊戲即將展開，而他已經沒有任何資源可以玩下去，但霧中男子絕對不會任由他這麼撤出，現在，他只有一個選項。

繼續追蹤。

雖然沃格爾很怕這個禽獸所設下的結局對自己不利，但也只能硬著頭皮幹下去。

這是他踏入警界多年以來、第一次因為真相而膽顫心驚。

大約在五點鐘的時候，他下定決心，待在飯店房間的時間也夠久了，他只能立刻展開行動，一心盼望最後能夠順利拯救自己。所以，他離開了自己避難專用的層層被繭，下了床。

在著裝之前，他檢查了一下自己的貝瑞塔警槍，多年來隨身攜帶、只是為了亮相好看的那把槍。其實，除了在靶場之外，他從來沒有開火過，他也很懷疑自己還有沒有用槍的能耐，而且，他也不確定自己能否依照標準程序保養槍枝——其實，他通常會把這種任務委交下屬。他拿起手槍，嚇了一跳，印象裡沒這麼重，不過，一定是焦慮引發了事物的質變。他確定彈匣子彈已經裝滿，槍管運作順暢，但他的手在發抖。他提醒自己，一定要冷靜。他開始穿衣服，不過今日不走平日的優雅西裝風格，反而是深色毛衣、休閒褲，以及最舒適的一雙鞋。

幾乎所有的記者都已經棄守阿維卓。有兩家電視台的工作人員繼續留守、報導這個案子的收尾過程，但特派員已經換人，大牌記者都閃了。不過，沃格爾依然很擔心，搞不好有哪個想要挖獨家的實習記者為了要爭取升遷機會、特別注意他的行蹤。所以他離開城區的時候，格外小心翼翼，頻頻張望後視鏡，確定沒有人在後頭跟蹤他。他一邊開車，手中還緊捏著那份地圖，想要搞清楚自己等一下要去的是什麼地方。

在地圖的正中央有個小黑點，而旁邊則畫了一個紅色的X。為了要順利找到目標，他昨天傍晚去了某間登山用品店購買羅盤。到底會發現什麼？他不願意多想。這個地點位於西北方，算是比較容易到達的區域，其實，搜救小組已經巡過那裡好幾次了，甚至不久前才剛發動了一次搜索。所以，他們為什麼沒有發現任何異狀？沃格爾心想，他們執行任務的心態真是太敷衍了，沒有人真正在乎安娜．盧的下落，而這一切都是他的錯。他應該要親自督軍，不該為了要讓自己全心應付媒體、而將一切的偵查決策權交給那個年輕菜鳥波吉。

連綿山峰後方慢慢透出紅色黎明天光，宛若緩緩進犯山谷的一條血河。沃格爾已經很接近地點標示處，但這裡已經進入了林區，他也只能被迫停車，拿起手電筒，開始步行。地面有些斜度，他踩踏在土面的厚實落葉，頻頻打滑，趕緊抓住樹枝，穩住重心，枝蔓雜亂，有根藤刺微微刮傷了沃格爾的太陽穴，但他根本渾然不覺。他三不五時就停下來查看地圖與羅盤，他必須要加快速度，得在日出之前完成任務，一想到自己可能會被別人看見，就讓他心生恐懼。

他走進了某處狹小的空地，根據這份地圖，他已經很接近紅色叉叉的標示處。要不是因為他的前途，他的寶貴生命岌岌可危，現在這狀況還真像是一場玩笑。不過，霧中男子的確是在捉弄他。好啊，就讓我看看你為我準備的到底是什麼，王八蛋。

他拿著手電筒，光束來回掃視地面，但卻看不出有任何的異常之處。等到光源朝上的時候，他才發覺異狀，有人把餅乾盒放在樹頭，德格案，他立刻就想到了。顯然霧中男子很清楚他的弱點，搞出這種暗諷「斷手魔」與偽證的玩意兒，就連沃格爾自己也相當佩服。

他很清楚，自己該從哪裡開始挖。

他跪在樹根旁邊，雙手戴上橡膠手套，將地面的枯葉清理乾淨，然後，他開始翻動濕土，弄髒衣服也不在意了。他不打算挖太深，萬一裡面是安娜·盧·卡斯特納的屍體，他可不想親眼目睹，他只需要確認即可。但才挖了幾公分，他就已經觸摸到某個東西，眼前出現了不透明塑膠袋的一角，沃格爾遲疑了一會兒，還是使勁把它拉出來。

破土而出的是完整的塑膠袋，裡面包了個東西，而且為求完整保護、外層還以絕緣膠帶仔細密封。

他把它翻過來，想知道裡面到底是什麼東西，又在耳邊搖了幾下，發出某種熟悉的聲響，有點像小孩的撥浪鼓。不知道霧中男子挑選的禮物到底是什麼，但似乎不像是人體的殘屍。他告訴自己，就趕快把它搞定吧，原本的恐懼情緒，此刻卻成了憤怒。他開始拆包裹，花了好一段時間才拆開這個被包得緊實的塑膠袋。不過，當他看出這是什麼東西之後，他最深沉的恐懼居然真的實現了，不禁讓他喉頭一緊，這一次，看不出任何的譏諷。

霧中男子為沃格爾——這個媒體寵兒警察——所精心挑選的禮物，是一捲錄影帶。

孤絕感讓他變得更加敏銳。在這些孤單日子當中，他已經發現了這一點。他不能看報紙或看電視，而且他們也拿走了他的石英錶。不過，在三餐時間快要到來的時候，廚房所飄散而出氣味可以讓他多少猜測到時間。囚房是胚胎，裡面的一切都處於囚禁狀態——就和他現在一樣。現在，就連監獄裡的噪音，他也耳熟能詳，負責駐守走廊自動門的晚班警衛與早晨同事交班之際，他會聽見鑰匙的匡啷聲響，現在一定是早上六點鐘左右。

沉重鐵門幾乎阻絕了一切，他什麼也看不到，但從下方隙縫所透入的光線，倒是可以猜到許多外頭所發生的事。他看到光線被幽影擋住，知道馬上會有人進入這間牢房。他站得直挺挺的，等待鑰匙開鎖，鐵門開了，兩個背光的人影。

他之前從沒見過的兩名獄卒。

其中一個開口，「趕快拿你的東西。」

「為什麼？要去哪裡？」

他們都沒開口應答，瑪爾蒂尼也只能聽令照做。他拿起監獄給的褐色毛毯、餐盒、湯匙，還有他在福利社買的小塊香皂、洗髮精，以及鬍後水，現在，這就是他全部的家當，然後，他乖乖跟著獄卒離開了。

瑪爾蒂尼本來以為他們只是要讓他換到另一間囚房，不過，他們卻一直走到了單人囚區走廊的盡頭，到了門口。好，第一件怪事出現了——居然沒有人在此駐守。他們又進入另外兩道長廊，接下來搭乘電梯、下了兩層樓，這段路程當中連個鬼影子也看不到，這是第二件怪事。獄卒們不可能在同一時間棄守崗位，除此之外，其他囚室也出現了一股不尋常的靜默。通常，在這種時候，犯人們早就站起來，不安躁動，吵著要吃早餐。瑪爾蒂尼又想到了昨晚的情景，大家拚命尖叫或是威脅恫嚇，就是要逼他無法入睡。此時如此沉寂，是第三件怪事。

他們走到了安檢門入口，瑪爾蒂尼看到牆上的標誌，註明的是F區，他這才驚覺自己馬上就要進入一般犯人區，他嚇壞了，「等等，」他開口說道，「我是特殊犯人，應該住單人囚房才是，這是法官的命令。」

那兩個人根本不理他，直接把他推到他們的面前。

瑪爾蒂尼心中湧起一股恐懼，「你們有沒有聽到我說的話？不能把我和其他人關在一起！」他的聲音在發抖，但那兩名獄卒對他的抱怨置之不理，猛力抓住他的手臂。

他們走到了某間囚室門口，其中一名獄卒開了門，「你必須在這裡待一會兒，等一下我們會把你帶回去。」

瑪爾蒂尼趨前一步，但立刻陷入躊躇。裡面一片漆黑，他不知道裡面有什麼人，或是到底有什麼東西。

「進去啊，快！」獄卒語氣堅定，頻頻催促。

瑪爾蒂尼一度想要逃跑，他相信這兩個人雖然就和監獄裡的其他人一樣、對他深惡痛絕，不過，他們為什麼要傷害他呢？他們和犯人不一樣，必須尊重法規。所以，他決定相信他們，乖乖入內。牢門立刻關上，他靜靜不動，等待雙眼適應室內的一片漆黑，然後，他聽到周邊有聲音——細微的窸窣聲響。

孤絕感讓他變得更加敏銳，他知道裡面不是只有他一個人而已。

當第一拳朝瑪爾蒂尼的臉襲來的那一刻，他就立刻失去了平衡，手中的那些東西也跟著一起落地。四面八方而來的一連串拳打腳踢，讓他完全無法招架，他本想以雙臂遮擋，但卻閃避不掉那一記記重拳。他嚐到鮮血的味道，也感受到臉龐傷口的灼熱感，肋骨發出爆裂聲，他沒辦法呼吸。但過了一會兒之後，他完全無感，現在的他只是躺在地上的垂死爛肉而已。

被痛宰的目標。

現在，已經沒有痛苦，純粹只有虛脫感。他的心志比身體提早一步繳械，放任自己進入某種宛若冬眠的狀態，現在只剩下他的雙臂繼續進行毫無任何作用的激烈抵抗，雖然一片漆黑，但他卻眼冒金星。當一切即將消失之際，他的眼角卻瞄到一道光，光源來自他的背後。他發現自己硬是被人拖走，離開了牢門，

他現在安全了，但自此之後，他再也不可能過著安全的牢獄生活。

然後，他失去了意識。

他走入學校的儲藏室，裡面還保留了老舊監視系統的錄放影機。室內的唯一光源是發亮的螢幕，反光映照在沃格爾的臉龐，為他戴上了幽影交疊的面具。

他把那捲錄影帶放進讀取槽，略微推了一下，上帶成功。接下來是機器開始讀取、帶子被拉撐、沿著捲軸轉動的一連串聲響，然後，出現了畫面。

首先，是靜電的灰沙層畫面，發出了吵鬧惱人的嘶嘶聲響。沃格爾調低音量，因為他希望一切秘密留在這個房間就好。過了好幾秒鐘之後，影像突然變了。

一道狹窄的光束掃過某個不透明的表層，骯髒、充滿裂痕的磁磚。而影帶的音軌部分，出現了連續敲打攝影機麥克風的聲響。拍攝者想要調整到最佳收音狀態。攝影機沿著牆壁一直拍，最後在某面鏡子前停了下來，拍攝鏡頭上方的小燈的鏡影反光好刺目，在這種光線之下，唯一能看到的就是拍攝者的手，戴著黑色手套。然後，他開始往旁邊挪移一步，讓自己的臉也可以被看見。他戴著頭罩，唯一可辨識的人體部位是他的雙眼──疏離，高深莫測，空茫。

沃格爾心想，這就是霧中男子了。他等待這個人開口或做出動作，但他卻只是站在那裡，動也不動，只聽得到呼吸聲──平靜而規律，最後，這聲息也被他身處的那個小小空間的回音所掩蓋，他在浴室裡。這是什麼地方？為什麼要給他看這種東西？沃格爾湊到螢幕前，想要看個仔細，發現了那男人後方有個小掛鉤，上頭掛了條舊毛巾。

毛巾上有兩個小小的綠色對稱三角形。

沃格爾正在思索這個符號的意義，而螢幕中的男子則在這個時候舉起未持攝影機的另一隻手，伸出戴著手套的指頭，開始倒數。

三……二……一……

攝影機突然轉到另一頭，面罩男子的鏡像臉孔消失了，背景出現了一塊明亮的區域，攝影機花了一會兒時間才成功對焦。

然後，他看到了她，他嚇得往後一靠。

浴室門後面是臥室——某間廢棄旅館的臥室。髒污床墊的角落坐著一個瘦弱的人。攝影機上方的燈光打在她身上，彷彿讓置身在可怖黑色世界之中的她、被燦爛靈光所緊緊包圍。她弓著背，雙臂無力垂下，某種頹然認命的姿勢。她的皮膚極為蒼白，全身只穿了綠色內褲和幾乎完全貼胸的白色胸罩，小孩式的內衣。鏡頭又繼續拍她的臉，一綹綹的蓬亂紅髮貼在臉龐，唯一清晰可辨的是她半張的嘴，嘴角還淌著口水。每當她呼吸的時候，她的肩胛會隨之升起，然後又緩緩落下。她吐出的氣息因低溫而呈凝霧狀，但她並沒有在發抖，彷彿對一切無知無覺。

安娜．盧．卡斯特納似乎失去意識，也許是被下了藥而變得昏昏沉沉。沃格爾之所以能夠認出她，全都是靠著左前臂的那個小圈圈。代表奧立佛的O，那年夏天，她發現自己愛上的那個男孩，只對她自己的日記告白的那個秘密。

攝影機殘酷無情，不斷在她身旁來來回回。然後，女孩慢慢抬頭，彷彿想要講些什麼話，沃格爾靜靜等待，但其實很怕聽到她的聲音。她開始尖叫，錄影也立刻中斷。

他立刻摧毀了那捲錄影帶。把它丟進學校的瓦斯鍋爐，眼睜睜看著它化成了灰燼。他絕對不能讓任何人發現他手上有這個東西，現在，他已經陷入恐慌。

他本來也想要一併毀了安娜．盧的日記，但想想還是作罷。碧雅翠絲．蕾曼可以出面作證，她曾經把日記交給了他，所以還是不要滅證比較好。其實，裡面也沒有任何對他不利的線索。所以他決定還是留著，但把它藏在學校更衣室的某個置物櫃裡面，那裡依然還是他的辦公室。

然後，他開始在網路上尋找線索，必須追查到影片拍攝的地點到底是在哪一家廢棄飯店。他知道這捲帶子其實是邀請函。要是他在那個房間裡找到了安娜．盧的屍體，那麼他一定可以對兇殺案現場動手腳、嫁禍給瑪爾蒂尼。

現在，沃格爾十分確定，這就是霧中男子的期待。

不然，他為什麼要讓他發現真相？又為什麼要讓他看到那女孩的影帶？如果他只是想要宣稱自己是綁架案的兇嫌，大可以直接寄給媒體，而不是寄給他。

沃格爾搜尋了阿維卓的所有老舊飯店，對於在開礦之後、造成觀光業蕭條而倒閉的那些飯店，研究得更是仔細。某些飯店的網頁依然存在，目前他手邊沒有太多線索，最重要的是那兩個對稱的綠色三角形，拜這個圖案所賜，他總算找到了正確的飯店。

那對三角形，出現在幾乎已經完全鏽蝕的招牌上面，是兩個充滿現代感的松木標誌。

沃格爾已經到達旅館園區的大門。現在已經是七點多，附近看不到人，部分原因可能是因為飯店地點偏僻，距離阿維卓有一段距離。

沃格爾發現大門沒關，所以他直接推開之後，驅車而入。然後，他下了車，關上大門。他關了車燈、又開了一小段路，隨後把車停在某根柱廊的下方，以免別人看到這台車。

這棟飯店一共有五層樓。

飯店房間窗戶都以木條封住了，但一樓大門的部分封板卻已經遭人拆毀。他鑽進其中一個缺口，這時候，他才打開了隨身攜帶的手電筒。

迎面而來的景象一片淒涼。雖然這間飯店是在五年前關門，但看起來卻像是至少歇業了有五十年之久。家具幾乎全毀，幽暗處擺放了多張舊沙發的殘餘骨架。濕氣對牆壁全面進攻，留下了滿片淡綠鏽色的痕跡，下方則是一條條深黃色的水漬。地板上有一大堆碎石與發霉木塊，到處都瀰漫著腐臭的氣味。沃格爾經過了接待櫃檯，後面有一排放置鑰匙的橫架，他終於走到了水泥階梯的底端，梯面曾經鋪設了酒紅色的豪華地毯，某些台階上依然可以看到殘留的毯布痕跡。

他開始爬樓梯。

他上了二樓，看見走廊上的標示牌，走廊右側是一〇一到一二五號房，而左側則是一二六到一五〇號房。沃格爾愣了一下，雖然這裡只有五層樓，但房間數也太多了，沒辦法立刻找到正確的房間，但他完全不想在這個地方多作逗留。然後，他現在才想起了那段影帶的另一個線索，先前他根本沒放在心上。霧中男子在拍攝安娜．盧之前，曾經比出了類似倒數的手勢。

三……二……一……

但他並非在倒數。這不是什麼戲劇性情節，也不是瘋子連續不斷的玩笑，這等於是把他們的所在位置告訴了沃格爾。

三二一號房位於四樓，在左側走廊的盡頭。沃格爾站在門口，拿著手電筒探照內部，光束來回梭巡，終於停留在那張骯髒床墊的角落，也就是影片中安娜・盧坐的地方。

但房裡空無一人——也根本聞不到任何氣味。

而且，這裡也看不到有人曾經在此活動的痕跡。沃格爾好納悶，發生了什麼事？

然後，他發現浴室門緊閉，他走過去，把手放在門框上面，彷彿透過那樣的姿勢，就可以有所感應，察覺到某種死亡與毀滅的力量。這個禽獸拍攝可怖影帶的地點，就在這扇門的後方。

沃格爾心想，他就是要你打開這扇門。現在，那個禽獸已經完全控制了沃格爾的腦袋。

所以他抓住門把，慢慢前推，門鎖發出喀響，然後，他乾脆直接推開。

刺目強光迎面而來，他愣住了。

宛若爆炸一樣，但沒有任何熱度，某種逼得他只能往後退的白色震波。

「對準他！」有名女子在叫喊，「拍到他沒有？」

某人回她，「有！拍到了！」

沃格爾往後退，伸出手臂遮擋雙眼。他透過那股強光、看到了電視台攝影記者，而他後面的那個人把某個東西伸到他面前、堵住了他的下巴。

是麥克風。

「沃格爾探員，你怎麼會出現在這裡？要不要解釋一下？」史黛拉．阿納直接逼問，根本不給他任何反應時間。

沃格爾一臉困惑，繼續後退。

「我們電視台收到了安娜．盧與綁匪在一起的影帶，」史黛拉繼續逼問，「你是不是知道這女孩曾經到過這間飯店？」

沃格爾差點摔在髒兮兮的床墊上，但還是勉強維持住了平衡，他開始尖叫，「給我滾！」

「你是怎麼發現的？又為什麼一直默不作聲？」

「我……我……」他支支吾吾，但卻根本想不出該說什麼是好。他壓根兒沒想到自己身為警察、理所當然要命令對方講出他們為什麼在這裡，「給我滾！」他再次聽到自己在尖叫，他無法相信那是自己的聲音——如此刺耳又顫抖不定。

就在那一刻，沃格爾知道自己的警察生涯已經完蛋了。

二月二十三日
失蹤案發生之後的第六十二天

一切就此變貌的那一夜，佛洛望著沃格爾在診療室裡四處走動，仔細研究牆上的那些魚標本。

「醫生，你知道嗎？你的魚看起來都長得好像。」

佛洛露出微笑，「其實，就是同一種魚啊。」

沃格爾回頭看著他，一臉不可置信，「同一種魚？」

「*Oncorhynchus mykiss*，全都是虹鱒，只是顏色與身形略有些許差異而已。」

「你的意思是，你只收集這一種魚？」

「這是怪癖，我知道。」

沃格爾很難接受這種概念，「為什麼？」

「我可以告訴你，這是夢幻魚種，要釣到的難度很高。但這不是真正原因。我已經提過自己心臟病的事。嗯，病發的時候，我一個人待在山區湖畔，有東西咬住了我的魚餌，我開始使勁猛拉，」佛洛還比出了動作，「因為太用力了，我的左臂出現痙攣，但也只能咬牙忍住那股劇痛，就是不放手。等到那股痛楚蔓延到我的胸膛，然後連胸骨也不對勁的時候，我才驚覺有狀況。我往後倒，差點昏厥過去。我只記得自己躺在草地上的時候，看到那條大魚正盯著我，拚命急喘呼吸，我們兩個都快掛了。」他哈哈大笑，「很荒謬吧，你說是不是？我還年輕，不過才三十二歲，但那條魚也正值壯年。我憑藉著還剩下的最後那一點氣，趕緊大叫求援，運氣不錯，剛好有個獵場看守人正在巡林，」他指了指牆上的某個魚標本，「就是那一隻。」

「這個故事的啟示是？」

「其實沒有，」佛洛老實承認，「但自此之後，我只要一釣到 *Oncorhynchus mykiss*，牠們就會成為牆上的標本。我自己可以搞定一切，家裡的地下室有個小小的工作室。」

沃格爾似乎覺得很有趣，「我應該要把史黛拉．阿納做成標本才是。那個女妖真的把我搞死了，我萬萬沒想到，安娜．盧的綁匪所聯絡的對象，其實不是只有我一個人。」

佛洛臉色又轉趨嚴肅，「我覺得你今晚會出現在阿維卓，絕非出於巧合。但那起車禍就純屬意外。當你衝出路面的時候，其實是因為你想要逃跑。」

「這假設很有意思，」沃格爾附和對方，「但我為什麼要逃跑？」

佛洛往後躺靠在自己的椅背，「你的確受到驚嚇，但你並沒有喪失記憶力。對，你記得一切，是不是被我說中了？」

沃格爾又坐下來，伸手撫摸自己的喀什米爾外套，彷彿想要細細品味它的柔軟。

「我必須要拋下一切，因為某種深刻的想法在我心中醞釀而生。因為，這是我有生以來，第一次的思考角度不是只為了自身利益而已。」

「這種徹底改造了你的感受方式的深刻反思，究竟是什麼？」

「用原子筆在左手臂寫下的一個小小的O，」沃格爾比劃了一下那個動作，「我第一次閱讀安娜．盧日記的時候，沒想到可憐奧立佛，後來，腦中才浮現了這個人。」

「可憐奧立佛？」

「對，在那個夏天，根本鼓不起勇氣吻她的那個年輕人。他失去了某個東西，就和其他人一樣，她的家人，認識她的那些人。不過，他和他們不一樣，他不知道，而且永遠不會知道……安娜．盧死了，那麼本來可能會有的小孩也跟著她一起死了，孫子也是，以及永遠不會存在的世世代代。而被囚禁在虛無世界的這些靈魂，理應得到更合理的……復仇。」

佛洛內心突然有了感應，真相揭曉的那一刻已經到來，「沃格爾探員，你衣服上的血到底是誰的？」

沃格爾抬頭，露出堅定笑容，「我知道他是誰，」他的眼眸綻放光芒，「就在今天晚上，我殺死了那個禽獸。」

一月三十一日
失蹤案發生之後的第三十九天

他們並沒有立刻釋放瑪爾蒂尼。

在史黛拉．阿納的獨家新聞播出之後，他還是得在牢裡多待個十天。當局需要一段時間，才能確定綁架並可能殺害安娜．盧．卡斯特納的嫌犯是某名癡迷紅髮女孩的殺人魔，莫名其妙在事隔三十年之後、再次犯案。

霧中男子。

碧雅翠絲．蕾曼當初所給他取的綽號，立刻就博得媒體的青睞，大家跟著沿用，而且注意力也再次聚焦在這起案件。這種峰迴路轉也引發了巨大騷動，社會大眾看得是欲罷不能。

而瑪爾蒂尼這十天都躺在醫務室的病床，心境可說是十分淡然。他之所以還無法出獄的官方理由是因為他的健康狀況。其實——他心知肚明——當局希望他再次出現在眾人面前的時候、在牢裡被痛毆的瘀痕不會那麼明顯。他當然了解他們為什麼這麼做：李維已經在電視台攝影機前面揚言要控告典獄長，甚至也要控告部長也必須為這起監獄醜聞負責。

當他們告知瑪爾蒂尼準備收拾東西、因為他家人馬上就要過來接他的時候，他幾乎不可置信。他費力起身，慢慢將所有東西放入攤在床上的大包包裡面。他的右前臂還打了石膏，但最痛的還是他的肋骨。現在全被繃帶纏得緊緊的，他不時會出現呼吸困難的症狀，只能暫停一切、調整吐納。他左眼有一大塊瘀青，而且還一直向下延伸到臉頰，那裡只剩下一抹淡黃瘀痕。其實他全身上下到處都有類似的傷痕，但多數都慢慢開始消退。他的上唇有撕裂傷，得需要縫針。而安娜．盧失蹤當天的左手傷口，已經完全痊癒了。

大約在十一點左右，有名獄卒告訴他，典獄長已經同意簽署了檢察官梅耶所核發的釋放通知書，他可以出獄了。瑪爾蒂尼現在得靠著枴杖行走，那名獄卒揹起他的包包、帶引他穿越數條走廊、到達了犯人與家屬的會面室，這真是一條漫漫無盡的長路。

門開了，瑪爾蒂尼看到了妻女，她們正在焦心等待他現身。不過，她們原本的歡欣微笑卻立刻轉為哀傷神情。他的律師李維也來了，先前他早已好心警告過她們，必須要有心理準備，但當她們真正見到他的那一刻，那又另當別論。她們根本沒想到會看到這種慘狀，看到他拄著枴杖的模樣、青紫色的臉龐，立刻澆熄了她們的熱情，她們立刻驚覺面前這個人與她們先前認識的那個根本是兩個人，但這也不是重點，他還掉了二十多公斤、雙頰凹陷，雖然努力留了一點鬍子想要遮蓋，但卻依然掩飾不了下巴的鬆弛皮膚。不過，最可怕的是，明明是四十三歲的男人，但看起來卻已經老態龍鍾。

瑪爾蒂尼繼續一拐一拐地朝她們走過去，拚命擠出最燦爛的微笑。終於，克蕾亞與莫妮卡也放下了震懾的心情，立刻朝他奔去。他們三人擁抱在一起，默默流淚，久久不能自已。妻女的頭都靠在他的胸膛，他親吻了自己的兩個女人的頸後，撫摸她們的髮絲，他說道，「結束了。」他告訴自己，結束了——因為他自己到現在都還不敢置信。

然後，克蕾亞揚起目光，望著他的眼眸，彷彿是在分離許久之後、尋求他的認可。瑪爾蒂尼知道那種神情的意義，她在乞求他的寬恕，因為她拋下了他，任由他一個人面對他一生中最悲慘的時刻。瑪爾蒂尼點點頭，回應了她的目光，這個舉動對他們兩人來說都已經夠清楚了，可以就此放下一切。

他開口說道，「我們回家吧。」

他們上了李維的賓士車，律師坐在司機的旁邊，而瑪爾蒂尼一家人則坐在後座。他們為了躲避聚集在監獄大門口的那些記者、刻意利用側門離開。不過，當這台配有深色玻璃車窗的座車開到馬路上的時候，卻遇到了另一群拿著麥克風的記者與攝影機，而且還有一小群的圍觀民眾。

圍攻陣仗再起，瑪爾蒂尼發現克蕾亞與莫妮卡也露出憂懼神情，擔心她們無法繼續正常過生活。但李維卻轉向後座，示意他們不需要擔心，「現在狀況不一樣了，等著看吧。」

的確，當他們的車開進他們家車道的時候，大家開始鼓掌，有些人甚至發出了鼓舞的歡呼。

第一個下車的人是李維。他打開後座車門，讓平面與電子攝影記者可以順利拍攝畫面，瑪爾蒂尼一家人終於團聚在一起，幸福洋溢。第二個下車的人是克蕾亞，後頭是莫妮卡，最後才是瑪爾蒂尼。掌聲與歡呼越來越熱烈，他們一家人似乎愣住了，萬萬沒想到是這種情景。

瑪爾蒂尼環顧四周，閃光燈對著他疲憊的臉龐不斷閃動，他也看到了許多鄰居的面孔。他們在大聲呼喊他的名字、對他揮手，而歐德維斯一家人也在那裡，全員到齊，而他們的一家之長，也就是不久之前才在電視上毀謗他的那一個人，現在正拚命想要吸引他的注意力、表達熱誠歡迎。瑪爾蒂尼忍不住心想，這真是偽善到極點。但他寧可展現的是無怨無恨的態度，他舉起手臂，向那些人表達謝意。

等到他們一進入家中，瑪爾蒂尼立刻走向沙發。他好累，雙腿疼痛，需要坐下來休息。莫妮卡伸手扶住他、幫忙他入座，然後又把他的雙腳擱到腳凳上面，為他脫鞋。他壓根兒沒想到自己的女兒會做出這等超級溫柔體貼的事，「要不要我弄點東西給你吃？喝茶好嗎？還是想要三明治？」

他輕撫她的臉頰，「親愛的，謝謝妳，這樣我就很開心了。」

此時的克蕾亞，處於極度亢奮狀態，「我馬上來煮午餐。李維先生，就留在這裡和我們一起用餐吧？」

「當然好啊！」李維知道這種狀況盛情難卻。等到克蕾亞走進廚房之後，他面向自己的客戶，「等到吃完午餐之後，我們兩個有重要的事得討論一下。」

瑪爾蒂尼已經知道他的律師等一下想講什麼了，他回道，「沒問題。」

這幾天以來，他一直被困在這他媽的阿維卓飯店房間裡面。他必須打開行李，而且「聽從上級發落」。梅耶的對策完美無缺：若有似無，若無似有。他們還沒有足夠的證據能夠起訴他，因為針對他瀆職行為的調查案，仍然在偵辦階段，但他也不能離開這裡，因為這位檢察官可能還是需要找他問案。沃格爾擔心接下來的狀況會急轉直下，他製造偽證、害瑪爾蒂尼遭到逮捕畢竟只是個假設，而且很難證明。官方說法模糊，目前僅定調在「不慎污染」物證。不過，等到他們將這次事件與德格拼湊在一起的時候，他的警察生涯也就此完蛋了。

他在飯店房間裡來回走動，從浴室走到床邊，又回到了浴室，他心想，應該不至於被開除才是。他們只要確定他會辭職就好，減緩這起醜聞的衝擊力道，現在就連警界高層也遭到波及。他會盡速離開，原因就是「私人理由」。就這方面看來，霧中男子算是幫了他的忙。現在媒體的注意力與輿論都在那個禽獸的身上，其餘的一切都無關緊要了。所以沃格爾必須要精打細算，與上級開始協商他自己的退場條件。

但這對他來說還不夠。

他們居然以這種方式攆走他，他沒有辦法嚥下這口氣。多年來，他破了許多大案，為他掙得報紙的頭版版面，多年來，他的主管也靠著他的戰功佔盡便宜。在最終記者會的時候，他們總是擠在他身邊一起拍照，搶功，作為自己升遷的利器。那些混蛋！現在他陷入危難，需要他們幫忙解圍，他們又跑去哪了？

他之所以這麼光火的主要原因，都是因為那場記者會——號稱自己不喜歡出現在螢光幕前的梅耶——居然主動找來記者、在昨天晚上出現在各大電視台的新聞頻道。

「從此刻開始，我們將付出加倍的努力、重啟調查，」她當時是這麼說的，「我們有了新線索，在安娜．盧之前失蹤的這六名小女孩，我們一定會還她們一個公道。」這種承諾真是蠢斃了，她應該要搞清楚，事隔三十年，這幾乎是不可能的任務。

而當某人詢問警方現在是否會追捕霧中男子的時候，開口回覆的是波吉警官——這個忘恩負義的傢伙。「你們這些記者喜歡發明這些聳動的綽號，刺激社會大眾的想像力，但我寧可把他當作是有面孔、有真實身分的人，並非只是殺人魔而已，這才是我們能夠將他繩之以法的唯一方法。」沃格爾心想，這小男生蛻變得真快，也許他當初低估了波吉。不過，他還是需要他媽媽幫他擤鼻涕，這傢伙永遠沒辦法承受這等壓力。

而真正讓他勃然大怒的是，現在的瑪爾蒂尼充滿了聖人光環。從「禽獸」轉換到「體制受害者」，幾乎是一瞬之間的事而已。部分原因可能是因為媒體對他充滿虧欠：他們很可能會被控毀謗。在數週前獵殺瑪爾蒂尼的那些記者，如今卻開始鎖定沃格爾。這也就是他為什麼被迫留在阿維卓，但卻無法離開這個他媽的旅館房間的真正原因。那些在外頭苦守的野獸只想把他折磨至死。

但他不能繼續這樣悶不吭聲。他已經想到了一個更能保有顏面，而且，最重要的是，對自己更有利的退場方法。要是他得要離開，那麼只要是能拿的東西、他絕對不會輕言放過。金錢至少可以安撫一下他的挫折感、緩解他的自尊傷口。嗯，這種想法很好。

他只需要拿回某個物品就是了。

吃完午餐之後，他說覺得好累，所以他向克蕾亞、莫妮卡，還有李維開口道歉之後，到樓上的臥房小歇。他睡了將近五個小時，而當他醒來的時候，真盼望律師已經離開了，他還沒有心理準備聆聽李維迫不及待要對他發表的那番言論。不過，當他下樓準備進入客廳的時候，卻發現李維還待在那裡。外頭已經天黑了一陣子，李維與克蕾亞一起坐在沙發上閒聊，兩人都捧著熱氣蒸騰的茶。他們看到他出現在階梯口，他妻子立刻起身去幫忙，扶他坐進扶手椅。

李維露出他的一貫笑容，「我還以為你一定會睡到明天早上。」

「你就是不肯放棄，對不對？」瑪爾蒂尼早已猜到了他的把戲。

「這是我的工作。」

「好，那你想要什麼，直接告訴我吧，」

「如果可以的話，我希望你們全家人都要在場。」

「為什麼？」

「因為我知道很難讓你明白箇中道理，而我需要全部的火力支援。」

瑪爾蒂尼不以為然，悶哼一聲，但克蕾亞卻握住他的手，「我去叫莫妮卡過來。」

過沒多久之後，一家人都到了客廳。

「好，」李維開口，「既然現在所有關係人都在這裡，我可以告訴你，你是個白癡。」

瑪爾蒂尼不可置信，哈哈大笑，「難道你覺得我被羞辱得還不夠嗎？」

「好，我這麼講好了：你是白癡，千真萬確。」

「為什麼這麼說？好，願聞其詳。」

李維交疊雙腿，把茶杯放在咖啡桌上，「那些人欠你可欠大了，」他指了指外頭，「他們幾乎就毀了你的一生，而就我的觀察，他們差點就得逞。」

「那我該怎麼辦？」

「一開始先控告獄方害你受傷。然後，內政部，接下來針對警方在辦案過程中誣陷你的部分、要求巨額賠償。」

「最後不是還我清白了嗎？」

但李維聽不進這句話，「還沒講完，」他繼續滔滔不絕，「你出了這種事，媒體也應該與警方一樣承擔責任，是他們把你送入牢裡。更糟糕的是，他們根本不給你辯駁的機會，逕自對你做出宣判，他們也必須付出代價。」

「但要怎麼做呢？」瑪爾蒂尼十分懷疑，「他們會辯稱這是媒體言論自由，最後一定是平安無事。」

「但他們必須在社會大眾面前保留顏面，不然的話，他們就會喪失威信——以及收視率。除此之外，大家也想要聽到你的版本，慶祝你重獲自由……如有必要的話，甚至要對你好好歌功頌德一下。」

「我是不是應該要求上電視恢復我的形象？」

李維搖頭，「不是，他們應該要付錢讓你上電視，這才是你能夠得到慰償的唯一方法。」

「我應該要把自己的專訪賣給出高價的人——你是不是這個意思？」瑪爾蒂尼的聲音充滿恐懼，「就像我先前告訴史黛拉．阿納的話一樣，我不會靠卡斯特納的悲劇賺錢。」

「這並不是靠卡斯特納的悲劇賺錢，」李維反駁他，「而是靠你自己的悲劇賺錢。」

「都一樣。我只想趕快忘了這件事，也希望大家能夠遺忘一切。」

李維面向克蕾亞與莫妮卡，她們一直沉默不語。

「我知道你是好人，」克蕾亞對老公開口，語氣輕柔，「我也明白你的理由，但那些混蛋傷害了你。」瑪爾蒂尼萬萬沒想到她講出最後那幾個字的時候，居然動了肝火。

瑪爾蒂尼看著莫妮卡，「妳也這麼認為？」

小女孩點點頭，眼眶盈滿淚水。

李維拿起身旁的公事包，從裡面取出一疊文件，「這是某間出版社提供的合約，他們建議你可以把自己的經歷寫成一本書。」

瑪爾蒂尼好驚訝，「寫書？」

李維微笑，「你還是文學老師，不是嗎？應該花不了你多久時間。等到出版之後，一定會有許多請你上電視、接受平面與網路媒體專訪的邀約，我想等到你需要為書做宣傳的時候，心態也會比較輕鬆自在一點。」

瑪爾蒂尼搖頭，不禁莞爾，「你擺明苦苦相逼就是了，」然後，他再次看著妻女，嘆了一口氣，「那就這樣吧，但不能一直沒完沒了下去，我希望這一切快快落幕，好嗎？」

晚上十一點，波吉依然坐在專案室的辦公桌前面，其他人都早已離開，巨大的空蕩蕩體育館裡面的唯一光源，就是他桌上的檯燈。他正在閱讀有關在安娜·盧·卡斯特納之前失蹤的那六名女孩的相關報導。受害人的特徵如此相似，看來她們面對的很可能就是連續殺人魔。兇手在三十年之後再度出手犯案，這一次還刻意引發大眾關注——拍攝那捲錄影帶是不是還有其他動機？——彷彿要昭告天下，對，就是我做的。

但為什麼呢？

這是波吉萬萬想不透的關鍵。為什麼事隔這麼多年才繼續犯案？當然，在這段時間當中，他在其他地方作案的可能性也很高，或者，有某些他無法控制的因素讓他無法出手。比方說，他因為其他案件而坐牢，出獄之後才繼續犯案。不過，他這次卻改變了他的犯案模式，他在過去那六起失蹤案件一直刻意維持低調，但是到了第七起案件，他卻想要成為眾人焦點。沒錯，三十年前，媒體還沒有給瘋子展演的舞台，但波吉依然覺得事有蹊蹺。

那天下午，他又回去找碧雅翠絲·蕾曼。那個保留案件資料多年、苦苦期盼有人敲她家門詢問細節的女子，見到他的態度卻是異常冷淡。起初他去找她的那幾次，波吉覺得她是真心想要與警方合作，但最後一次拜訪她之後，他就再也沒那麼篤定了。

「我已經把我知道的都告訴你了，」她語氣粗魯，輪椅故意擋在門口，就連一公分的空隙也沒有，就是不肯讓他進去屋內，「現在給我滾。」

騙人，她隱藏了秘密。他早就發現在安娜．盧．卡斯特納失蹤後的那幾天當中、她多次企圖聯絡沃格爾，為什麼？她說她只是想要訪問他而已，但沃格爾卻拒絕見她。但兩人都在說謊。只不過，波吉知道沃格爾說謊的真正原因：他不想繼續招惹更多麻煩，比方說，在沒有通知上級的狀況下、私自進行別的調查。但蕾曼撒謊的原因是什麼？除此之外，他們在清查過程中發現她先前曾經收到了某個包裹。這一點也很離奇，因為她有好一陣子沒與任何人見面，也不曾收到任何郵件。包裹裡面是什麼？是不是與沃格爾有關的東西？

那天下午，在蕾曼對他甩門之前的那一刻，他趁機瞄了一下屋內，立刻注意到有異狀。大門旁邊的菸灰缸裡面，除了常看到的那個品牌的菸屁股之外——也就是蕾曼不離口的那一種——還有另外一個牌子的菸屁。波吉當時心想，一定是史黛拉．阿納曾經到過那裡，難怪蕾曼一直不吭氣，她已經把自己的新聞賣出去了。他也不怪她，多年來，她飽受冷漠與孤單的煎熬，大家都忘了她，也忘了她獨立創報之後所打過的每一場新聞戰役。現在，她終於有機會拿回自己失去的一切。

他正在仔細閱讀第一個失蹤女孩，凱蒂亞．希爾曼的報導，就在這個時候，體育館裡面傳出了某種噪音的回聲。波吉心中一驚，抬頭，但因為桌燈的緣故，他看不到任何東西，所以他把燈轉向後方，卻依然搞不清楚噪音是從哪裡跑出來的，不過，他發現更衣室的門下方有光線流瀉出來。

他起身，走過去查看。

他緩緩打開門，看到某個幽黑人影正站在某個櫃子旁邊東摸西摸，手裡還拿著手電筒。波吉掏槍，語氣平靜，指了指自己的武器，「不准動。」

那個人形定住不動，然後，高舉雙手，轉身。

「你在這裡幹什麼？」波吉一認出對方，立刻開口問道，「你不能進來這個地方。」

沃格爾擺出最虛假的笑臉，「你知道嗎？我看到你上電視了，表現很好，終於成功達陣了。」

波吉又重複了一次，「你在這裡幹什麼？」

「不要對你師父這麼兇，」沃格爾裝臭臉，「我只是過來拿我自己的東西而已。」

「這已經不是你的辦公室了，而且，為了要偵辦你的瀆職案，這個房間裡的一切物品都已經扣押為證。」

「波吉警官，我知道規矩，但警察弟兄有時候會幫同仁通融一下。」

沃格爾悅耳動聽的語氣惹惱了波吉，「你從櫃子裡拿了什麼東西？快給我看！」

「這是秘密。」

「立刻拿給我看！」波吉回嗆，他想要展露堅決態度，雙手依然握著槍，只不過已經不再指著對方。

沃格爾緩緩放下左手，打開外套，然後又以同樣冷靜的姿態將右手伸入內側口袋，拿出了他的黑色筆記本。

波吉說道，「把它放在桌上。」

沃格爾聽令照做。

「現在，我必須命令你離開這裡。」

沃格爾走向出口，波吉緊盯不放，他知道這位探員鐵定會發表最後的一番話——果然，不出他所料。

「我們本來可以組成超級團隊，你，和我，」他一臉不屑，「但也許這是更好的結局。小朋友，祝你好運。」

等到他一離開之後，波吉立刻放下手槍，嘆了一口氣，然後，走向沃格爾放置筆記本的那張桌子。波吉很好奇裡面到底是哪些內容，先前他看到沃格爾總是忙著在做筆記，深覺那一套工作模式很有意思，似乎一切都逃不了沃格爾的法眼。不過，等到他打開一看，卻發現裡面全都是淫穢的塗鴉，赤裸裸的性愛場景，宛若小男生一樣粗鄙。他猛搖頭，不可置信，沃格爾真的是個瘋子。

沃格爾走向學校體育館前面的無人空地，忍不住想為自己鼓掌叫好，他剛才耍的那一招真聰明，成功騙過了波吉，以為他是要取回自己的筆記本。那個年輕警官看到筆記裡的內容之後，會作何感想？他完全不在意，因為更重要的其實是他真正要從櫃子裡拿回來的那個東西。

他拿出手機，撥打某個號碼，等待對方回應，「我會讓妳領先同業二十五分鐘，」他繼續說道，「我說過的話依然算數。」

「你想要幹什麼？」史黛拉語氣不爽，「你已經沒有任何線報可以賣給我了。」

「妳確定嗎？」沃格爾不假思索，將手伸向外套口袋，「碧雅翠絲·蕾曼早已把日記的事告訴妳了吧。」

史黛拉沒接腔。沃格爾心想，很好，她有興趣。

史黛拉小心翼翼承認，「其實，她沒有透露太多。」

他猜得沒錯：這兩個女人的確見過面，「可惜了。」

她完全不廢話，「你要多少錢？」

「等到出現適當時機的時候，我們再討論那些細節吧。不過，我還有個額外的要求。」

史黛拉哈哈大笑，「你現在已經不是那種可以開條件的人了。」

「但我的要求不多，」沃格爾語帶譏諷，「聽說在妳摧毀我的獨家報導播出之後，電視台為妳量身打造了一個新節目，恭喜啊。現在妳就不用當特派記者了，跑到現場待命，全身冷得要死。」

「我有沒有聽錯？你要我請你來上我的節目？」

「我還要妳找另外一個人當來賓。」

「誰？」

「羅列斯・瑪爾蒂尼。」

二月二十二日
失蹤案發生之後的第六十一天

沃格爾坐在斜背椅裡面，前方是綴滿燦亮白色燈泡的化妝鏡。他的襯衫領口已經塞滿了面紙，以免被化妝品弄髒。女梳妝師拿著軟毛刷、為他的雙頰上粉底，他閉著雙眼，享受那股被毛尖撫觸的感覺。站在他後方的服裝助理正在熨燙他的外套。為了因應這個場合，他特地挑選了藍色毛料西裝，搭配黃色真絲口袋巾，淡藍碎花圖案領帶，玫瑰金純橢圓形袖扣。

史黛拉．阿納沒敲門就直接進入化妝室，她身著深色訂製套裝，也就是她等一下主持現場節目時的服裝。她後頭跟了一個模樣稱頭的男子，五十歲左右，提著公事包。「我們準備要開始了，」她伸手討東西，「日記在哪裡？」

沃格爾沒轉頭，連眼睛也懶得睜開。「親愛的，該來的總是會來。」

「當初我們說好的協議，我都做到了，現在你也該遵守諾言。」

「我說到做到，不要擔心。」

「哦，我不擔心哪，但我怎麼知道你是不是在耍我？」

「妳的工作團隊已經收到了其中一頁的內容，妳也檢查過了，貨真價實。」

「只是影本而已，現在我要看到其他部分。」

沃格爾懶洋洋睜開雙眼，望著史黛拉在鏡中的映影。她這麼緊張，的確情有可原，「但那的確與安娜．盧．卡斯特納的筆跡相符。」

「至少讓我知道那日記本裡面他媽的到底寫了什麼。」

「害羞的小秘密。」沃格爾故意用誇張語氣回話，想要惹毛她。

「安娜．盧是不是與某個年長男子談戀愛？」史黛拉大膽試探，要是對方會出現猶疑，那麼就可以讓她證實自己假設的黑色情節無誤。

「無論是我們講電話或是會面的時候，妳總是想要從我口中套出什麼。不過，除非我看到攝影機上頭的小紅燈亮起，否則我是什麼都不會說的。」

「我必須要知道。我不能任由你主導這場遊戲。這是我的節目，我不能對我們等一下要討論的主題一無所知。你為什麼也要叫瑪爾蒂尼過來？他和安娜．盧的日記有什麼關係？」

完全沒有關係，但沃格爾不想告訴她實話。這本日記只是為了要讓他得到雙人聯訪的藉口而已。他早就盤算好在節目播出的時候、自己要採取哪些舉動。他會代表警方向瑪爾蒂尼致歉，也會坦承自己的錯誤，讓他的主管——也就是棄守他的那些王八蛋——面子掛不住。也許在他道歉之後，那個老師會公開原諒他，迫害者與受害人搞不好甚至可以淚眼相擁——大家就是喜歡看到這種大和解的場面。安娜．盧的日記將會成為精采花絮，沃格爾會唸出這女孩提到奧立佛的段落，還有將他的名字寫在自己前臂、當作愛的印記。誰知道呢，搞不好史黛拉的團隊可以趁節目正在播出的時候追蹤到這個神秘年輕人，來個現場電話連線，他的親身說法可能會掀起節目高潮。

不過，史黛拉並不知道他的計畫，她狀甚焦慮，「我可以隨時喊停，」她開始威脅，「節目可以不播，老師也可以不用來了，然後這一切都是你的錯。」

沃格爾哈哈大笑，「他立刻就接受了，」他指的是瑪爾蒂尼，「真讓我嚇了一跳。」

史黛拉露出竊笑，「我覺得他之所以會這麼做，是因為迫不及待要在直播節目裡修理你。」

「他有沒有提出任何附帶條件？」

「不關你的事。」

沃格爾雙手一攤，做出投降狀，「抱歉，就當我沒說。」

史黛拉面向那個帶著公事包的男子，示意他過來，「讓我介紹一下，這是保護我們電視台權益的律師。」

「相信他一定很稱職。」沃格爾的語氣滿是挖苦。

那男子從公事包裡取出一份表格，放在沃格爾前方的桌面，「希望你能簽署這份文件，保證這是真正的日記，免使我方必須擔負任何法律責任。」

「明明是簡單得不得了的話，卻兜了這麼大一個圈子。」

「我信守協商內容，」史黛拉怒吼，「我跟你說真的，說服瑪爾蒂尼來上節目，哪有那麼容易！」

聽到這句話，沃格爾甚是欣喜，表示那名老師依然很怕他。「聽說他準備要拿這段故事出書了。你知道他會把妳描述成什麼樣的角色？好鬥的特派員？還是不擇手段的記者？」

史黛拉繞過椅子，站在他的正前方，讓他可以看到她整張臉龐，「給我小心一點，我不想看到你給我耍任何花招。」

「看來惡名昭彰的罪犯重獲自由之身之後，日子都過得挺快活的。我很好奇李維跟你們開口要了多少錢？」

「這不是今天訪問的主題，所以你等一下不要給我亂講話。」

律師再次插嘴，「為了確保一切都依照合約進行，我們現場播出的畫面會有五秒鐘的時差，讓我們有機會可以隨時切掉你的鏡頭。」

沃格爾假裝露出詫異神情，他望著史黛拉，開始挖苦她，「難道妳再也不相信我了嗎？」

「我從來就沒相信過你這個人。」她說完之後，立刻離開了梳妝室。

十分鐘之後，節目助理過來帶沃格爾、準備前往攝影棚。他穿上西裝外套，最後一次打量鏡中的自己，他在心中鼓勵自己，老頭，去吧，讓他們看看你是什麼樣的角色。

頭戴耳麥、拿著手寫板的助理，陪著沃格爾穿越走廊，然後，她推開某道防火門，兩人進入了某個幽暗的巨型空間，史黛拉節目的攝影棚還真大。他們在布景的後方往前走，助理快步向前，不時對著耳麥講話，最後，她對控制室開口，「來賓已經到了。」

他們繼續前行，沃格爾也聽到了現場觀眾的竊竊私語。史黛拉曾經向他保證，這些人都是做過意見調查之後、特地挑選出來的觀眾，對於他是清白還是無辜，並沒有抱持絕對意見，因為製作單位不希望現場有人特別支持他或是瑪爾蒂尼。沃格爾當初也就相信了她，因為，他其實一點也不在意，因為過沒多久之後，他與這名教師就會站在同一陣線。

他們到達來賓專區，助理把沃格爾交給了某名工程人員，由他將麥克風安裝在領帶上面，當他把電線藏在他外套裡面的時候，他告訴沃格爾，「雖然節目還沒有播出，但從此刻開始，控制室可以聽到你說的每一個字。」

沃格爾點點頭，表示了解。這是例行基本提醒程序，因為來賓們講出不當的話、被他們意外聽見的狀況，時有所聞。不過，沃格爾早已經驗老到，自然不可能快嘴失言。

負責暖場的那名男子透過麥克風、開口說道，「好，各位先生女士，我們馬上就要開始了……」好些人在鼓掌，此外，還聽到了幾聲輕笑。

雖然今天晚上的主題是某個死亡女孩的日記，但現場觀眾卻很興奮。沃格爾心想，大家一知道要上電視，心態就整個變了，他們不會因此變得有名或有錢，不過，生活的確就此大不相同。無論自己的角色有多麼微不足道，但他們一定會到處大吹大擂，自己也上了節目。反正，就是要他媽的不惜一切上電視。

「我們必須提醒各位，無論現場出現什麼狀況，都不能大聲講話，而且，只有我們助理的提示之下才能拍手。」暖場男子講完之後，觀眾又爆出一陣掌聲。

女梳妝師為沃格爾最後一次撲理粉底，他心不在焉，目光飄向引領來賓進入攝影棚的那一塊布景空隙。光線似乎在布景邊界止步，而後方盤據了某個雀躍的昏暗身影。

站在光影交界地帶的那個人，就是瑪爾蒂尼。

他沒有看到沃格爾，只是像個好奇的小孩，透過隙縫、盯著攝影棚裡的動靜。兩人之間的距離只有幾公尺而已，沃格爾看得出他已經幾乎完全走出磨難的陰霾。臉上的瘀血已經全消失了——但也可能是女化妝師的巧手遮掩，右臂的石膏也已經拆除。他依然需要枴杖助行，但現在長回了一些肉，先前宛若骷髏的慘狀已不復見。

其實，這才是他的日常面貌，只不過，和前一陣子相比，實在是天壤之別。

他的衣裝打扮也變得很不一樣，再也不是燈芯絨外套搭混紡長褲，而且，他終於和那雙老舊的克拉克皮鞋說再見了。現在的他，身著鐵灰色西裝，顯然是量身訂做，而且還細心挑選了一條昂貴的紅色領帶。老實說，沃格爾覺得瑪爾蒂尼就跟自己一樣，令他感到十分驕傲，是我帶引你進入光的黑暗之處。因為，雖然光有其暗面，但也不是每個人都看得到，沃格爾就是靠著這樣的本領，讓自己旺運不斷。他還注意到瑪爾蒂尼左腕的昂貴手錶，吾友，你的人生徹底翻轉了，應該要謝謝我當初全力追捕你才是。

然後，這個老師做出一個幾乎難以察覺的小動作，他調整了一下袖口，也許是因為他不習慣使用袖扣。為了要好好整理，他把西裝袖口拉高了好幾公分，露出一部分裸露的前臂。

沃格爾發現了某個乍看之下、讓人一頭霧水的小細節，某個秘密，只有他與安娜．盧才知道的小故事，因為那女孩曾在日記裡寫下了那段情節，沃格爾也看過。

所以，瑪爾蒂尼手臂上那個小圓圈象徵了什麼意義？

以原子筆寫下的——小小的O——代表奧立佛。

十二月二十三日
失蹤案發生當天

她想要待在家裡裝飾聖誕樹。

不過，週一三點十五分有教理課，她先前已經答應要帶幼童組，她的兩個弟弟年紀太大，不適合參加這個活動，所以他們整個下午都在忙著佈置彩球、把銀穗帶掛在樹枝上頭。今年，安娜·盧更是特別充滿期待，部分原因在於她懷疑這可能是自己最後的一次機會了。針對聖誕樹這件事，她媽媽已經開始講些奇奇怪怪的言論，像是「耶穌又沒有聖誕樹」之類的話。

只要她做出那樣的舉動，那就表示他們家的生活日常也即將發生改變。

好比家庭齋戒日，每一個人在那二十四小時之內、除了喝水之外，絕對不能進食，然後，還有緘口日——瑪莉亞·卡斯特納稱其為「言語齋戒日」。她三不五時就會訂立新規矩，或是以截然不同的方式搞東搞西。接下來，她會在聚會廳和大家討論這些事，並且想要說服其他的父母也一起跟進，大家也都很配合。安娜·盧喜歡兄弟會，但她不明白為什麼某些行為就是不道德。舉例來說，她不知道穿紅色衣服上教堂、或是在裡面喝可口可樂有什麼不對，她不記得聖經的哪一段有提過這種事。還有，大家似乎都認為，遵守特定的行事方式非常重要，彷彿上帝一直在評估他們的表現，甚至枝微末節也不放過，然後，默默判定他們是否具備足夠的資格成為祂的子民。

安娜·盧知道，就連像是聖誕樹之類的事物，最後也會以相同的方式消失無蹤。所幸她父親適時制止，他說，「小孩還是需要某些特別的回憶啊。」通常，他只是百依百順，最後一定會聽從妻子的意見，不過，至少今年他堅守立場。安娜·盧真的好高興，自己的某個童年嗜好總算是被保留下來了，只不過，想必過沒多久之後就再也看不到了。

瑪莉亞在樓梯底下大喊，「親愛的，趕快出門，不然妳要遲到了！」安娜·盧立刻乖乖下樓，因為她媽媽不喜歡讓上帝等人。她早已穿上了灰色運動衣羽球鞋，現在只差白色的羽絨外套而已。還有，她得收拾東西、放入自己的肩包，教理課本、聖經，還有她的秘密日記，她心想，另外一本日記好久沒更新了。自從她發現母親會偷偷翻她東西之後，她就決定要寫兩本日記。寫另外一本的原因不是為了說謊：裡面的內容都是真的，她只是會刻意避開自己的感情世界，也就是那些只能對自己傾訴的感受。除此之外，她也想要保護瑪莉亞，總是對孩子的事焦慮不已的母親。她不希望讓媽媽以為她懷悲度日，但也不能以為她過得太開心，因為，在他們家裡，就連快樂也必須限量而為。要是太開心的話，很可能是惡魔下的毒手，瑪莉亞會說，「不然為什麼撒旦總是掛著一張笑臉？」天，聖母瑪利亞與眾聖人在聖像裡從來不微笑。

「安娜·盧！」

「馬上就來！」她把祖母送給她的MP3隨身聽的耳機塞入耳內，匆匆跑下樓。

瑪莉亞一手扶住欄杆，另一手扠腰，整個人像個茶壺一樣，在樓下等她，「親愛的，妳聽的是什麼音樂？」

她早就料到母親會有此一問，立刻取下其中一個耳塞遞過去，「我找到的搖籃曲，想要在教理課讓小朋友學這首歌，主題是小孩與小貓。」

瑪莉亞不以為然，「這聽起來和福音沒什麼關係。」

安娜・盧微笑，「我希望他們能夠真心學習聖經詩篇，但想要讓他們好好練習，必須要從簡單的教材開始。」

她母親雖然一臉狐疑看著她，但也不能多說什麼。她搖了搖手腕，安娜・盧為她做的手鍊也發出清脆聲響，這是一種愛的手勢，表示母女兩人緊緊相繫，

「外頭很冷，要把衣服穿好。」

安娜・盧吻了她的臉頰，出了家門。

□

她關上大門，全身顫抖。她媽媽說得沒錯，外頭冷死了。天知道聖誕節會不會下雪，要是真有白雪降臨就太好了。她把外套拉鍊拉到頂，從自家車道走向大馬路，又沿著往教堂方向的人行道繼續向前走。她一直很想去告解，自從她與普莉希拉因為馬提亞而大吵一架之後，她的心中就產生了一股小小的罪惡感，她甚至還在手機通訊錄裡刪去了普莉希拉的號碼，她知道自己應該要

與朋友和好，但一想到普莉希拉對待那可憐男孩的方式，她依然無法釋懷。老實說，他做的事有那麼罪大惡極嗎？她當然知道他可能在暗戀她，她沒有打算要鼓勵他繼續下去，但也不能對他置之不理。普莉希拉就是不明白這一點，因為在她的心中，男孩的腦袋裡只有那麼一件事而已。她本來很想告訴普莉希拉有關奧立佛的事，還有，雖然自己幾乎跟他一點都不熟、但對他產生的那股強烈情愫，但她不確定普莉希拉是否能夠明瞭她的心情，也許反而會引來訕笑，覺得她怎麼會這麼幼稚。但安娜．盧需要他，她需要這個男孩，才有作白日夢的機會。這就是為什麼她會把他名字的第一個字母寫在手臂上的原因，她不想失去某種珍貴的東西，老實說，屬於她，而且只屬於她自己的東西。

當她走到街底，一轉彎，她立刻放慢腳步。

有台車停在路邊。一開始的時候，她不明白這是怎麼回事，為什麼那個男人拿了一個寵物籠？還有，他為什麼在四處張望？然後，那男人轉身，她發覺自己認識他，是學校裡的老師，但不是她班上的老師。他名叫……瑪爾蒂尼。沒錯，他教的是文學。

「嗨！」他也在學校看過她，立刻露出微笑示好，「有沒有看到一隻流浪貓出現在這裡？」

安娜．盧依然保持距離，開口問道，「什麼樣的貓？」

「差不多這麼大，」他張手比了一下，「棕紅相間的虎斑貓。」

「有啊，我有看過，牠在這裡東晃西晃好幾天了。」她曾經給了牠一些食物，還把自己的手環圈在牠的脖子上，但她還不想為牠取名字，因為她擔心牠的主人隨時可能會出現，把牠帶回家。這隻貓看起來被照顧得很好，實在不像是野貓。

「可不可以幫我找牠？」

「哦，可是我得走了，教堂還有聚會。」

「拜託，」這男人十分堅持，「牠是我女兒的貓，她傷心死了。」

她很想告訴他，她媽媽覺得出了家門之外、就不應該與非兄弟會的人講話。雖然這件事不像其他禁令那麼嚴重，但畢竟還是不太方便，安娜．盧覺得這規定也合情合理。不過這男人有女兒，也許這小女孩因為失去最好的朋友而已經哭了好幾天，所以，她決定還是就相信這個人吧。

「貓咪叫什麼名字？」

他立刻回道，「德格。」

她心想，好奇怪的貓名，但她還是趨前了好幾步。

「謝謝妳這麼熱心幫忙，妳叫什麼名字？」

「安娜．盧。」

「好，安娜．盧，等一下我來叫牠，妳幫我拿著籠子，」那男人把籠子交給她，「等到他一出現，我就把牠逼到妳面前，妳把牠抓進籠子裡。」

安娜．盧不知道這種方法是否行得通，「我覺得牠看起來很乖，也許你直接伸手抓牠還比較容易。」

「德格不喜歡坐車，要是我不把牠裝進籠子裡的話，我真的不知道該怎麼把牠帶回家。」

所以安娜・盧從那男人手中接下貓籠，轉過身去，「有一次，我發現牠在鄰居的花園裡……」她指了一下那個地方，而她看到的最後一個畫面是拿著手帕的大手朝她的嘴撲來。她沒有尖叫，因為她不知道究竟出了什麼事，鼻腔突然被堵塞，身體本能迫使她立刻猛吸氣，而那股味道聞起來好苦，像是藥的味道一樣，她雙眼突然失神，完全無能為力。

「我想要向妳坦承……至少這些話要講清楚。」

這個男人的聲音從哪來的？我認識他嗎？他似乎在好遠的地方。那道微光呢？看起來好像是瓦斯燈，露營時會使用的那一種，爸爸的車庫裡也有一個。

「我知道妳一定覺得很納悶，這是什麼地方？到底發生了什麼事？我們就先從第一個問題開始好了。我們在某間廢棄的舊飯店，第二個問題就比較複雜了……」

我的衣服不見了，為什麼？我原本是坐著，現在卻躺了下來，這裡讓人好難受，哪裡是上面？哪裡是下面？我不知道。我覺得自己好像在盯著水晶，那個在我身邊跳舞的黑影是誰？

「那隻貓的名字不是德格。其實，牠已經死了，屍體就在我的四輪傳動車裡面。相信我，我不想嚇唬妳，但這應該要讓妳知道才對。我不希望有人發現牠，所以我必須殺牠滅口。不過，等到他們開始搜查我的車子，就會發現牠的毛髮與DNA，我必須讓他們懷疑我到最後一刻，不然我的計畫就不會成功……反正，我已經告訴妳了，德格不是貓的名字，而是某個人名。我在幾個月之前發現他的新聞，覺得他真是幸運。當然，他必須為自己的好運付出代價，他得了中風，但妳要仔細想想，他也就此展開新生……這就是我的靈感來源。」

幸好，那個黑影停下來了，他把運動衣又套回我身上，也許他覺得我在發冷吧，我真的好冷。

「我總是這麼告訴我的學生：所有傑出小說家的第一條守則，就是抄襲。這也讓我體會到自己必須找到良師、教導我該如何做出自己從來沒想過的那種事，要怎麼殺人。好幾個下午我都窩在圖書館裡面上網，找尋我所需要的教材，某天，真被我找到了……某個名叫碧雅翠絲．蕾曼的記者所設立的網站，我覺得多年來已經無人問津。不過，我卻發現了我一直在找的目標。三十年前，在阿維卓以及鄰近的區域，有六名與妳年紀相仿的女孩陸續失蹤。不是在同一時間出事，但發生的頻率可算是相當規律。她們很特別，因為全都是紅髮雀斑女孩——就和妳一樣。沒有人真正在乎她們到底怎麼了，但這個蕾曼卻深信她們遭到同一個人綁架。她發現了一個殺人魔，甚至還為他取了綽號：霧中男子。太完美了，我只需要抄襲警方所稱的犯案模式，然後，準備嫁禍給他就是了——即使在多年之後也不成問題。其實，要是一切按照計畫進行，他就成了我的脫罪證明，可以讓我出獄……」

現在他把我的運動褲穿回我身上，我感覺到褲管已經拉上大腿，有點癢，這感覺好像有點怪怪的。

「我剛講過了，他們必須要一直把我當成嫌犯。所以我必須四處撒下線索。其實，一開始的時候，都是靠馬提亞，因為他，我才發現了妳。我必須告訴妳，因為要找到紅髮雀斑女孩實在不容易。某天，我的那一班去上體育課了，我在教室裡課桌椅之間的通道來回走動，忙著準備接下來要授課的浪漫主義詩人。經過馬提亞座位的時候，發現了那台攝影機，既然他把它留在教室，我就打開電源，發現了他影帶中的主角……就是妳……所以我只需要跟蹤他就夠了——因為他一直在跟蹤妳。這也就是我為什麼知道妳喜歡貓咪，我刻意出現在他的影帶裡，因為我想要馬提亞注意到我，也希望警方看到之後、自動來找我。當我告訴他們，我在事發當天獨自待在山區，他們立刻對我起了疑心，尤其當他們看到我手掌傷口的時候，更是深信無疑。那天，我把刀子帶在身上，割傷自己的時候，痛得要命，但別擔心，妳不需要目睹那種畫面……」

我聽到了外套拉鍊拉起的聲響，但動手的人不是我。是那道正在講話的黑影對我做了這件事，現在他又把我的鞋子套回我的腳上，而且綁好了鞋帶。

「我希望他們能派某個特別的警官過來，他名叫沃格爾，是破案高手。他就是有能耐說服大家，他是對的——比方說，德格先生的案子，就是如此。我的生活會被他毀了，我知道，但我必須置之死地而後生，不然這一切心血都白費了。我必須要讓大家懷疑我，就連我自己的家人也不例外。昨天，妳的好友普莉希拉把她的電話號碼留給我，我應該會打電話或傳簡訊給她，然後，她會上電視，讓大家以為我想要誘姦她，然後，我就成了符合大家心理需求的那個殺人魔……」

這裡的氣味好潮濕。雖然我穿了衣服，但還是覺得好冷。我覺得自己好像喝醉了，就好像六歲時偷喝祖母的黑醋栗酸甜酒一樣。現在，想必兩個弟弟已經佈置好了聖誕樹，絕對很漂亮，我知道。

「沃格爾想要逮到我，除了直覺之外，也就只有一堆間接證據而已，沒有真正的鐵證。我會把他逼到以為只差臨門一腳就可以逮捕我，然後，我會給他看我受傷的那隻手——我會讓它一直好不了。等到我們見面之後，我再故意留下一滴血，我知道他一定會見獵心喜，不過，他一定會等到必要的時候才出手。接下來，他們在水溝裡發現妳的肩包之後，他一定會再次使出處理德格案的伎倆——為了遂行自己的目的、扭曲事實……只要這一切成真，那麼我事先安排好的一切就會順利發酵，時機拿捏得精準無比……」

無論我到底犯了什麼過錯——求求你——我真的受不了。原諒我，趕快讓我回家。

「我會進監獄，與家人分離一定會很痛苦，我也會擔心自己再也出不來，但我只需要撐下去就是了。而值此同時，監獄外頭的預定事件也會逐一發生……妳知道嗎，我小時候最會搞尋寶遊戲了，我喜歡創造謎題，佈下線索，所以我之後會把妳的某個東西寄給蕾曼，但包裹上註明的收件人是沃格爾。我在妳的肩包裡找到一本日記，相信這一定會撩起他的好奇心……就在不久之前，我拍了一段影音檔——妳根本沒注意，我已經知道要把它埋在什麼地方了。不過，我也會把拷貝寄給媒體……要是一切沒問題的話，沃格爾一定會摔得很慘，等到他灰頭土臉的那一刻，我將再起……霧中男子的新聞也會重新浮上檯面。在這過去三十年當中，他很可能不知道是在什麼時候死了，但他會死而復生，眾人拚命要把他揪出來，因為大家想要還妳一個公道。到了那個時候，我就自由了。」

這裡已經出現了霧氣，我看得見，瀰漫四周，好冷，好輕透。

「現在，最困難的問題來了，妳一定很好奇，我為什麼要做出這種事。」

不，不需要……我不想知道。

「因為我愛我的家人，我希望她們能夠擁有她們理應得到的一切，我不想冒險再次失去我的妻子。妳一定一頭霧水，但那件事對我們來說十分難熬，我覺得自己很沒用，只是個卑微的中學老師……但過沒多久之後，克蕾亞與莫妮卡一定會以我為傲，因為我不會立刻出價，我會忍耐，我會讓他們看見我的個性有多麼誠實真懇。不過，大家就不用假惺惺了，每個人都有他的價碼，這一點不需要否認。」

我也愛我的家人，他們也愛我，你為什麼不懂呢？

「嗯，妳都聽到了，就是這樣。很抱歉把妳捲進來，但這就跟小說裡的情節一樣：成就故事的主角是壞人，讀者們對於只有好人角色的小說不會有興趣。但妳也不能算是小咖。接下來，誰知道呢，搞不好將來有人真的會發現霧中男子，大家所遺忘的那六個女孩終於得到了公道，這一切都要歸功於妳，安娜．盧……」

為什麼要告訴我這個故事？我沒興趣，我不喜歡。我要找我媽媽、我爸爸，還有我的兩個弟弟，我還想要再見他們一面，拜託你——只要一次就夠了。雖然我萬萬不想和他們就此道別，但我得要親口向他們說再見，我一定會很想念他們。

「現在，就請妳包涵一下了，但我發現乙醚的效果正逐漸褪散。等一下我動作很快，妳幾乎不會有任何感覺。」

有東西刺進了我的手臂，我稍微睜開眼睛，現在這個動作對我來說不成問題。他把針頭插進我的皮膚，盯著我為奧立佛所寫下的那個O，他覺得很奇怪，不知道那是什麼，它是我的秘密啊。

「再見了，安娜·盧，妳真美……」

媽媽，我好冷，妳在哪裡？媽媽……

二月二十三日
失蹤案發生之後的第六十二天

一切就此變貌的那一夜，濃霧似乎終於透入窗內，讓屋內平添了些許涼意。

沃格爾講完了故事之後，沉默了好一會兒，「你知道嗎？仇恨並不是殺人的主要動機。波吉曾經對我講過這一點，但我根本不理他。要是我能夠聽進去的話，也許就能提早參透一切……殺人的主要動機是為了錢財。」

佛洛老實回道，「不，這一點我真的不知道。」

「整套犯案的核心概念很簡單，甚至可以說是了無新意……到了後來，再也沒有人想去尋找安娜·盧的屍體，這就是最大的盲點。既然沒有屍體，也就沒有證據，所以他當然能夠逍遙法外。」

「他手臂上的那個字母是怎麼搞的？為什麼要冒著被人發現的風險做出這種事？我不懂。」

「平均算來，犯下一起謀殺案，會出現二十個錯誤。大部分是因為經驗生嫩或粗心大意。不過，也有一種錯誤是基於兇手的特殊性格，我們或可稱之為『自願性』錯誤，那就像是簽名一樣。所有殺人犯都會在不自覺的狀況下，想要讓人看到自己的成果。」現在，他開始引用瑪爾蒂尼的話，「『惡魔愚蠢至極的罪行就是虛榮。』老實說，如果沒有人知道你是誰的話，當惡魔哪有什麼樂趣可言？」

佛洛終於懂了，「在節目結束之後，你跟蹤瑪爾蒂尼、回到阿維卓，殺死了他。」

沃格爾雙手放在膝上，「你們找不到他的，他也永遠消失在霧中了。」

就在這個時候，佛洛拿起桌上的電話話筒，撥號，「對，是我，你們現在可以過來了。」講完之後，他掛上了電話。

他們靜靜等待，然後，診療室的門開了，兩名制服員警走進來，站到沃格爾的兩側，準備帶人。

「魚鉤總是釣同一種魚，」沃格爾想到這一點，不禁哈哈大笑，「佛洛醫生，這一席長談，的確很開心。」

他回到家的時候，幾乎已經快要六點鐘了，黎明即將升起，不過此時依然漆黑一片，萬籟俱寂。這棟突出式屋頂房舍裡的暖氣已經開了好一陣子，昏昏欲眠的氣氛，讓人心情舒暢。蘇菲亞在樓上睡得很熟，佛洛本來想鑽進被窩，與妻子共眠，至少試試看能否小睡一會兒。不過，他隨即轉念，過了這樣的一個長夜之後，他不確定自己能不能入睡。所以他躡手躡腳，進入了地下室。

這個地方就是他製作*Oncorhynchus mykiss*魚標本的工作室。空間很小，只有一道狹窗而已。佛洛抬手，拉了一下繩子，頭頂上方的小燈亮了，而且還輕輕搖晃了好幾下，讓周遭物品的陰影也隨之舞動。前方是他的老舊原木工作台，所有的設備都擺放在那裡。裝了阿摩尼亞與甲醛的那些瓶子，功能是為了防腐，還有讓魚身自然色澤更顯突出的透明漆，純酒精噴劑，筆刷桶與王水，整齊排列在網架上的小刀組，大頭針盒，瓶刷與帶洞挖匙，硼砂粉與水楊酸，加熱燈。

佛洛已經快要退休了，這裡即將成為他的新窩，他把許多釣魚工具存放於此，接下來，他留在辦公室的那些陳年舊物也得搬入這裡。要和這個做了一輩子的工作道別，一定很感傷，但他也已經開始想像自己窩在此處、再也沒有任何的壓力與焦慮煩心，終於能專心投入自身嗜好的那種情境。他偶爾會帶自己的孫子孫女下來、讓他們看看祖父到底在弄些什麼東西，他很樂意能將自己的熱情傳遞給他們。待在這個地方，他一定會完全忘了時間，等到十點多的時候，他才會聽到蘇菲亞下樓的聲音，她拿著托盤，為他送上三明治與冷茶。對，以這種方式度過老年生活一定很棒。

佛洛把雙手擱在桌面，放鬆肩膀，深呼吸，然後，又蹲了下來。在工作台下面有一排整齊的盒子，裡面都是他的釣餌。每逢聖誕節或是生日的時候，他的親朋好友就會送給他新的釣餌，因為他們知道這是他唯一會歡喜收下的禮物，某些釣餌相當昂貴。靠近底部的地方，還有一個老舊的鐵盒，盒口有掛鎖。佛洛把它拿出來，放在工作台上。他總是隨身攜帶這把掛鎖的鑰匙，只不過與其他鑰匙混在一起而已：家裡、車子，還有辦公室的鑰匙。他找到了，把它插入鎖孔，打開了盒蓋。

六綹紅髮，依然還在那裡。

它們讓他想起了自己過往的某段時光，無論從哪一方面看來，都過得稱心愉快。當時他與蘇菲亞結婚一陣子了，老大與老二也已經出生，沒有人發現他除了釣魚之外、偶爾也會從事其他活動。他們看到他返家時的模樣一如往常，萬萬沒想到他臉上的喜悅來自於某種截然不同的快感。

過去這三十年來，魚鉤釣的總是同一種魚——虹鱒——而他先前全心獵捕的也是同一種女孩，紅髮雀斑的小妹妹。

現在，大家都十分好奇，那個霧中男子到底怎麼了。他很想告訴大家，他偶爾還是會有股想要離家、尋找獵物的衝動，但歷經那場在三十二歲壯年、差點奪命的心臟病發事件之後，他已經慎重立下誓言。

再也不會去找紅髮雀斑女孩了。

這些年來，大家早已遺忘了他這個人，不過，現在因為羅列斯．瑪爾蒂尼的關係，眾人再次想起了霧中男子。他心想，他們永遠抓不到我的。昨夜沃格爾的舉動是一場及時雨，正好解決了一切。眾人會再次以為這個禽獸早已身亡。

佛洛站在那裡，盯著那個鐵盒好一會兒，也許應該把它丟了才是。倒不是因為他擔心這幾綹頭髮會成為逮捕他的證據。不是這樣，而是因為他經常想到萬一自己再度心臟病發，而且真的就此離世的話，他的家人——也就是全世界他最深愛的那些人——想必一定會發現他的秘密收藏。他們很可能不了解為什麼，因而改變了對他的觀感，他不希望他們發現他的另外一面，他希望他們能永遠愛他。

不過，他最後還是決定保留這個盒子，因為某些感情確實難以割捨。畢竟這六個在霧中失蹤的女孩是他的，她們是他的專屬品。他照顧她們長達三十年之久，就在自己的內心秘密地帶。所以他關上盒蓋，扣上掛鎖，然後，把一切放回工作台下方，此時，一抹淡微的晨光已經鑽入了窗內。

一切就此變貌的那一夜，就此畫下句點。

致謝

感謝史提法諾·莫立，出版商——也是好友，還有，遍布世界各地的每一位出版商。

法畢里奇歐·可可，我的支柱。朱瑟佩·史塔澤里、拉菲耶拉·隆卡托、艾蓮娜·帕法聶托、朱瑟佩·索門奇、葛拉西耶拉·契路提、艾莉西亞·烏哥洛提、托馬索、戈比，感謝諸位一路相挺，讓我能夠順利通過這個挑戰。

克莉絲提娜·佛斯奇尼，感謝她的溫柔體貼，救了我的一生。

安德魯·紐恩伯格、莎拉·南迪、茱莉亞·伯恩納比，還有在倫敦版權代理公司熱情奉獻的所有同仁。

蒂芬妮·葛索克、艾涅·巴克博札、艾拉·阿梅德。

阿歷山卓·烏賽與莫立奇歐·托蒂。

賈尼·安多納傑利。

米凱萊、歐塔維歐、維多，我的摯友們，還有阿齊雷。

安東尼歐與費耶提娜，我的雙親。

奇亞拉，我的妹妹。

還要感謝我所有的親人，沒有你們，就沒有今天的我。

Storytella 76

霧中的女孩

LA RAGAZZA NELLA NEBBIA

霧中的女孩 / 多那托卡瑞西作 ; 吳宗璘譯. -- 初版. -- 臺北市 : 春天出版國際, 2018.05
面 ;　公分. -- (Storytella ; 76)
譯自 : LA RAGAZZA NELLA NEBBIA
ISBN 978-957-9609-40-1(平裝)

877.57　　107005465

ISBN 978-957-9609-40-1
Printed in Taiwan

作　者　多那托・卡瑞西
譯　者　吳宗璘
總編輯　莊宜勳
主　編　鍾靈

出版者　春天出版國際文化有限公司
地　址　台北市信義路四段458號3樓
電　話　02-7718-0898
傳　眞　02-7718-2388
E-mail　frank.spring@msa.hinet.net
網　址　http://www.bookspring.com.tw
部落格　http://blog.pixnet.net/bookspring
郵政帳號　19705538
戶　名　春天出版國際文化有限公司
法律顧問　蕭顯忠律師事務所
出版日期　二〇一八年五月初版

定　價　320元

總經銷　楨德圖書事業有限公司
地　址　新北市新店區寶興路45巷6弄6號5樓
電　話　02-8919-3186
傳　眞　02-8914-5524
香港總代理　一代匯集
地　址　九龍旺角塘尾道64號 龍駒企業大廈10 B&D室
電　話　852-2783-8102
傳　眞　852-2396-0050